Diogenes Taschenbuch 21558

Georges Simenon

Das Fenster der Rouets

Roman

Deutsch von Stefanie Weiss

Diogenes

Titel der Originalausgabe:
›La fenêtre des Rouet‹

Umschlagfoto aus dem gleichnamigen Film
von Joseph Rusnak
Mit freundlicher Genehmigung
von Hannelore Elsner

Namen, Personen und Begebenheiten sind vom Autor frei erfunden. Irgendwelche Ähnlichkeiten mit tatsächlichen Begebenheiten und Personen sind rein zufällig.

Deutsche Erstausgabe

120/87/8/1
ISBN 3 257 21558 4

Erster Teil

1

Jenseits der Zimmerwand schrillte ein Wecker, häßlich, ordinär, und Dominique fuhr zusammen, als ob dieses Läuten – ja wann stellten die es denn ab! – ihr gegolten hätte, als ob sie geweckt werden müßte jetzt um drei Uhr nachmittags.

Unbehagen stieg in ihr hoch, wie Scham. Warum eigentlich? Dieses ordinäre Geräusch rief nur unangenehme, häßliche Erinnerungen in ihr wach – an Krankheit, an Krankenpflege und alles, was an Handgriffen und Hilfeleistungen dazugehört, mitten in der Nacht oder in aller Frühe. Aber sie hatte nicht geschlafen eben, sie war noch nicht einmal eingenickt gewesen ... Ihre Hand hatte nicht eine einzige Sekunde lang aufgehört, die Nadel zu führen. Sie war wie ein Zirkuspferd gewesen, das während der Dressur vergessenen wurde, das einfach weiter seine Runden dreht, dann aber zusammenzuckt und abrupt innehält, sobald eine unbekannte Stimme ertönt.

Wie können die da drüben hinter der braunen Tür, gleich neben ihr, diesen gräßlichen Lärm ertragen? Einer von beiden müßte ja bloß den Arm ausstrecken und könnte mit geschlossenen Augen nach dem auf dem Tischchen vibrierenden Ding tasten. Aber nichts dergleichen. Sie rühren sich nicht. Sie sind nackt, das weiß sie; Körper an Körper liegen sie ineinander verflochten da mit schweißglänzender Haut und an den Schläfen klebenden Haaren. Sie gehen auf in dieser wohligen Wärme, in diesem animalisch-menschlichen Geruch...

Jetzt hört es sich an, als ob sich jemand bewegt, sich streckt. Wahrscheinlich ein verschlafenes Zucken der Lider... Dann eine Stimme, stammelnd – es ist die der Frau, die sich instinktiv enger an den Körper des Mannes schmiegt:

»Albert...«

Dominiques Finger haben mechanisch weitergemacht. Dominique ist über das Kleid gebeugt, das sie unter der Achsel ausbessert – dort, wo alle ihre Kleider vor allem im Sommer kaputtgehen, weil sie schwitzt.

Sie näht jetzt seit zwei Stunden mit ganz kleinen Stichen und bringt dadurch ein Gewebe zustande, das ebenso fein ist wie der weiße Kleiderstoff mit dem altrosa Muster. Und jetzt, wo sie durch den Wecker der Mieter aufgeschreckt wurde, wüßte sie nicht zu sagen, woran sie in diesen zwei Stunden gedacht hat.

Es ist heiß. Die Luft war noch nie so drückend. Am Nachmittag liegt diese Seite des Faubourg Saint-Honoré in der prallen Sonne. Dominique hat die Läden geschlossen, zwischen den beiden Flügeln aber einen wenige Zentimeter breiten vertikalen Spalt offengelassen, durch den sie einen Blick auf die gegenüberliegenden Häuser hat; zu beiden Seiten dieses blendend hellen Spalts leuchten die schmaleren horizontalen Schlitze der hölzernen Läden auf.

Dieses Muster aus Licht, das eine sengende Hitze

verströmt, setzt sich schließlich in den Augen fest und im Kopf, und wenn man plötzlich woanders hinblickt, dann ist es gleichzeitig mit dem Blick weitergewandert; man projiziert es auf die braune Tür, auf die Wand, auf den Fußboden.

Busse, alle zwei Minuten. Man spürt, wie sie sich da unten in der Straßenschlucht dahinwälzen, riesig, und sie haben in ihrer Brutalität etwas Bösartiges. Vor allem die, die zur Place des Ternes hinauffahren und genau hier vorm Haus, wo das Gefälle zunimmt, plötzlich geräuschvoll schalten. Dominique ist daran gewöhnt, aber es geht ihr damit wie mit den Sonnenstrahlen: sie hört es gegen ihren Willen, der Lärm dringt in ihren Kopf und hinterläßt dort eine brummende Spur. Hat der Wecker etwa nicht aufgehört nebenan? Und doch glaubt sie ihn noch zu hören. Vielleicht ist die Luft so schwer und stickig, daß sie die Geräusche als Abdruck in sich bewahrt wie aufgeweichter Boden die Spuren von Fußabdrücken.

Sie kann das Parterre der gegenüberliegenden Häuser nicht sehen, dazu müßte sie aufstehen. Und doch sind ihr bestimmte Bilder auch so gewärtig – zum Beispiel die zitronengelbe Fassade des Milch- und Käsegeschäfts mit dem Namen, der in Grün über dem Schaufenster steht: *Audebal*. Vor dem Geschäft Auslagen mit Obst und Gemüse, Körbe auf dem Trottoir. Und von Zeit zu Zeit dringt trotz des Straßenlärms, trotz der Pfiffe des Verkehrspolizisten an der Haussmann-Kreuzung, trotz des Gehupes der Taxen und des Gebimmels der Kirchenglocken von Saint-Philippe-du-Roule ein ganz schwaches vertrautes Geräusch bis zu ihr hinauf, das sich von allen anderen unterscheidet. Es ist die piepsige Ladenglocke des Milchgeschäfts.

Obwohl sie fast nackt ist, ist ihr heiß. Was sie heute getan hat, das hat sie noch nie getan. Sie hat ihr Kleid zum Flicken ausgezogen, und sie hat kein anderes angezogen. Sie ist im Hemd geblieben, und das verwirrt sie. Sie schämt sich deswegen ein wenig. Zwei- oder dreimal wäre sie beinahe aufgestanden, um sich etwas überzuziehen. Vor allem dann, wenn ihr Blick auf ihren Körper gefallen ist, wenn sie das Beben ihrer Brüste gespürt hat, die im Ausschnitt ihres Hemdes erscheinen, sehr weiß und sehr zart. Und da ist noch ein anderes eigenartiges Gefühl, das fast ins Sexuelle hineingeht und durch die Schweißtropfen verursacht wird, die sich in fast regelmäßigen Abständen einen Weg über ihre Haut bahnen. Das scheint mitunter lange zu dauern. Sie hat einen Anflug von Ungeduld, und endlich löst sich der warme Tropfen, der sich unter der Achsel gebildet hat, und rinnt langsam an ihrer Seite hinunter.

»Nicht jetzt, Albert...«

Eine Kinderstimme. Lina, da im Nebenzimmer, ist noch keine zweiundzwanzig; eine dickliche und etwas schwammige Puppe mit rötlichem Haar, mit rötlichem Gesprenkel fast überall auf ihrer weißen Haut. Auch ihre Stimme ist schwammig, wie abgepolstert in ihrer animalischen Geborgenheit.

Dominique wird rot und reißt ihren Faden mit der für Näherinnen typischen abrupten Gebärde ab; am liebsten würde sie nichts mehr hören. Sie weiß, was kommt, sie täuscht sich nicht; ein Kratzen kündigt bereits die Platte an, die sie jedes Mal spielen, sobald sie ›das da‹ tun.

Und sie, sie haben die Läden nicht geschlossen. Sie glauben vor Zuschauern sicher zu sein, weil das Bett ganz hinten im Zimmer steht, wo die Sonne nicht hinkommt. Und auch deshalb, weil jetzt im August die meisten Wohnungen gegenüber leer sind. Dominique jedoch weiß, daß die alte Augustine dort oben in einer der Mansarden ihnen zuschaut.

Und das um drei Uhr nachmittags! Sie schlafen, wann es gerade kommt, sie leben, wie es gerade kommt. Wenn sie nach Hause kommen, ziehen sie sich als erstes aus; sie schämen sich nicht, daß sie nackt sind, sie sind sogar stolz darauf. Und es ist so weit gekommen, daß Dominique sich nicht mehr durch ihren Salon traut, der von den anderen mitbenutzt wird, weil sie auf dem Weg zum Örtchen durch dieses Zimmer müssen – das sie ihnen aber nicht vermietet hat. Zweimal ist Albert ihr dort ganz nackt entgegengekommen, nur ein Handtuch lässig um die Lenden geschlungen.

Sie lassen immer das gleiche Stück ablaufen, einen Tango, den sie offenbar unter denkwürdigen Umständen gehört haben. Aber das ist nicht das Schlimmste. Es gibt noch einen anderen Umstand, der ihre Anwesenheit so spürbar, so aufdringlich greifbar macht, daß man ihre Bewegungen zu sehen glaubt: Wenn die Platte abgelaufen ist, wenn man nur noch das Kratzen der Nadel hört, dann entsteht eine Art Verharren, eine Pause, die kürzer oder länger anhält. Eine fürchterliche Stille, und dann kommt fast immer ein Stammeln von Lina:

»Die Platte ...«

Das Grammophon steht gleich neben dem Bett, und über dem Geflüster und verhaltenen Gelächter hinweg sieht man förmlich, wie der Mann die Hand danach ausstreckt.

Er liebt sie. Er liebt sie wie ein Tier. Er verbringt sein Leben damit, sie zu lieben, und er würde das vor aller Welt tun. Wenn sie nachher ausgehen, haben sie bestimmt wieder das Bedürfnis, sich auf der Straße unten engumschlungen zu halten.

Das Kleid ist fertig geflickt. Es sieht jetzt noch armseliger aus – gerade weil es so gut ausgebessert worden ist, mit so kleinen Stichen. Der Stoff ist durch das viele Waschen und Bügeln fadenscheinig. Seit wann hat sie das Kleid eigentlich? Altrosa hatte sie damals wegen der Halbtrauer genommen. Ein Jahr nach dem Tod ihres Vaters also. Vier Sommer lang trägt sie das Kleid demnach; sie wäscht es morgens um sechs, damit es trocken und gebügelt ist, wenn es Zeit für ihre Einkäufe ist.

Sie blickt nach oben: Die alte Augustine ist tatsächlich auf ihrem Posten. Entrüstet, die Arme auf der Fensterbank ihrer Mansarde aufgestützt, schaut sie unverwandt in das Zimmer nebenan. Und jetzt, wo Dominique aufgestanden ist, ist sie einen Moment in Versuchung, zwei Schritte zur Tür hin zu machen, sich zu bücken und durchs Schlüsselloch zu schauen. Es ist schon vorgekommen, daß sie das getan hat ...

Zehn nach drei. Sie wird ihr Kleid wieder anziehen. Und dann stopft sie die Strümpfe, die in dem braunen Weidenkorb sind. Dieser Korb stammt von ihrer Großmutter, und immer waren Strümpfe zum Stopfen darin – man könnte glauben, es sind immer die gleichen, und man könnte jahrhundertelang flicken, ohne je auf den Grund zu kommen.

Da blitzt etwas auf in dem großen rechteckigen Garderobenspiegel. Dominique atmet mit schmaler Nase tief durch, und plötzlich läßt sie den einen Träger ihres Hemdes heruntergleiten, dann wie rein zufällig den anderen. Ihr glühender Blick ist auf das Spiegelbild ihrer sehr weißen Brüste gerichtet.

So weiß sind sie … Vorher war es ihr nie in den Sinn gekommen, zu vergleichen; sie hatte auch noch nie Gelegenheit, sich den nackten Körper einer anderen Frau anzusehen. Inzwischen hat sie Lina gesehen mit ihrem rötlich-goldenen Gesprenkel auf der Haut, mit diesem unsichtbaren Flaum, in dem sich das Licht fängt. Aber Lina mit ihren Zweiundzwanzig hat keine ausgeprägten Formen. Runde Schultern mit so einer Art Grübchen rechts und links. Sonst ist sie wie aus einem Stück – ohne Taille. Beziehungsweise, Taille und Hüften bilden eine Linie. Große Brüste hat sie, ja, aber wenn sie liegt, sind sie ganz breit und sehen aus, als ob sie mit ihrem vollen Gewicht flach auf dem Körper lasten.

Nach kurzem Zögern, als ob sie von jemand ertappt werden könnte, hat Dominique ihre kleinen, straffen und sehr spitzen Brüste in die Hände genommen. Es sind genau dieselben Brüste wie damals, als sie sechzehn war. Und ihre Haut … Zarter und feiner als bei einer frisch gepflückten Frucht, mit einem elfenbeinernen Glanz in manchen Vertiefungen, und hie und da dem versteckten bläulichen Schimmer der Venen. In drei Monaten wird sie vierzig, dann ist sie alt. Die Leute werden jetzt schon von ihr reden wie von einer alten Jungfer, und doch ... Sie, sie weiß es, daß sie den Körper eines ganz jungen Mädchens hat, daß sie sich nicht verändert hat und daß sie von Kopf bis Fuß und bis in den Herzensgrund jung ist und frisch.

Sie hat eine Sekunde lang ihre Brüste gedrückt, als ob sie fremd und nicht ihre eigenen wären; sie hat ihren Blick abgewandt von dem Gesicht da vor sich. Es ist weiß und schmal, noch schmaler als früher, so daß die leicht schiefe Nase noch länger wirkt. Zwei oder drei Millimeter, die vielleicht ihren ganzen Charakter verändert haben, die sie schüchtern, empfindlich und mürrisch gemacht haben!

Sie haben die Platte wieder laufen lassen. Es geht nicht mehr lang, dann hört man sie hin- und herlaufen; der Mann wird singen, das tut er fast immer hinterher; dann wird er geräuschvoll die Toilettentür öffnen, und seine Stimme kommt dann von weiter weg. Man hört hier alles.

Dominique hatte nicht an ein Paar vermieten wollen. Albert Caille war allein, als er sich vorgestellt hatte. Ein magerer junger Mann mit flammenden Augen und einem Gesichtsausdruck, in dem soviel Aufrichtigkeit und gleichzeitig ein solcher Lebenshunger lagen, daß man ihm nichts abschlagen konnte.

Er hat gemogelt, damals. Er hat ihr gegenüber nicht zugegeben, daß er verlobt war und bald heiraten würde. Und als er es ihr dann gesagt hat, da hat er jene flehentliche Miene aufgesetzt, deren Wirkung er genau kennt.

»Sie werden schon sehen ... Es bleibt alles genauso

wie bisher... Wir führen einen Junggesellenhaushalt, meine Frau und ich... Zum Essen gehen wir ins Restaurant...«

Dominique geniert sich plötzlich wegen ihrer Nacktheit und schiebt die Träger wieder hoch. Ihr Kopf ist einen Moment in dem Kleid verschwunden; sie zieht es herunter, rückt es um die Hüften zurecht. Bevor sie sich wieder setzt, vergewissert sie sich, daß nichts herumliegt im Zimmer, daß alles in Ordnung ist.

Jetzt ein Hupen, das sie erkennt. Sie braucht sich nicht aus dem Fenster zu beugen, um zu wissen, wer da gekommen ist. Es ist das kleine Cabrio von Madame Rouet, der jungen... Sie hat sie nach dem Mittagessen, so um zwei, abfahren sehen. Sie trägt ein weißes Tailleur mit einer Schleife aus mandelgrünem Organdi, dazu Hut, Schuhe und Tasche im passenden Grün. Antoinette Rouet würde nie ausgehen, wenn es an ihrer Aufmachung auch nur eine Kleinigkeit auszusetzen gäbe.

Und warum? Für wen macht sie das? Wohin ist sie gefahren ganz allein am Steuer ihres Wagens, der jetzt wieder stundenlang am Straßenrand geparkt sein wird?

Halb vier. Sie kommt zu spät. Madame Rouet, die alte, ihre Schwiegermutter, wird wütend sein. Dominique braucht nur nach oben zu blicken, dann kann sie sie sehen.

Auf der Straßenseite gegenüber haben sie keine Nachmittagssonne, und sie machen die Läden nicht zu; heute sind wegen der Hitze alle Fenster weit offen.

Man sieht alles, man hat das Gefühl, mit den Leuten zusammen im Zimmer zu sein. Es ist, als brauchte man nur die Hand auszustrecken, um sie zu berühren.

Die da drüben wissen nicht, daß hinter den Läden von Dominique jemand steht, der sie beobachtet.

Auf der gleichen Höhe wie Dominique liegt Hubert Rouet drüben im großen Zimmer und schläft – genauer gesagt, er ist schon seit ein paar Minuten unruhig geworden und fühlt sich offensichtlich in dem verschwitzten Bett nicht wohl.

Sie hat ihn allein gelassen, wie jeden Nachmittag. Die Wohnung ist weitläufig und erstreckt sich über das ganze Geschoß. Das Zimmer, in dem Hubert liegt, ist das letzte links. Rouets Eltern sind sehr reich. Sie haben mehr als hundert Millionen*, heißt es, aber sie leben wie Leute aus dem Mittelstand. Nur Antoinette, die Schwiegertochter, die eben gerade im weißen Tailleur aus ihrem Wagen gestiegen ist, sie gibt das Geld aus.

Dominique weiß über alles Bescheid. Sie hat noch nie den Klang ihrer Stimmen gehört, der dringt nicht über die Straßenschlucht hinweg. Aber sie sieht sie von morgens bis abends kommen und gehen; sie verfolgt ihre Gesten, sie sieht, wie die Lippen sich bewegen: eine lange Geschichte ohne Worte ist das, und sie kennt deren nebensächlichste Episoden.

Als Hubert Rouet geheiratet hat, haben seine Eltern noch mit auf der gleichen Etage gewohnt, dem zweiten Stock. Und damals war Dominiques Vater auch

* Es handelt sich hier um Francs von 1942, vor der Abwertung durch de Gaulle. (A. d. Ü.)

noch am Leben; er lag krank und siech im Nebenzimmer, das sie jetzt vermietet hat.

Schon damals hat sie kaum mehr das Haus verlassen. Ihr Vater hatte eine Tischglocke in Reichweite gehabt, und er wurde böse, wenn seine Tochter nicht gleich beim ersten Klingeln herbeigeeilt kam.

»Wo warst du? Was hast du gemacht? Hier kann man ja krepieren, ohne daß...«

Albert Caille prustet am Waschbecken in der Toilette. Gott sei Dank hat sie dort ein Stück altes Linoleum hingelegt, sonst wären die Dielen schon längst durchgefault. Er hat den Hahn weit aufgedreht, und es plätschert.

Die alte Rouet sitzt an ihrem Fenster, praktisch über dem Kopf ihres Sohnes. Nach der Hochzeit des Sohnes sind die Eltern Rouet nämlich ein Stockwerk höher gezogen und haben den Jungen die untere Wohnung überlassen. Das Haus gehört den Rouets, wie übrigens mehrere Häuser in der Straße.

Die Mutter kann ihre Beine kaum mehr gebrauchen. Manchmal horcht sie auf, man sieht, wie sie überlegt, ob ihr Sohn nicht gerufen hat. Manchmal streckt sie auch die Hand nach einem Klingelknopf aus, dann schellt es eine Etage tiefer in der Küche. Dominique kann die Küche zwar nicht sehen, da sie nach hinten geht, aber sie könnte die Sekunden zählen, bis das Dienstmädchen der jungen Rouets bei der Alten auftaucht.

Gleich ist es wieder soweit, ganz bestimmt. Und sie errät auch die Worte: »Schläft Monsieur? Ist Madame noch nicht zurück? Sehen Sie mal nach, ob mein Sohn vielleicht etwas braucht...«

Hubert Rouet liegt jetzt seit einem Monat im Bett, oder sogar etwas länger. Es muß etwas Ernstes sein, denn der Arzt besucht ihn jeden Morgen kurz nach neun, gleich zu Beginn seiner Visiten. Auch sein Hupen erkennt Dominique. Sie nimmt gewissermaßen Teil an der jeweiligen Visite. Und der Arzt, Dr. Libaud vom Boulevard Haussmann, ist ihr ebenfalls bekannt: er hat seinerzeit auch ihren Vater behandelt. Ihre Blicke haben sich einmal getroffen, und Dr. Libaud hat Dominique über die Straße hinweg zugenickt.

Wenn diese Krankheit nicht wäre, dann wären die Rouets jetzt in Trouville, wo sie eine Villa haben. Zur Zeit ist kaum jemand in Paris. Selten, daß ein Taxi vorbeikommt. Viele Geschäfte haben geschlossen, so auch das Lederwarengeschäft Sutton, gleich neben dem Milchgeschäft. Sie handeln mit Reisekoffern und -taschen, und das ganze restliche Jahr über haben sie Strohkoffer rechts und links neben dem Ladeneingang stehen.

Hat die alte Madame Rouet das Auto ihrer Schwiegertochter gehört? Sie wird unruhig. Bald wird sie klingeln.

Und da wird auch Dominique von fieberhafter Unruhe ergriffen. Eben hat der Kranke sich im Bett umgedreht und den Mund aufgerissen, als ob er keine Luft bekäme.

»Sein Anfall ...«

Das ist so seine Zeit. Er hat mindestens zwei solcher Anfälle am Tag, manchmal auch drei; einmal hatte er sogar sechs, und da haben sie ihm den ganzen Tag und einen großen Teil der Nacht Eisbeutel auf die Brust gelegt.

Dominique macht unwillkürlich eine Handbewegung, wie um etwas zu ergreifen, und sie hat dabei das Fläschchen mit der milchigen Flüssigkeit im Krankenzimmer im Sinn, gleich dort auf dem Nachttisch. Denn darauf wartet er, während er mit geöffneten Augen daliegt.

Dick war er noch nie, und seit jeher eher kränklich. Ein kleiner, farbloser Mann, der nie etwas aus sich zu machen wußte. Als er mit großem Pomp in Saint-Philippe-du-Roule heiratete, da hatten alle gefunden, daß er und seine Frau schlecht zusammenpaßten. Was ihn vollends nichtssagend macht, ist das farblose, kurzgeschnittene Oberlippenbärtchen.

Dominique könnte schwören, daß er sie ansieht, aber das ist unmöglich, da bei ihr die Läden fast geschlossen sind. Sie kann ihn sehen, er sie aber nicht; er starrt ins Leere, er wartet, er hofft, die Finger verkrampfen sich im leeren Raum. Es sieht so aus, als ob er sich gleich aufrichtet, ja, das tut er – vielmehr versucht er es, schafft es nicht. Er preßt plötzlich beide Hände an die Brust und bleibt in sich zusammengesackt liegen, unfähig, sich zu rühren, Todesangst im Gesicht.

Dominique könnte jetzt etwas hinüberrufen zu Antoinette Rouet, die gerade auf der Treppe sein muß, die jetzt die Wohnungstür aufschließt und den Hut und die grünen Handschuhe ablegt:

›Beeilen Sie sich! Sein Anfall …‹

Da kommt ganz aus der Nähe die Stimme, die in

ihrer Vertrautheit schon platt ist: »Gib mir mal die Sokken rüber...«

Sie kann gar nicht anders, als sich eine nackte, vollgepumpte Lina auf dem Bettrand vorzustellen, die noch einen starken Geruch nach Mann an sich hat.

Der Himmel ist bleiern; eine schräg verlaufende Schattenlinie schneidet die Straße in zwei Teile, aber hüben wie drüben ist die Luft zum Schneiden – eine zähe, breiige Masse, mit der das Universum so angefüllt ist, daß die Geräusche darin einsinken und der Autobuslärm nur wie fernes Brummen ans Ohr tönt.

Eine Tür fällt zu, die Badezimmertür. Albert Caille ist mit seinen Waschungen fertig, man hört ihn geschäftig hin- und hergehen und fröhlich den Tango vor sich hinpfeifen, den sie eben auf dem Grammophon laufen hatten.

Antoinette ist da. Dominique ist zusammengezuckt; sie hat sie nur durch Zufall entdeckt, als sie einmal in den Raum neben dem Krankenzimmer geschaut hat. Es ist eine Art Boudoir, und Antoinette Rouet hat sich dort ein Bett aufschlagen lassen, seit ihr Mann krank ist.

Sie steht gleich hinter der Verbindungstür zwischen den beiden Zimmern. Hut und Handschuhe hat sie abgelegt, darin hatte Dominique sich nicht getäuscht. Aber warum bleibt sie regungslos stehen, als ob sie auf etwas wartete?

Man könnte meinen, der Mutter da oben sagt ihr Instinkt, daß etwas nicht stimmt. Sie ist unruhig, das merkt man. Vielleicht versucht sie gleich in einer übermenschlichen Anstrengung, vom Stuhl aufzustehen? Aber sie kann ja schon seit Monaten nicht laufen, ohne daß man sie stützt. Sie ist von enormer Leibesfülle, ein Koloß. Beine so mächtig und monumental wie Säulen. Die seltenen Male, die sie ausging, mußten zwei Leute sie in den Wagen hieven, und es hatte dann stets so ausgesehen, als sei ihr Stock mit dem Gummistopfen drohend erhoben.

Die alte Augustine hat jetzt, wo es für sie nichts mehr zu sehen gibt, ihren Platz am Fenster verlassen. Sie wird sich wohl in dem langen und sehr düsteren Korridor aufhalten, an dem alle Mansardenzimmer in dieser Etage liegen; sie wird darauf lauern, daß jemand vorbeikommt, den man ansprechen kann. Sie ist imstande, eine volle Stunde lang wie eine Monsterspinne auf der Lauer zu liegen, die Hände über dem Leib gefaltet, und auf dem bleichen Gesicht unter dem schneeweißen Haar liegt dabei stets eine unendliche Güte.

Warum rührt sich Antoinette Rouet nicht vom Fleck? Ihr Mann da nebenan ist ein einziger Hilfeschrei mit seinem starr in eine glühende Leere gerichteten Blick. Zweimal, dreimal hat er den Mund auf- und wieder zugemacht, die Zähne aufeinandergepreßt ... Aber das bißchen Luft, das er braucht, das hat er nicht gekriegt.

Dominique merkt, wie sie erstarrt. Sie hat das Gefühl, daß nichts auf der Welt ihr eine Geste oder einen Ton zu entreißen vermöchte. Daß sich da eine Tragödie abspielt, das ist ihr soeben klar geworden – eine so unerwartete, mit Händen greifbare Tragödie, daß es so ist, als ob sie in diesem Augenblick selber davon betroffen ist.

Rouet ist todgeweiht! Er stirbt gleich! Diese Minuten, diese Sekunden, in denen Albert und Lina Caille sich fröhlich im Nebenzimmer zum Ausgehen fertig machen, in denen ein Autobus in Richtung Boulevard Haussmann in einen niedrigeren Gang schaltet, in denen die Ladenglocke des Milchgeschäfts klingelt – sie hat sich nie an den Namen der Inhaber gewöhnen können, der für sie einen unziemlichen Klang hat – diese Minuten, diese Sekunden sind die letzten eines Mannes, dessen Leben sich jahrelang vor ihren Augen abgespielt hat.

Sympathisch ist er ihr nie gewesen. Oder vielleicht doch. Ziemlich kompliziert, das Ganze. Nicht erfreulich, irgendwie. Zu Anfang hat sie es ihm übelgenommen, daß er sich von seiner Frau beherrschen ließ, von dieser Antoinette, die plötzlich das ganze Haus umgekrempelt hat mit ihrer ordinären Lebenslust, ihrem Überschwang.

Antoinette hat sich alles erlauben können. Er ist wie ein Lamm hinter ihr hergelaufen (und er hat auch äußerlich etwas von einem Schaf ...). Ein Glück, daß die Alte da oben dazwischengefunkt hat! In solchen Fällen hatte sie dem Mädchen geklingelt:

»Sagen Sie Madame, sie möchte heraufkommen ...«

Und dann redete die Alte auf sie ein, und sie schlug einen anderen Ton an als ihr Schafs-Sohn ... Die Wangen der Schwiegertochter färbten sich hellrot, dann hochrot. In ihrer Wohnung unten machte sie ihrem Herzen dann mit wütenden Gebärden Luft.

Sie werden dir schon noch Flötentöne beibringen, mein Kind, hatte Dominique seinerzeit prophezeit.

Immerhin, das Schaf von Mann war danach nicht

mehr ganz so lammfromm gewesen. Nicht, daß auch er etwas gesagt hätte, o nein – er wurde nie böse. Mochte sie auch den ganzen Tag über weggewesen sein, mochte sie mit einer Wagenladung von teuren Einkäufen zurückkommen, mochte sie sich grell und auffallend kleiden und zurechtmachen, er wies sie nicht zurecht. Aber Dominique hatte begriffen, daß er dann zu seiner Mutter ging, das war für ihn genug. Wie manche Kinder, die nie selber zurückschlagen... Und dort erzählte er dann, berichtete mit gesenktem Kopf und gleichförmiger Stimme. Wahrscheinlich war er sogar in der Wortwahl zurückhaltend. Oder tat er womöglich so, als verteidige er sie?

›Sagen Sie Madame, sie möchte heraufkommen ...‹

Und jetzt, genau in diesem Augenblick, bringt Antoinette ihn um! Dominique erlebt es mit, sie nimmt daran teil. Sie ist beteiligt, und sie weiß Bescheid. Sie weiß alles. Sie liegt auf dem Sterbebett wie der Todkranke, und sie ist gleichzeitig Antoinette ...

Eine Antoinette, die noch ganz vom Leben und der Wärme draußen erfullt ist. Die die Wohnungstür geöffnet und plötzlich gespürt hat, wie sich die Kälte dieses Hauses auf sie legt, das Schweigen, die altbekannten Gerüche – in der Wohnung der Rouets muß es muffig riechen und unterschwellig nach Medikamenten. Und dann ...

Die Küchentür geht auf: »Ah, Madame ist zurück ... Ich wollte gerade nachsehen, ob Monsieur ...«, sagt das Dienstmädchen mit einem Blick auf den Küchenwecker.

Das bedeutet, daß Antoinette zu spät dran ist, daß

um diese Zeit der Anfall kommt und die Tropfen verabreicht werden müssen: Fünfzehn Tropfen, Dominique weiß das, sie hat viele Male mitgezählt.

Antoinette hat ihren Hut abgenommen und vor den Spiegel gelegt, der ihr das Bild einer eleganten, lebensprühenden jungen Frau gezeigt hat. Und im gleichen Moment hat sie ein leises Geräusch wahrgenommen. Ach Gott, ja – der da, diese Jammergestalt ... Ihr Mann, der zusammengekauert in seinem Bett liegt und beide Hände auf das Herz gepreßt hat, weil es auszusetzen droht ...

Die Alte oben, dieser unerbittliche Turm von Schwiegermutter, hat gerade geklingelt.

»Soll ich raufgehen, Madame?«

Dominique sieht das Mädchen oben auftauchen.

»Ist meine Schwiegertochter zurück?«

»Sie ist gerade gekommen, Madame.«

»Hat mein Sohn schon seinen Anfall gehabt?«

»Madame ist ja bei ihm.«

Sie sollte bei ihm sein, ja. Beinahe ist sie es ... Es fehlen nur ein paar Meter. Aber sie bleibt stehen – vielleicht ist es wegen ihres Spiegelbildes eben, das ihr folgt wie ihr eigener Schatten, vielleicht auch wegen der Frage des Mädchens oder des Klingelzeichens der Schwiegermutter.

Dominique rinnen Schweißtropfen über die Stirn. Sie möchte schreien, aber sie bringt nichts heraus. Möchte sie es auch wirklich? Dominique erlebt einen Augenblick des Grauens, und doch empfindet sie etwas wie bösartige Freude; sie hat das verwirrende Gefühl, daß sie durch das, was sich da vor ihren Augen abspielt, gerächt wird. Gerächt wofür? Weiß sie nicht. Sie überlegt nicht. Sie bleibt angespannt auf ihrem Platz, ebenso angespannt wie die andere drüben, die sich mit der einen Hand am Türrahmen abstützt und wartet.

Wenn das Mädchen gleich wieder herunterkäme, würde Antoinette Rouet nichts anderes übrigbleiben, als ins Krankenzimmer zu gehen und die tägliche Routine zu absolvieren: die Tropfen zu zählen, ein Glas halb mit Wasser zu füllen, zu rühren, den Kopf des Mannes mit dem farblosen Lippenbärtchen anzuheben.

Aber die alte Madame Rouet redet und redet. Da, das Kissen im Rücken ... Es sitzt zu hoch, oder zu tief. Cécile rückt es zurecht und verschwindet im Hintergrund. Gleich wird sie wieder nach unten gehen ... Aber nein; sie bringt der alten Frau eine Illustrierte.

Und Rouet stirbt weiter; ist immer noch nicht tot. Jetzt richtet er sich sogar auf – weiß Gott, woher er die Energie nimmt! Vielleicht hat er ein schwaches Geräusch hinter der Tür wahrgenommen, jedenfalls blickt er dorthin. Er öffnet den Mund, und Dominique könnte schwören, daß ihm Tränen in die Augen gestiegen sind. Er bäumt sich auf und verharrt regungslos.

Tot. Er muß tot sein. Und doch ... Er sinkt nicht gleich in sich zusammen; da ist nur ein langsames Erschlaffen der Muskeln ...

Seine Mutter da über ihm hat nichts erraten. Sie hält dem Mädchen gerade die aufgeschlagene Illustrierte hin. Wer weiß, vielleicht macht sie sie auf ein Rezept aufmerksam?

Albert und Lina Caille gehen durch den Salon, laut wie üblich, und schlagen die Tür zu. Eines Tages werden sie noch die Angeln herausreißen. Das ganze Haus zittert ja.

Drüben auf der anderen Seite eine seelenruhige Antoinette. Sie hebt langsam den Kopf, streicht sich über ihr braunes Haar und macht den entscheidenden Schritt nach vorn, ins andere Zimmer. In diesem Augenblick sieht Dominique bei ihr den halbkreisförmigen dunklen Fleck unter der Achsel, und sie merkt um so mehr, wie stark sie selber schwitzt; ihnen beiden kleben die Kleider an der Haut.

Man könnte meinen, Antoinette hat gar nicht zum Bett hingeschaut. Sie weiß offenbar Bescheid, sie braucht keine Bestätigung. Ihr Blick fällt jedoch auf das weiße Fläschchen auf dem Nachttisch; sie ergreift es und sieht sich mit plötzlicher Unruhe um.

An der Wand gegenüber der Kamin aus schokoladebraunem Marmor, und auf dem Sims, genau in der Mitte, eine Bronzeplastik. Sie stellt eine liegende Frau dar, die sich auf den Ellbogen stützt. Rechts und links davon zwei Grünpflanzen mit fein gezackten Blättern; Dominique hat diese Pflanzen noch bei niemandem gesehen.

Von dem Raum über Antoinettes Kopf kommen Schritte. Das Mädchen kommt wohl gleich nach unten. Die Kapsel des Arzneifläschchens ist aufgeschraubt. Die Tropfen abzuzählen dauert zu lange. Antoinette schüttelt das Fläschchen, die Flüssigkeit fließt über die grünliche Erde des rechten Blumentopfs und ist sofort versickert.

Aus, vorbei. Dominique hätte sich gern gesetzt, aber sie möchte alles mitkriegen. Sie ist verblüfft darüber, wie einfach alles vor sich gegangen ist, mit welcher Selbstverständlichkeit die Frau gegenüber einen letzten Tropfen Arznei in ein Glas schüttet, ein wenig Wasser dazutut und dann zur Tür läuft. »Cécile! Cécile ...!«

Man hört es förmlich.

Keine Reaktion.

Antoinette läuft hinaus, ist verschwunden, taucht dann in Begleitung des Mädchens wieder auf. Sie ist unterwegs zu einem Taschentuch gekommen, in das sie jetzt hineinbeißt, mit dem sie sich die Augen wischt. »Geben Sie meiner Schwiegermutter Bescheid ...«

Ist es möglich, daß ihre Beine nicht ebenso zittern wie die von Dominique? Während Cécile zur Treppe stürzt, hält Antoinette Abstand zum Bett und blickt auch nicht dorthin; sie schaut aus dem Fenster und ihr Blick bleibt einen Moment an den Läden hängen, hinter denen Dominique Posten bezogen hat.

Sind ihre Blicke einander begegnet? Wer weiß ... Die Frage wird Dominique noch oft zu schaffen machen. In ihrem Kopf geht es drunter und drüber. Sie möchte nichts mehr sehen, die Läden ganz schließen, aber es geht nicht. Plötzlich kommt ihr in den Sinn, daß sie vor ein paar Minuten ihre nackten Brüste im Spiegel betrachtet hat, und sie schämt sich. Sie bekommt Gewissensbisse, und sie findet, daß eine solche Handlung in so einem Augenblick ganz besonders unpassend ist. Es kommt ihr auch, Gott weiß warum, in den Sinn, daß Antoinette noch nicht einmal dreißig ist. Sie selbst dagegen wird bald vierzig, kommt sich aber oft wie ein kleines Mädchen vor.

Sie hat sich nie davon überzeugen können, wirklich

groß und erwachsen zu sein wie damals ihr Vater und ihre Mutter, als sie noch klein war. Und da kommt diese Frau daher, die viel jünger ist als sie selbst, und legt eine in ihrer Einfachheit entwaffnende Verhaltensweise an den Tag.

Gerade kommt die Schwiegermutter herein, von Cécile und einem Zimmermädchen gestützt und geleitet. Antoinette weint, putzt sich die Nase, erklärt, deutet auf das Glas und beteuert zweifellos, daß der Anfall zu stark war, daß die Arznei nicht gewirkt hat.

Der Himmel über dem Haus hat immer noch das bedrohliche Blaugrau überhitzten Schiefers; die Menschen unten auf dem Gehsteig sind wie Ameisen auf der schmalen, in den Sand gegrabenen Ameisenstraße. Motorenlärm, kurzatmige Busse ... Und derweil tummeln sich Tausende, ja Zehntausende von Urlaubern an der Küste, im blauen Meerwasser; Tausende von Frauen sticken oder stricken unter gelb-rot gestreiften Sonnenschirmen, die man in den heißen Sand gerammt hat.

Gegenüber wird jetzt telefoniert. Monsieur Rouet, der Vater, ist nicht da. Er ist nie da. Man könnte meinen, es graut ihm vor seinem Heim; jedenfalls wird er nur zu den Mahlzeiten sichtbar. Er kommt und geht pünktlich wie einer, der auf die Minute genau in seinem Büro erscheinen muß. Und dabei hat er seinen Betrieb schon vor Jahren verkauft.

Sicher ist Dr. Libaud nicht zu erreichen. Dominique weiß das. Sie hat es selber vergebens um diese Zeit versucht, damals, wegen ihres Vaters.

Die Frauen wissen nicht weiter. Man könnte meinen, daß sie Angst haben am Bett dieses Mannes, obwohl er doch tot ist. Daher nimmt es Dominique kaum wunder, als sie Cécile aus dem Haus treten, in das Milchgeschäft laufen und mit Monsieur Aubedal wieder zurückkommen sieht. Er hat seine weiße Schürze noch um und folgt ihr ins Haus.

Dominique ist mit den Nerven am Ende. Sie weiß nicht, wo ihr der Kopf steht. Es ist schon Stunden her, daß sie ihr kärgliches Mittagessen zu sich genommen hat, und doch hebt sich ihr der Magen. Sie hat das Gefühl, sie muß sich erbrechen, ist aber aus Angst vor den Halbnackten von nebenan einen Moment unschlüssig, ob sie durch ihren Salon gehen soll. Schließlich fällt ihr ein, daß die Cailles ja ausgegangen sind.

2

Dominique war am Abend zuvor etwa zwischen sieben und acht Uhr aufgebrochen, um den Brief weit weg von ihrer Wohnung in den Kasten zu werfen. Jetzt war es noch nicht ganz fünf Uhr morgens, und sie war schon auf. Wie lange mochte sie geschlafen haben? Kaum drei Stunden ... Sie fühlte sich aber nicht unausgeschlafen. Das ging seit Jahren, daß sie kaum schlief; angefangen hatte es, als ihr Vater gepflegt werden mußte und alle halbe Stunde nach ihr gerufen hatte.

Wenn sie so ganz allein in dem einzigen Zimmer saß, das sie wirklich bewohnte, bewegte sie manchmal die Lippen, und es war fast, als ob sie etwas vor sich hinmurmelte: »Eines Tages sollte eigentlich jemand erfahren ... Ich müßte jemand erzählen ...«

Nein: Aufschreiben würde sie es. Nicht in einem Brief, sie schrieb ja praktisch niemandem mehr. Es gab eine Menge Gedanken, und die würde sie in ein Heft schreiben; nach ihrem Tod würden die anderen höchst verwundert sein, so etwas zu finden. Zum Beispiel wollte sie unter anderem etwas über Menschen hineinschreiben, die nicht oder nur ganz wenig schlafen ... Daß dies besondere Menschen sind, anders als die anderen. So grundverschieden von ihnen, wie man sich das kaum vorstellen kann. Weil sie nämlich jedes Ereignis mindestens zweimal erleben.

Zweimal! Sie lachte kurz auf, so, wie ein allein lebender Mensch lacht – verhalten, nach innen gekehrt. Zweimal ... Zehnmal hatte sie die Sache von gestern in der Nacht durchlebt, fünfzigmal, hundertmal!

Trotzdem war sie nicht aufgedreht oder hektisch. Die alte Augustine konnte sie von ihrer Mansarde aus beobachten, wenn sie wollte, sie würde die gewohnte Dominique erblicken – das Haar mit einem Taschentuch zusammengeknotet, den verwaschenen blauen Morgenmantel in der mageren Taille durch einen Gürtel zusammengehalten.

In spätestens zehn Minuten würde es soweit sein, überlegte sie. Dann würden bei Augustine die Fenster geöffnet werden. Augustine hatte so früh um fünf auch nicht mehr zu tun als den ganzen Tag über, konnte aber ebenfalls nicht schlafen.

Alle Fensterläden waren geschlossen, die Straße leer. Von hier oben erschien der Asphalt wie durch den täglichen Verkehrsstrom poliert – glänzend, mit ein paar violetten Reflexen. Die Kreuzung vorn, von der der Boulevard Haussmann und die Avenue Friedland ausgingen, war nur in einem Ausschnitt zu sehen, in dem der Teil einer Baumkrone sichtbar wurde. Es war noch nicht einmal die Hälfte der Krone und doch ein wirklich imposanter Anblick, trotz der hohen Häuser ringsum: Die belebten Zweige, ein Universum aus dunkelgrünem Blattwerk, in dem wenige Sekunden vor den ersten Sonnenstrahlen plötzlich ein ungeahntes Leben ausbrach in Form eines Konzerts, an dem Tausende von Vögeln mitzuwirken schienen.

Das Fenster stand weit offen. Dominique öffnete es

nie, bevor sie nicht ihr Bett gemacht hatte. Ein ungemachtes Bett war beschämend, fand sie, der Anblick der zerknitterten Laken und des schlaff daliegenden Kopfkissens unzumutbar – sogar für den einzigen Menschen, der es um diese Tageszeit zu sehen bekam, nämlich die alte Augustine.

Dominique hatte in der engen, an ihr Zimmer grenzenden Küche den Gasherd angezündet. Sie hielt automatisch ihren Tagesablauf ein wie sonst auch, räumte auf und staubte ab wie jeden Morgen.

Um diese Tageszeit war es immer ein wenig so, als ob sich ihr Universum ausgedehnt hätte. Die ganze Straße war mit einbezogen, der Zipfel blauen Himmels über den gegenüberliegenden Hausdächern, der Baum auf der Haussmann-Kreuzung; das Zimmer wurde dadurch gestreckt wie ein Raum, der draußen auf dem Lande zu ebener Erde in einen Garten führt. Noch eine halbe Stunde, bis die Glocken von Saint-Philippe-du-Roule zur ersten Messe läuteten. Manchmal fuhr ein Wagen vorbei, und wenn er nach zweihundert Metern anhielt, wußte Dominique, daß er vor dem Portal der Beaujon-Klinik stehengeblieben war*; man hatte einen Kranken oder Sterbenden eingeliefert, vielleicht auch ein Unfallopfer. Sie hörte auch in weiter Ferne Züge, in Richtung Boulevard des Batignolles.

Über dem Bett das Portrait ihres Vaters, in großer Generalsuniform. Er blickte sie an. Das Bild war so aufgenommen, daß der Blick ihr überallhin folgte, in alle Ecken. Er leistete ihr Gesellschaft. Das rief bei ihr

* Die Beaujon-Klinik ist inzwischen nach Clichy verlegt.

keine besonderen Gefühlsregungen hervor, auch keine Trauer. Hatte sie ihren Vater etwa nicht geliebt?

Seit sie fünfzehn gewesen war, hatte sie immer nur bei ihm gelebt, war mit ihm von einer Garnisonsstadt in die andere gezogen. Und während der Jahre seiner Krankheit, hier in dieser Wohnung des Faubourg Saint-Honoré, hatte sie ihn Tag und Nacht betreut, wie eine Krankenpflegerin, wie eine barmherzige Schwester, und es hatte nie irgendwelche Vertrautheit zwischen ihnen gegeben.

»Ich bin die Tochter von General Salès ...«

Sie sprach den Namen Salès unwillkürlich aus wie etwas Ausgefallenes, etwas Kostbares und Glanzvolles. Den Leuten war er nicht immer ein Begriff, aber der Generalsrang genügte, vor allem einfachen Leuten gegenüber.

Haben die Menschen eigentlich eine Ahnung, daß der Tagesanfang ebenso voller Geheimnisse steckt wie die Abenddämmerung, daß er den gleichen Ewigkeitsbegriff verkörpert? Im Angesicht der heraufdämmernden Morgenröte bricht man ebenso wenig in schallendes, in breites Gelächter aus wie am Abend, wenn der erste Hauch der Nacht einen streift. Man ist ernsthafter, feierlicher als sonst; da ist jene hintergründige Furcht des Menschen vor dem Universum. Die Straße ist um diese Zeit eben noch nicht jene gewöhnliche, in ihrer Banalität beruhigend-vertraute Straße, sondern Teil eines großen Ganzen, zu dem auch die Bahn der Sonne gehört, deren Strahlen die Ecken der gegenüberliegenden Dachkanten als scharfe, lange Zacken auf die Fassaden werfen.

Nebenan schlafen sie. Wenn sie der braunen Tür näherkommt – der Schlüssel steckt auf ihrer Seite – kann sie ihre ineinander vermengten Atemzüge hören. Sie stopfen sich mit Schlaf voll, wie sie sich den ganzen Tag über mit Leben vollgestopft haben. Die Straßengeräusche wecken sie nicht auf, obwohl sie das Fenster weit offen haben; der Lärm der Busse und Taxen wird sich wie von selbst in ihre Träume einfügen, er wird ihr Gefühl der Geborgenheit noch verstärken, weil er ihnen bewußt macht, wie gut sie dran sind. Spät dann, sehr spät, vielleicht um zehn, werden leise Geräusche – das Quietschen einer Sprungfeder, ein Seufzen, eine Armbewegung – den Auftakt zur täglichen Explosion ihrer Lebenslust bilden.

Komisch ist das... Sie ist jetzt so weit, daß sie sie braucht! Sie braucht sie um so mehr, seit die Sache drüben passiert ist und seit sie den Brief geschrieben hat.

Es war sieben Uhr durch gewesen, als sie sich auf den Weg zu einem entfernt liegenden Postamt gemacht hatte. Es war die Zeit der vollbesetzten Terrassen gewesen, der Strohhüte, der Biergläser auf den Tischchen der Straßencafés; manche Männer hatten sogar den Hemdkragen offen und die Ärmel aufgekrempelt wie auf dem Lande.

Sie war zu Fuß gegangen, weil sie Bewegung brauchte, um sich ihren inneren Elan zu erhalten. Sie war schnell, mit etwas abgehackten Schritten gegangen, und mehrmals war sie versehentlich mit anderen Passanten zusammengestoßen.

Jetzt, zu Hause, überlegt sie, wie sie es fertiggebracht hat, die Sache zu Ende zu führen. Vielleicht hauptsächlich wegen des Toten?

Drei Tage lang sind die Läden gegenüber nicht aufgegangen; drei Tage lang sieht sie nun auf eine Art Gesicht mit vorgehaltener Maske.

Sie weiß, wie es dahinter aussieht, weil sie nachgesehen hat. Sie hat es nicht mehr ausgehalten, sie mußte hinüber. Im übrigen durfte kommen und gehen, wer wollte... Sie hat bis zur letzten Minute gewartet – gestern nachmittag genau um vier war das –, nachdem die Leute der Firma Borniol den Sarg zugenagelt hatten und gegangen waren.

Sie hatte ihr schwarzes Kostüm angezogen. Die Concierge hatte ihr gleichgültig aus ihrer Loge einen Blick zugeworfen und in ihr offenbar jemand aus der näheren Umgebung erkannt. Im zweiten Stock oben war die Tür nur angelehnt, und im Vorplatz brannte das elektrische Licht. Es war eine Silberplatte da für die Visitenkarten und ein Herr in Schwarz, den sie nicht kannte, nahm sie und ordnete sie in ein Register ein.

Ob sie im Alter wohl mal so wird wie ihre Tante Elise?

Es hat ihr Vergnügen gemacht, den Geruch dort einzuatmen. Ein fast sinnliches Vergnügen. Und doch, es war ein Geruch nach Tod – nach Kerzen und zu vielen im geschlossenen Raum stehenden Blumen, dem etwas wie ein fader Beigeschmack von Tränen anhaftete.

Sie hat Antoinette nicht gesehen. Hinter der Tür links, der zum großen Salon, wurde geflüstert. Die Tür zum Schlafzimmer stand offen; das Zimmer war in eine Trauerkapelle umgewandelt und nicht wiederzuerkennen. Fünf oder sechs Leute gingen schweigend um den Sarg herum und drückten der alten Madame Rouet die Hand, die neben einer Kübelpflanze saß, einer Palme.

Die Männer im schwarzen Cheviotanzug und den zu weißen Hemden waren wohl Verwandte aus der Provinz, sicher von der Rouet-Seite; auch das junge Mädchen, das wohl frisch aus dem Pensionat kam und sich um die alte Dame kümmerte.

Dominique hat sich vielleicht getäuscht... Nein, sie ist sicher, sich nicht getäuscht zu haben: Die alte Madame Rouet hatte in ihrer Haltung, ihrem Wesen, ihrer ganzen gewaltigen Person etwas Hartes, Drohendes. Sie war nicht mehr der gleiche Mensch. Unmöglich, sie etwa komisch zu finden mit ihren dicken Beinen, ihrem Stock mit dem Gummistopfen und ihrer alles beherrschenden Miene.

Der Kummer hatte sie nicht gebeugt. Im Gegenteil. Sie war noch größer, noch monumentaler geworden; ihr seelischer Schmerz hatte ihren Haß vergrößert und ihr dadurch noch zusätzlich Kraft verliehen.

Dieser Haß war möglicherweise ein Haß auf die ganze Welt, auf alles, was nicht ihr Sohn war. Ihre Neffen inbegriffen, die dastanden wie beim Ehrenspalier auf einer Hochzeit und aus ihrer Sicht das Unrecht begingen, am Leben zu sein. Auf jeden Fall aber war es ein Haß auf die, die nicht sichtbar, die irgendwo hinter einer dieser Türen war und mit der Familie nichts mehr gemein hatte.

Für Dominique war dieser Blick der Mutter wie ein Schock gewesen; sie war in Verwirrung geraten, als ob diese Frau fähig gewesen wäre, in ihrem Inneren zu lesen. Denn Madame Rouet blickte alle Besucher hart und kalt an. ›Wo kommt denn die her? Und der, was will der überhaupt?‹ schien dieser Blick sagen zu wollen.

Bei alledem blieb sie jedoch schwer und wie im Sessel verankert sitzen, ohne den Rosenkranz durch die Finger gleiten zu lassen, den man ihr in die Hand gegeben hatte, und ohne die Lippen zu bewegen.

Dominique hatte die Trauerkapelle fast beschämt verlassen, und im Vorplatz war sie auf die Angestellte eines großen Modehauses gestoßen, die eine Schachtel trug. Hinter der einen Tür wurde geflüstert; es war eine Anprobe.

Dominique hatte Antoinette nicht zu sehen bekommen. Sie wußte nichts von ihr, außer daß sie die letzten beiden Nächte in der Wohnung ihrer Schwiegereltern zugebracht hatte. Jedenfalls hatte sie einmal den Saum ihres Kleides gesehen, als Antoinette oben ein Fenster zugemacht hatte.

Auf dem Kamin hingegen, der wie das ganze übrige Zimmer schwarz abgehängt war, hatte sie die beiden Grünpflanzen mit den feinen gezackten Blättern erblickt.

Wer weiß, ob sie ohne diesen Blick auf die beiden Töpfe, der nur einen Sekundenbruchteil gedauert hatte, den Brief geschrieben hätte ... Als sie wieder in ihrer Wohnung war, hatte sie rasch abgelegt und dann überall nach einem alten Buch gesucht, einer Abhandlung über Botanik mit Kupferstich-Illustrationen, das früher in der Bibliothek ihres Vaters gestanden hatte.

Die beiden Cailles waren nicht da. Eines Tages hatte sie sie einmal beim Abendessen in einer Kneipe ganz am Ende der Straße gesehen, nicht weit von der Madeleine, und sie hatten inmitten der Menge ebenso vergnügt gewirkt wie zu zweit in ihrem Zimmer.

Kentia Belmoreana ... *Cocos Weddelliana* ... Das Buch roch nach altem Papier. Vergilbte Seiten, winzige Schrift. Endlich hatte sie die Abbildung gefunden, die sie gesucht hatte; sie war jetzt sicher, daß die beiden Pflanzen *Phoenix Robelini* hießen.

Darauf nahm sie ein Blatt Papier aus der Schublade und schrieb diese beiden Worte hin – einmal, fünfmal, zehnmal. Dann nahm sie ein weiteres Blatt und schrieb, diesmal in Großbuchstaben:

DIE PHOENIX ROBELINI RECHTS

Sonst nichts. Das reichte. Wenn das nicht schlimm war und angst machte ... Es war so schlimm, daß ihr unter den Achseln wieder der Schweiß ausbrach und in den Stoff des Unterrocks rann.

Sie schämte sich wegen der Großbuchstaben, als sie die Adresse auf den Umschlag geschrieben hatte. So etwas war häßlich, beinahe niederträchtig. Das roch nach anonymem Brief, und sie hatte irgendwo gelesen, daß alle verstellten Schriften einander ähnlich sind.

MADAME ANTOINETTE ROUET
187 BIS, RUE DU FAUBOURG SAINT-HONORÉ
PARIS (VIIIe)

Jetzt, da sie allein in ihrem Zimmer saß, begriff sie nicht mehr, wie sie das fertiggebracht hatte. Sie hatte Zeit gehabt zum Überlegen. Sie war weit gelaufen, über eine Seinebrücke gegangen, hatte das ganze Viertel der École Militaire passiert.

Es hatte so etwas wie Ferienstimmung in den Straßen gelegen. Viele Fahrzeuge, Privatwagen und Taxen, waren in Richtung Bahnhof Montparnasse unterwegs und führten Ferienausrüstung mit, Strandspielzeug, Anglerutensilien; Dominique sah auf einem Wagendach auch ein Kanu vorüberziehen.

Und die, die in der Stadt zurückgeblieben waren... Wenn die anderen alle weggehen, wird man sich's wenigstens bequem machen dürfen, dachten sie wohl.

Dadurch ergab sich in dem orangefarbenen Abendlicht eine eigenartige Mischung aus Entspannung und Betriebsamkeit; die größeren Sorgen und kleineren Nöte hatten den Menschen eine Frist eingeräumt. Es herrschte Waffenruhe. Und Dominique ging immer weiter, durch unbekannte Straßen. Sie entdeckte Straßen wie aus der Provinz, wo die Familien auf der Türschwelle saßen und halbnackte Kinder auf der Fahrbahn spielten.

Dann war sie vor einem Postamt stehengeblieben, und es war ein entschiedenes, definitives Stehenbleiben. Sie gab ihren Brief auf und verweilte noch einen Augenblick, innerlich entsetzt über das, was sie getan hatte, aber doch auch erleichtert.

Man hätte meinen können, die Cailles hätten es absichtlich so eingerichtet an dem Abend, daß sie nicht daheim waren.

Nach dem Tod ihres Vaters hatte sie fünf Jahre lang allein in dieser Wohnung gelebt, und sie hatte nie Angst gehabt; nie hatte sie daran gedacht, daß man vor der Einsamkeit Angst haben könnte. Eine verwitwete Cousine in Hyères – ihr Mann war Marineoffizier gewesen – hatte ihr vorgeschlagen, sie solle zu ihr ziehen, aber sie hatte abgelehnt.

Als sie dann das Inserat bei der Zeitung aufgegeben hatte... Welche Schande, den gedruckten Text zu lesen:

Möbliertes Zimmer in schöner Wohnung Faubourg Saint-Honoré an Einzelperson günstig zu vermieten.

Sie hatte das Gefühl, daß ihr gesellschaftlicher Abstieg jetzt publik und definitiv war. Und doch mußte es sein; es gab nur noch diese Lösung. Ihr Vater, der General, war nicht vermögend gewesen. Der einzige Vermögenswert der Familie war ein Anteil – nämlich ein Drittel – an diesem Haus, in das der General nach seiner Pensionierung gezogen war.

Trug Dominique ihm das nach? Kaum. Sie konnte das Portrait ihres Vaters ohne Gemütsbewegung ansehen, zwar ohne Zorn, aber auch schonungslos. Lange Jahre hindurch war er für sie nur ein recht ungehobelter Mann gewesen, der stets in Stiefeln steckte, mit den Sporen klirrte, viel trank und sich lauthals ankündigte, wenn er das Haus betrat.

Als Zivilist, nach der Pensionierung, war er dann nur noch ein brummiger und hinterhältiger alter Mann gewesen, der es den Passanten auf der Straße übelzunehmen schien, daß sie nicht merkten, an einem General vorbeigegangen zu sein.

Er hatte angefangen, an der Börse zu spekulieren, und als er dann sein ganzes Hab und Gut verloren hatte, da hatte er sich einfach hingelegt; er hatte selbstsüchtig beschlossen, von nun an krank zu sein, und es Dominique überlassen, sich um alles Übrige zu kümmern.

Ihr Hausanteil war inzwischen verkauft. Dominique konnte nur in der Wohnung sein, weil ein Cousin, der jetzt der einzige Hauseigentümer war, ihr ein Wohnrecht eingeräumt hatte. Sie hatte ihm seinerzeit geschrieben, in ihrer spitzen Schrift, die dem Schriftbild eine grausame Note gab:

...Ich weiß, was ich Ihnen schon alles verdanke. Aber in der jetzigen Situation bin ich gezwungen, Sie um die Genehmigung zu bitten, mir einen Untermieter zu nehmen, der...

Auf das Inserat hin war Caille gekommen; er war finanziell knapp und hätte für die Miete, die sie verlangte, in einem *Hôtel meublé* nur ein winziges Zimmer ohne Komfort haben können.

»Sie müssen leider durch den Salon gehen, aber Sie werden mir da nicht oft begegnen. Ich kann Ihnen nicht gestatten, daß Sie Besuch empfangen – Sie wissen schon, was ich meine. Ich möchte auch nicht, daß im Zimmer gekocht wird...«

Sie hatte ihm zu verstehen gegeben, daß das Zimmer von einem Mädchen gemacht würde, aber bereits am zweiten Tag hatte er sie selbst beim Saubermachen überrascht.

»Ich habe noch niemand gefunden; bis in ein paar Tagen, so hoffe ich ...«

Ihm, Caille, war das völlig einerlei. Sie hatte nicht gewagt, ihm etwas zu sagen, als sie hinter dem Kamin ein Stück Brot und eine Schachtel Camembert gefunden hatte. Er war eben arm. Es kam vor, daß er in seinem Zimmer etwas aß. Einen Elektro-Kocher allerdings fand sie nicht; er kochte also nichts. Er war damals noch früh aus dem Haus gegangen und spät heimgekommen. Er besaß zwei Hemden und ein einziges Paar Schuhe. Sie hatte auch die Briefe gelesen, die er von seiner Verlobten bekam; er machte sich im übrigen nicht die Mühe, sie zu verstecken.

Sie hätte diese Zeit, in der er allein hier gewohnt hatte, nicht näher definieren können, aber sie trauerte ihr nach, dachte sehnsüchtig daran zurück.

»Eine Frau könnte ich nicht dulden hier in der Wohnung, nie... Ein Mann, das geht noch, aber eine Frau...«, konnte sie sich dazu äußern.

Und doch hatte sie dann Lina akzeptiert. Aus Angst, nochmals das Inserat aufgeben zu müssen, wieder einen Fremden in der Wohnung zu haben.

»Unter einer Bedingung... Ihre Frau muß selber das Zimmer machen...«

Sie selber bedauerte das heute am meisten. Sie hatte keinen Vorwand mehr, das Zimmer jederzeit betreten zu können. Sie tat das zwar noch, aber verstohlen, nachdem sie an der Wohnungstür den Riegel vorgeschoben hatte. Er hatte immer noch bloß zwei Hemden, und im Kleiderschrank hing der gebrauchte Smoking, den er sich zu seiner Hochzeit gekauft hatte. Und Lina ließ die intimsten Dinge frei und offen herumliegen.

Dominique hatte es sich angewöhnt, abends nicht zu Bett zu gehen, bevor die beiden zurück waren. Was mochten die so spät noch tun, lange nach der letzten Theater- oder Kinovorstellung? Von Straße zu Straße ziehen, oder von einer kleinen Bar zur anderen? Denn Freunde hatten sie keine... Sie erkannte ihren Schritt von weitem unten auf der Straße. In ihrem Zimmer setzten sie dann laut ihre Unterhaltung fort. Sie hatten es nicht eilig. Schließlich konnten sie ja aufstehen, wann es ihnen paßte.

Die Stimmen jenseits der Tür waren für Dominique zu einer unentbehrlichen Gesellschaft geworden. Das ging so weit, daß ihr unbehaglich zumute war, wenn die beiden länger als gewöhnlich ausblieben, und es passierte öfters, daß sie dann mit aufgestützten Ellbogen am Fenster stand und sie abpaßte.

Die wären imstande und würden die Tür offen lassen...

Eine Ausrede. Um sich selber weiszumachen, sich nicht um sie zu kümmern. Was nicht hinderte, daß sie vergangene Nacht bis zwei Uhr früh am Fenster ausgeharrt hatte; daß sie zugesehen hatte, wie ringsum ein Licht nach dem anderen ausgegangen war und schließlich die Passanten gezählt hatte. Und dabei hatte sie dauernd die geschlossenen Fensterläden der weitläufigen Rouetschen Wohnung vor Augen gehabt, von der sie wußte, daß sie weitgehend ausgeräumt war bis auf den Sarg, in dem der Mann mit dem farblosen Schnurrbart nun für immer eingeschlossen war.

Sie war inzwischen soweit, daß sie die Stunden zählte, bis man ihn endlich wegbrachte, bis die Läden geöffnet wurden und die Zimmer wieder mit Leben erfüllt waren.

Die Cailles waren zurück, man hörte sie reden. Von morgens früh bis abends spät hatten die was zu reden! Was konnten sie sich dauernd zu sagen haben? Wo sie, Dominique, nie mit einem Menschen redete und sich höchstens manchmal dabei ertappte, daß sie stumm die Lippen bewegte!

Der Brief würde heute vormittag um Viertel nach acht eintreffen, zugestellt von dem kleinen Briefträger, der sich so schief hielt, wie vom Gewicht seiner Tasche zur Seite gezogen. Die Concierge würde den Brief ins Fach der Rouets legen, zusammen mit Hunderten von Kondolenzschreiben, nachdem sie ja eine Unmenge Todesanzeigen verschickt hatten.

Dominique hatte auch eine. Sie hatte sie gestohlen. Die Rouets hatten ihr keine geschickt, da sie sie ja nicht kannten. Als Dominique gestern abend unten an der Loge der Concierge vorbeigekommen war, da war sie hineingegangen, um nachzusehen, ob keine Post für sie da war. Sie erhielt zwar kaum jemals einen Brief, aber sie hatte schon so eine Idee im Hinterkopf. Sie hatte im Fach von Madame Ricolleau, der Frau des ehemaligen Ministers im ersten Stock, einen großen schwarzumrandeten Umschlag gesehen, und den hatte sie an sich genommen. Die Todesanzeige lag jetzt drüben auf dem Tisch, auf dem abgewetzten Tischteppich.

Madame Hubert Rouet, geborene Antoinette Lepron, Monsieur und Madame Germain Rouet-Babarit, Monsieur und Madame Babarit-Basteau ...

Es folgte eine lange Reihe von Namen.

... haben die traurige Pflicht, Ihnen mitzuteilen, daß ihr Ehemann, Sohn, Enkel, Onkel, Cousin, Neffe, Großneffe heute nach langer Krankheit von ihnen gegangen ist ...

Dominiques Lippen hatten sich wie unter Zwang zu einem Lächeln verzogen.

Unten auf der Straße fing es an, lebendig zu werden; in das Vogelgezwitscher aus dem Baum mischten sich andere Geräusche. Das Plätschern des Springbrunnens, der Tag und Nacht im Hof des benachbarten alten Patrizierhauses lief, war nicht mehr zu hören, und schließlich hielt ein Kleinlaster genau gegenüber am Straßenrand. Arbeiter stiegen aus und weckten die Concierge, die kein Hehl aus ihrer schlechten Laune machte. Dann gingen sie an die Arbeit. Es waren Dekorateure, die die Eingangstür mit schwarzem Flor drapierten und darüber ein silbernes ›R‹ anbrachten.

Die alte Augustine konnte wegen eines Simsvorsprungs von ihrem Fenster aus nichts sehen und erschien bald darauf auf dem Trottoir. Sie war auf die Art viel zu früh dran für ihre Einkäufe, denn bei Audebal wurde die Milch gerade erst angeliefert, und die Metzgerei Sionneau hatte noch gar nicht geöffnet.

Mit diesem Tag ging es so wie mit manchen Ereignissen, auf die man sich als Kind schon zu lange im voraus gefreut hat und in der Nacht davor nicht mehr schlafen kann. Ereignisse, bei denen es endlos dauert, bis sie eintreten.

Bis zur letzten Minute verging die Zeit nervenzermürbend langsam, und Dominique hatte das Gefühl, daß die Dinge nicht so liefen, wie es hätte sein sollen.

Nachdem zum Beispiel der Trauerflor fast fertig drapiert war, gingen die Dekorateure auf ein Glas zu dem Weinhändler drei Häuser weiter unten, wischten sich beim Herauskommen den Mund ab und entfernten sich, wobei sie die restliche Arbeit liegen ließen.

Und dann die Leute aus dem Haus ... Sie gingen wie gewöhnlich zur Arbeit, als ob nichts wäre. Sie traten unter der Drapierung durch, und nur ein paar drehten sich um, um die Wirkung zu begutachten. Die Mülleimer wanderten einfach auf ihren Platz am Rand des Gehsteigs. Bei den Eltern Rouet oben gingen die Läden erst um acht Uhr auf. Da die Fenster aber höher lagen als die von Dominique, konnte sie die Bewohner nur sehen, wenn sie sich in Fensternähe aufhielten.

Um neun Uhr trafen mit wenigen Minuten Abstand zwei Taxen ein. Verwandtschaft; sie gehörten zu den Leuten, die Dominique gestern in der Trauerkapelle gesehen hatte. Dann kamen laufend irgendwelche Lehrlinge mit Blumen, Mädchen und junge Burschen, denen das alles natürlich ganz egal war. So viele Blumen, obwohl die meisten Freunde der Familie in Ferien waren ... Sie hatten dem jeweiligen Blumengeschäft wohl telegrafiert.

Die Gemüse- und Obstauslage wurde an ihren gewöhnlichen Platz gestellt. Die Apotheke Bégaud war geöffnet und sah mit ihrer schwarzen Fassade und den silbernen Ornamenten gleichfalls wie ein Trauerhaus aus.

Dominique stand bereits ausgehfertig da, die schwarzen Häkelhandschuhe auf dem Tisch. Sie war offenbar als einzige so früh dran. Die Cailles hingegen wußten wohl gar nicht, daß gegenüber jemand gestorben war und heute beigesetzt wurde. Sie hatten sich ein paar Mal kurz im Bett umgedreht und waren wieder eingeschlafen.

Das wird eine große Beerdigung ...

Ein paar Nachbarn gaben eilends ihre Kondolenzkarten drüben ab; sie hatten entweder nicht die Zeit, an den Trauerfeierlichkeiten teilzunehmen oder hielten ihre Anwesenheit für entbehrlich.

Um Viertel vor zehn sah Dominique die Angestellte des Modehauses aus dem Taxi steigen. Sie brachte das Kleid. Jetzt erst! Bereits um halb elf sollte die Leiche abgeholt werden; demnach stand Antoinette bestimmt im Unterrock da und wartete ...

Plötzlich, man wußte nicht wie, war Leben in die Straße gekommen: Es hatten sich Menschengrüppchen auf den Gehsteigen gebildet; dann trafen hintereinander zehn, fünfzehn Taxen ein, so daß die hinteren warten mußten, bis die vorderen wieder weg waren, um ihrerseits vorfahren zu können.

Schließlich tauchte der Leichenwagen auf, und damit kam eine gewisse Unruhe in die vielen schwarzen Gestalten unten.

Dominique fand, es sei jetzt Zeit zum Hinuntergehen. Und als sie drüben ankam, wurde hinten im Hausflur gerade der Sarg sichtbar; im Halbdunkel waren Schleier zu ahnen und barhäuptige Männer. Ein Ordner des Bestattungsunternehmens wies die Plätze an.

Niemand achtete auf die schmächtige Frauengestalt, die sich erwartungsvoll durch die Wartenden hindurchschlängelte und alles darum gegeben hätte, einen Blick der Witwe zu erhaschen. Dominique stieß mal hier an und mal dort, stotterte ein *Pardon* und stellte sich auf die Zehenspitzen. Aber sie bekam nichts zu Gesicht außer schwarzen Kleidern, einem Schleier und einer ziemlich ordinär aussehenden Frau in tiefer Trauer, die ihre Tochter stützte – Antoinettes Mutter.

Die Mutter des Toten dagegen, Madame Rouet, war nicht zu sehen. Und Monsieur Rouet, ihr Mann, ging mit eben jenem Schritt hinter seiner Schwiegertochter her, mit dem er jeden Morgen Gott weiß wohin aufbrach. Als einziger aus der Familie sah er sich die Leute einen nach dem anderen an, wie um sie zu zählen.

Nachdem zuerst alles so lange gedauert hatte, ging jetzt alles viel zu schnell. Dominique fand sich unversehens inmitten anderer Frauen, war in einer Reihe, stieg ohne etwas zu sehen die Stufen zu Saint-Philippe-du-Roule hinauf und nahm auf der linken Seite Platz, ziemlich weit von Antoinette entfernt, die sie nur von hinten zu sehen bekam.

Vielleicht hatte Antoinette den Brief, der zwischen den vielen Kondolenzbriefen steckte, noch gar nicht geöffnet? Im Unterbewußtsein nahm Dominique mit einer Art Wollust die Orgelklänge in sich auf und sog den Weihrauchduft ein, der sie an ihre Kindheit und an die Frühmessen ihrer Jugendjahre erinnerte, die von religiöser Inbrunst geprägt waren.

War sie als Kind und junges Mädchen nicht immer zur Frühmesse gegangen? Schon damals war sie, wie auch heute noch, vor den anderen aufgestanden. Und war ihr der besondere Geruch, den eine Straße in aller Herrgottsfrühe hat, nicht von klein auf bekannt?

Wenn Antoinette sich herumdrehen würde... Nachher, wenn der Trauerzug zum Vorhof zurückging, würde sie ganz nahe an Dominique vorüberkommen, sie fast streifen. Vielleicht würde Dominique durch den Schleier hindurch ihre Augen sehen können?

Das war eine Neugier, die etwas Kindliches und zugleich fast Schamloses an sich hatte: Wenn man in ihrer Kindheit zum Beispiel von einem jungen Mädchen gesagt hatte, sie habe Beziehungen zu einem Mann gehabt, dann hatte Dominique hinterher versucht, diesem Mädchen tief in die Augen zu sehen, als ob es darin etwas Besonderes zu entdecken gäbe – eine Art Kainsmal, eine Narbe. Und als sie seinerzeit in Poitiers in Garnison waren, da war der Bursche ihres Vaters eines Tages beim Stehlen ertappt worden, und Dominique hatte ihn in ganz ähnlicher Weise angestarrt. Und noch früher war sie lange Zeit um einen Leutnant herumgestrichen – einen Piloten. Auch er war etwas Besonderes.

Alles, was *Leben* war, faszinierte sie. Auch das mit Lina, ihrer Untermieterin. Und oft rang sie stundenlang mit sich selbst – wegen dieser Tür, die sie trennte, wegen dieses Schlüssellochs, durch das man hindurchschauen konnte.

Morgen, da mach ich's ...

Sie setzte sich zur Wehr. Sie war angewidert. Sie ekelte sich schon im voraus vor dem, was sie zu sehen bekam. Hinterher war sie dann richtig krank davon, als ob sie selber angetastet worden wäre. Aber die Versuchung war unwiderstehlich.

Antoinette Rouet dagegen ... Ja, die hatte einen solchen Lebenshunger, daß sie es fertiggebracht hatte, unbeweglich hinter einer Tür stehen zu bleiben, während ihr Mann starb. Sie hatte regungslos eine Sekunde nach der anderen verstreichen lassen, die Hand am Türrahmen abgestützt und in dem Bewußtsein, daß für den Mann im Bett – ihrem Ehebett – jede dieser Sekunden eine Sekunde der Agonie war.

Und nachher hatte sie ihn nicht einmal angesehen. Sie hatte an das Medikament gedacht. Ihr Blick war durchs Zimmer gewandert und auf die eine der Grünpflanzen gefallen: *Phoenix Robelini.*

Und diese Pflanze war im Totenzimmer stehengeblieben, sie war noch dort, inmitten der Stoffbespannungen, die von den Dekorateuren wohl eben wieder entfernt wurden. Antoinette würde sie vor Augen haben, wenn sie nach Hause kam. Ob sie es wagte, sie verschwinden zu lassen?

Würde sie im Haus der Rouets wohnen bleiben? Und würden die eine Schwiegertochter bei sich behalten wollen, die ihnen nichts bedeutete, die die alte Madame Rouet gar haßte?

Bei diesem Gedanken stieg Panik in Dominique

hoch; sie hielt krampfhaft die Lehne der Kirchenbank umklammert. Sie hatte Angst, daß Antoinette ihr weggenommen werden könnte, und sie hatte nur noch eines im Kopf: schleunigst zurück in den Faubourg Saint-Honoré, sich vergewissern, daß die Fensterläden wie üblich geöffnet waren und das Leben in der Wohnung wieder anfing, seinen gewohnten Gang zu gehen.

War es nicht ein schlechtes Omen, daß Antoinette ihre Mutter bei sich hatte, als ob sie bereits wieder zu einer anderen Familie gehörte? Und warum hatte sie sich gestern nicht in der Trauerkapelle aufgehalten?

Weil die alte Madame Rouet es nicht gewollt hat...!

Dominique war ganz sicher. Sie wußte zwar nicht, was vorgefallen war und noch vorfallen würde, aber sie hatte die alte Dame gesehen: hart und massig wie eine Karyatide, von einem bisher nicht gekannten Gefühl durchdrungen, das hatte Dominique gemerkt.

In einer der hinteren der für die Familie reservierten Bankreihen waren Verwandte – entfernte Verwandte wohl –, die den Kopf wandten und die Trauergemeinde musterten. Das Ritual lief monoton-prunkvoll ab; Dominique verfolgte automatisch das Hin und Her der Priester am Altar, und manchmal murmelte sie deren Gebete mit.

Dann zog sie mit den anderen am Sarg vorüber und besprengte ihn mit Weihwasser. Der alte Monsieur Rouet stand kerzengerade da und sah zu, wie die Gläubigen einer nach dem anderen vorbeidefilierten. Antoinette jedoch hatte sich hingekniet und die Hände vors Gesicht geschlagen.

Sie verhielt sich wie jede andere Witwe auch, in der

Hand ein zusammengeknülltes Taschentuch mit schwarzem Rand, und Dominique war enttäuscht, als die andere dann endlich in ihrer Nähe vorüberkam – Augen, die etwas glänzender waren als sonst, der Teint etwas matter, vielleicht auch wegen der Beleuchtung und des Schleiers ... Das war alles. Doch gleich danach fiel ihr etwas auf; sie überlegte einen Moment, was es sein könnte, schnupperte und roch in der von Weihrauch geschwängerten Luft das leichte Parfüm heraus, das hinter Antoinette her wehte. Hatte sie sich doch tatsächlich parfümiert ...!?

Als sie auf den Vorhof hinaustrat, um sich herum das monoton scharrende Geräusch der Schuhsohlen auf den Platten, und als sie wieder das blendend helle Sonnendreieck des Platzes vor sich hatte, da fuhren weiter vorn die ersten Wagen ab, und die hinteren rückten nach. Sie mischte sich unter die Menge, sie trat gewissermaßen aus der Beerdigung hinaus und ging dann auf der Schattenseite des Faubourg Saint-Honoré entlang immer schneller, je näher sie ihrer Wohnung kam.

Bei den Rouets waren die Läden geöffnet. Die Cailles waren gerade erst aufgestanden; in der Toilette lief der Wasserkasten voll, das Grammophon war in Betrieb, und in der Wohnung hing ein leichter Geruch nach Gas und Milchkaffee. Als Dominique das Fenster öffnete, hatte sie zu ihrer Erleichterung das gewohnte Schauspiel von gegenüber vor Augen: Cécile und ein anderes Mädchen waren mit Staubwedel und Besen bewaffnet und versuchten, eine Unzahl flimmernder Staubkörnchen zu vertreiben.

3

Wenn Dominique, anfangs ungeduldig, dann mit wachsender Erbitterung, darauf gebaut hatte, Antoinette werde Angst oder Gewissensbisse zu erkennen geben, dann hatte sie sich getäuscht. Statt dessen kam es zu einem Ausbruch von Gewalt. Und die trat so offen, gleich einer Naturgewalt zutage, daß Dominique eine ganze Weile nichts mehr begriff.

Es war der fünfte Tag nach der Beisetzung, und es war noch nichts passiert. Das Wetter war unverändert, die Sonne ebenso sengend wie zuvor, nur mit dem Unterschied, daß der Himmel inzwischen jeden Nachmittag gegen drei Uhr grauschwarz verhangen und die Luft noch stickiger war. Es stank aus den Gullys, was offenbar sogar dem quer zum Gehsteig liegenden Hund der Audebals zu schaffen machte. Die Menschen blickten unwillkürlich erwartungsvoll in die Luft in der Hoffnung, diesen bleiernen Himmel endlich bersten zu sehen. Aber auch wenn man hin und wieder in der Ferne ein undeutliches Grummeln zu vernehmen glaubte – das Gewitter entlud sich nicht, oder es brach irgendwo anders los, weit weg von Paris.

Dominique hatte sich in diesen fünf Tagen ganz aufs Warten verlegt; auch sie spannungsgeladen, und zum Schluß hätte sie nicht mehr sagen können, was ihr mehr Erleichterung gebracht hätte – die Entfesselung der

Elemente oder das Ereignis, dem sie stundenlang auflauerte, von dem sie nicht wußte, wann es eintrat und das doch zwangsläufig kommen mußte.

Es war einfach unvorstellbar, daß Antoinette die Nachricht völlig ungerührt hingenommen hatte, als ob sie das nicht beträfe, als ob sie auf dem Mond lebte... Sie wird die Nachricht nicht gelesen haben, redete Dominique sich ein. Oder sie hat sie nicht begriffen. Sie kennt vielleicht den lateinischen Namen der Pflanze nicht...

Antoinette schlief jetzt wieder in dem großen Ehebett, in dem ihr Mann während seiner Krankheit gelegen hatte und in dem er gestorben war. Sie ging selten aus. Und wenn sie es tat, dann war sie in Trauer. Daheim aber trug sie nach wie vor ihre bevorzugte aufwendige Hauskleidung aus schweren und reich verzierten Seidenstoffen. Sie stand spät auf und frühstückte faul im Bett.

Sie wechselte ein paar Worte mit Cécile, und es war nicht zu übersehen, daß die beiden Frauen nicht gut miteinander zurechtkamen. Cécile gab sich steif und zurückhaltend, und Antoinette ertrug sie mit sichtlicher Ungeduld.

Sie trödelte in der Wohnung herum. Mal räumte sie Schubladen auf, mal legte sie die Kleidung des Toten auf einen Stapel und zitierte Cécile herbei mit dem Auftrag, die Sachen irgendwo in einem Wandschrank unterzubringen, weit weg...

Sie las. Sie las viel, was sie bisher nie getan hatte.

Sie war praktisch nie ohne Zigarette, die auf einer langen elfenbeinernen Zigarettenspitze steckte. Und wieviel Zeit sie damit zubringen konnte, sich auf dem Couchrand hockend die Nägel zu lackieren oder vor einem kleinen Tischspiegel hingebungsvoll die Augenbrauen zu zupfen!

Nicht einen Blick zu den gegenüberliegenden Fenstern. Sie nahm von Dominique keine Notiz, sie nahm von der Straße keine Notiz. Sie hatte sich in dieser provisorischen Existenz etabliert; sie kam und ging, als ob das alles für sie keine Bedeutung habe.

Erst am fünften Tag passierte dann die Sache mit den Koffern, so gegen neun Uhr morgens. Oder vielmehr die beiden Sachen mit den Koffern, denn auch in Dominiques Wohnung spielte eigenartigerweise fast gleichzeitig ein Koffer eine gewisse Rolle.

Bevor das alles passierte, war Dominique ausgegangen, um ihre Besorgungen zu machen. Dabei war es zu einem kleinen Zwischenfall bei Audebal gekommen, wo drei oder vier Frauen in einem Grüppchen vor dem Ladentisch aus weißem Marmor beisammenstanden. Die Käsehändlerin hatte Dominique als erste bedient – nicht aus Zuvorkommenheit, sondern deswegen, weil manche Kundinnen die Gewohnheit hatten, im Laden einen kleinen Schwatz zu halten, bis die Kundschaft mit den unbedeutenderen Einkäufen abgefertigt war.

»Was darf es sein, kleine Dame?«

»Ein Achtel Roquefort.«

Dominique sprach leise und doch schneidend. Sie wollte nicht den Eindruck erwecken, als schämte sie sich ihrer Armut, und sie sah den Klatschtanten absichtlich direkt in die Augen.

Madame Audebal wog den Käse ab. Die Frauen schwiegen.

»Es ist etwas mehr geworden ... Für ein Franc fünfzig ...«

Zuviel. Dominique konnte sich nicht für mehr als einen Franc Käse leisten. Ihre Ausgaben waren bis ins Kleinste kalkuliert.

»Bitte wiegen Sie mir genau ein Achtel ab.« Es kostete sie Mut, das zu sagen.

Niemand sagte ein Wort. Niemand lachte. Und doch ging ein heftiges Erschauern durch den hellen und freundlichen Laden – eine Welle der Häme, hervorgerufen durch jenes winzige Käsestückchen, das die Händlerin nun angelegentlich um ein noch winzigeres Eckchen amputierte.

Als Dominique auf dem Heimweg unten durch die Haustür kam, bemerkte sie zu ihrer Überraschung Albert Caille, der im Pyjama heruntergekommen war, um selber nachzusehen, ob keine Post für ihn da sei. Er wirkte erstaunt und wie vor den Kopf geschlagen; er konnte es nicht glauben, daß nichts da war und stöberte in den Fächern aller anderen Hausbewohner herum.

Sie ging nach oben und machte sich daran, etwas Gemüse zu putzen. Wenig später wurde eine ganze Weile im Zimmer der Cailles geflüstert. Lina stand auf, machte sich viel schneller als sonst zurecht, und die beiden waren in weniger als zehn Minuten fertig. Und da kam der erste Koffer mit ins Spiel: Dominique vernahm ein zweimaliges metallisches Klicken – das typische Geräusch, wenn ein Reisekoffer geschlossen wird.

Der Gedanke, daß ihre Untermieter sie verlassen

könnten, machte ihr angst. Sie machte die Tür zum Salon einen Spalt breit auf, stellte sich dahinter und sah die beiden auch kurz darauf die Wohnung verlassen. Albert Caille hatte einen Koffer in der Hand.

Dominique brachte nicht den Mut auf, sie durch einen Zuruf zurückzuhalten. Sie schob bloß hinter ihnen den Riegel vor, betrat das unaufgeräumte Zimmer der beiden, entdeckte dann in der Toilette die Zahnbürsten, den schmutzigen Rasierapparat, die zum Trocknen aufgehängte Wäsche. Und wieder zurück im Zimmer: Da hing noch der Smoking im Wandschrank. Dann genierte sie sich, weil die alte Augustine drüben von oben hereinschaute, und sie ging in ihr eigenes Zimmer zurück.

Warum hatten sie den Koffer mitgenommen? Gestern abend waren sie nicht wie üblich zum Essen ausgegangen, aber sie hatte sie auch nicht mit diversen Tüten beladen heimkommen sehen wie Leute, die zu Hause einen Happen essen wollen.

Die alte Madame Rouet war auf ihrem Posten – in ihrem Turm, wie Dominique sagte. Das heißt, sie saß an dem Fenster direkt über dem Zimmer, in dem ihr Sohn gestorben war. Es war ein französisches Fenster, das bis zum Fußboden reichte – wie übrigens alle anderen Fenster des Hauses –, so daß man sie von unten her in voller Größe dasitzen sah: Immer im gleichen Sessel, ihren Stock in Reichweite; von Zeit zu Zeit klingelte sie nach einer der Hausangestellten, erteilte einer unsichtbaren Person Anweisungen oder überwachte, zur dunkleren Zimmermitte hin gewandt, die Ausführung dieser oder jener Arbeit.

Mehrere Minuten vergingen, ohne daß Antoinette aufgetaucht wäre; sie mußte wohl im Badezimmer sein. Dann war sie plötzlich da. Blaßgrüner Morgenrock, das Haar leicht zerzaust. Sie half Cécile, einen offenbar schweren Koffer in die Zimmermitte zu schleppen.

Dominiques Herz tat einen Sprung.

Sie will fort...

Also deswegen war Antoinette bisher so ruhig geblieben! Sie hatte abgewartet, bis bestimmte Formalitäten abgewickelt waren. Gestern war ein dunkel gekleideter Herr gekommen, wohl der Notar der Familie. Monsieur Rouet war nicht wie sonst aus dem Haus gegangen. Und Antoinette war oben bei ihren Schwiegereltern gewesen, wahrscheinlich zu einer Art Familienrat, zu einer Lagebesprechung.

Und jetzt, jetzt ging sie weg. Dominiques Spannung wurde zu Erbitterung, die in Wut umschlug. Eine Flut von Gedanken stürmte auf sie ein, und doch hätte sie nicht zu sagen vermocht, warum sie Antoinette Rouets Auszug auf keinen Fall zulassen konnte, warum sie wild entschlossen war, sich mit allen Mitteln dagegen zu wehren.

Sie dachte sogar daran, zu ihr hinüberzugehen... Aber nein, nicht doch. Sie brauchte ihr nur zu schreiben. Etwa so: Ich verbiete Ihnen, das Haus zu verlassen. Wenn Sie das tun, sage ich alles...

Drüben türmten sich Wäsche und Kleidungsstücke im Koffer; aus einem anderen Zimmer wurden weitere Koffer und Hutschachteln gebracht.

Antoinette wirkte nicht nervös, Cécile aber steifer und ablehnender denn je. Und dann, als ihre Herrin gerade ihren Schmuck in ein Handköfferchen räumte, war sie mit einem Mal verschwunden.

Dominique erriet, was vor sich ging, und sie freute sich im voraus, richtig getippt zu haben. Sie brauchte nur nach oben zu blicken. Zu warten, bis ein Stock höher angeklopft wurde. Ja ...!

Madame Rouet, die alte Madame Rouet wandte den Kopf. »Herein!« Sie hörte zu, runzelte die Brauen und stand vom Sessel auf, wobei sie sich schwer auf ihren Stock stützte.

Dominique triumphierte. Sie wußte, was jetzt kam! Und sie blickte mit einem Lächeln zu Antoinette hin, das einem höhnischen Grinsen nahekam.

Ha! Du denkst, du kannst einfach so weg ...!

Aber dann war die Erscheinung auf der Schwelle doch so überwältigend, daß es sie wie ein Schock traf, obwohl sie das erwartet hatte. Sie sah zuerst, wie Antoinette mit einem Ruck den Kopf wandte. Und fast im gleichen Moment erblickte sie die alte Rouet im Türrahmen, gewaltig, unbeweglich, auf ihren Stock gestützt. Die alte Dame sagte kein Wort. Sie schaute nur. Ihr Blick wanderte vom großen Koffer zu einem kleineren, über das ungemachte Bett und den grünen Morgenrock ihrer Schwiegertochter zum Schmuckköfferchen.

Antoinette dagegen verlor die Fassung. Sie stand auf wie ein Schulmädchen, das bei etwas Verbotenem ertappt wird, und fing wie ein Wasserfall zu reden an. Doch dann – eine schneidende Bemerkung, und sie verstummte nach den ersten paar Sätzen.

Was hatte sie erklären wollen? Daß sie wirklich keinen Grund habe, mitten im August, noch dazu bei so einer Hitze, in Paris zu bleiben? Daß die Familie ja seit jeher den Sommer auf dem Land zugebracht habe, oder am Meer? Daß ihre Trauer die gleiche sei – auch anderswo als in dieser trübseligen und überhitzten Wohnung?

Was Antoinette jedoch vor sich hatte, was sich ihrem Bewegungsdrang und ihrer Sehnsucht nach Weite entgegenstellte, das war eine in ihrer nüchternen Entschlossenheit unerbittliche Kraft, das war jahrhundertealte Tradition. Das war eine Grundfeste, gegen die irgendwelche Bedürfnisse oder Gewohnheiten nichts ausrichteten.

Zu einem bestimmten Zeitpunkt hob sich das Ende des Krückstocks in die Höhe und berührte den Zipfel des grünseidenen Morgenrocks. Und diese Geste sagte alles; sie war mehr als eine Verurteilung, sie war durch und durch Ausdruck von Verachtung. Einer Verachtung, die die alte Dame physiognomisch nicht zu zeigen geruhte – sie legte alles in den Stock.

Dann war die alte Rouet verschwunden, Antoinette allein. Sie hielt die Fäuste an die Schläfen gepreßt und betrachtete sich lange im Spiegel. Dann ging sie plötzlich zur Tür.

»Cécile! Cécile...!«

Das Mädchen tauchte aus den unsichtbaren hinteren Räumen der Wohnung auf. Antoinette überschüttete sie mit einem Wortschwall, während Cécile ungerührt wie ihre Herrin – die wirkliche, die von oben – stocksteif dastand und darauf bedacht war, nicht die Augen zu senken.

Cécile war ein mageres, brünettes Mädchen von schlichtem Auftreten. Sie trug das Haar straff zurückgekämmt und auf dem Hinterkopf zu einem festen Dutt zusammengebunden. Sie war flachbrüstig und von gelblichem Teint, vor allem am Hals. Während sie zuhörte, hielt sie die Hände über dem Bauch gefaltet, und diese beiden ineinander verschränkten Hände bekundeten sowohl ihr Selbstvertrauen wie gleichzeitig ihre Verachtung für diesen Zorn, der da vor ihr schäumte, ohne sie zu erreichen.

Dominique konnte die Worte nicht hören. Sie trat unbewußt so dicht ans Fenster, daß Antoinette, hätte sie sich umgedreht, begriffen hätte, was vor sich ging: daß sie seit langem beobachtet wurde. Und vielleicht hätte sie gleichzeitig auch noch mehr erraten.

Antoinettes weiches und üppiges braunes Haar flog wild hin und her; die seidige Haarfülle fiel abwechselnd auf die eine und die andere Schulter, der Morgenrock klaffte, die halbnackten Arme fuhren gestikulierend durch die Luft, und ihr Blick kehrte unweigerlich zu jenen dreist über dem Bauch verschränkten Händen zurück. Endlich konnte sie sich nicht mehr bremsen; es war wie eine Explosion. Sie stürzte sich auf das Mädchen, auf diese Hände, riß sie abrupt auseinander. Und als Cécile immer noch keinen Mucks tat, packte sie sie an den Schultern und schüttelte sie so, daß sie mit dem Kopf mehrmals gegen den Türrahmen schlug.

In eben diesem Augenblick schaute Cécile eine Sekunde lang aus dem Fenster. Sicherlich zufällig; vielleicht hatte ein Lufthauch einen Zipfel der Stores hochgeweht. Ihr Blick traf den von Dominique.

Dominique war sicher, den Schatten eines Lächelns erhascht zu haben. Eines durch und durch befriedigten Lächelns! ›Sehen Sie‹, schien sie zu sagen, ›was diese Frau taugt, die da in unser Haus eingedrungen ist, die so getan hat, als lebt sie mit Monsieur Hubert und die jetzt...‹

Oder... War dieses verhaltene Lächeln nicht doch eher für Antoinette bestimmt? Etwa in dem Sinne: Schlag nur weiter. Strampel dich ab! Mach dir Luft! Zeig nur, was du im Grunde bist, eine Marktschreierin, ein Fischweib wie deine Mutter, die in den *Halles* Muscheln verkauft hat... Außerdem schaut dir jemand zu! Du weißt es nicht, aber jemand schaut dir zu und verurteilt dich...!

Antoinette hatte sie losgelassen. Sie machte nur drei oder vier Schritte ins Zimmer, wobei sie erregt weiterredete. Als sie sich umdrehte, sah sie Cécile zu ihrer Verblüffung noch auf dem gleichen Fleck stehen. Sie warf sich erneut auf sie, diesmal noch vehementer als zuvor, schob sie in das angrenzende Boudoir, schubste und stieß sie fast um, bis sie endlich die Tür zum Flur erreicht hatte.

Sie hatte sie hinausgeworfen. Vielleicht schob sie gerade den Riegel vor.

Als Antoinette wieder auftauchte, hatte sie sich weitgehend beruhigt. Dieser Ausbruch hatte sie erleichtert; sie redete noch mit sich selbst und lief in der Wohnung hin und her. Sie hatte offenbar immer noch einen starken Aktionsdrang und überlegte sich wohl, wie sie ihn am besten abreagieren könne.

Ob der Impuls vom Anblick des noch ungemachten

Bettes ausging, mit dem Frühstückstablett auf der Bettdecke? Jedenfalls ging sie zum Telefon und wählte eine Nummer.

Im Turm oben hatte die alte Madame Rouet den Kopf zur Zimmermitte gewandt. Sicherlich war Cécile bei ihr. Diesmal blieb die alte Dame im Sessel sitzen. Sie hörte zu, und als sie etwas sagte, sprach sie ganz ruhig.

Antoinette ließ nicht locker am Telefon. Ja, es mußte gleich sein, jetzt... Dominique wußte nicht, was sie beschlossen hatte, aber sie begriff, daß es etwas war, das *sofort* geschehen mußte.

Es gab Momente, in denen Dominique das Atemholen vergaß, so sehr brachte diese Vitalität sie aus der Fassung. Das Verbrechen, der Mord – denn das war es ja tatsächlich gewesen, was sich vor ihren Augen abgespielt hatte – hatte sie fast weniger erschüttert. Der war wenigstens schweigend begangen worden, ohne große Gesten. Er war wie das zwangsläufige Ende eines introvertierten, eines abgeschotteten Lebens gewesen, während jetzt, bei Antoinette... In *ihrem* Leben gab es keine Heimlichkeit; dieses Leben präsentierte sich Dominique in brutaler Ungeschminktheit. Es war am Überlaufen, brodelnd und voller Eroberungsdrang.

Dominique wußte nicht mehr, wo und wie sie sich hinstellen sollte. Sie wollte sich nicht setzen. Sie wollte nichts von dem versäumen, was drüben vor sich ging. Das war etwas, das ihr wehtat, von dem ihr schwindlig wurde. Etwas, das genauso schmerzhaft war – nur schlimmer – wie wenn sie durchs Schlüsselloch guckte. Wie damals, als sie zum ersten Mal den Geschlechtsakt in seiner ganzen Brutalität mitangesehen hatte. Als sie das vor animalischer Kraft glänzende Glied eines Mannes wachsen gesehen hatte.

Sollte das Antoinette sein, die wirkliche Antoinette? In Dominique bäumte sich alles auf angesichts dieses großartigen und zugleich ordinären Ausbruchs von Lebenswillen.

Sie wollte ihr schreiben, sofort. Und die Worte, die ihr einfielen, waren nicht weniger roh als die Szene, deren Zeuge sie geworden war.

Sie haben Ihren Mann umgebracht …

Ja, das würde sie schreiben, das wollte sie sofort aufschreiben. Sie tat es, ohne lang zu überlegen, und ohne, wie beim ersten Mal, ihre Schrift zu verstellen. Und sie setzte instinktiv hinzu:

Und Sie wissen das genau.

Diese Worte verrieten gleichzeitig, was sie innerlich am meisten quälte, was der wirkliche Grund für ihre Entrüstung war. Für Gewissensbisse hätte sie Verständnis gehabt. Auch für eine Angst, die sich vielleicht von Stunde zu Stunde langsam gesteigert hätte. Sie hätte alles verstanden, alles akzeptiert und vielleicht vergeben, nur nicht diesen Gleichmut, dieses fünftägige Warten und danach diesen frischfröhlichen Aufbruch – denn Antoinette wäre ja vergnügt und wie selbstverständlich weggegangen, wenn man ihr nicht Einhalt geboten hätte … Und jetzt endlich diese Auflehnung, in der sich ihr Mangel an Schuldbewußtsein offenbarte.

Und Sie wissen das genau …

Im Unterbewußtsein wußte Antoinette es sicherlich, irgendwie. Aber es schien ihr nicht *bewußt* zu werden. Sie wußte es vielleicht, aber es machte ihr nichts aus. Sie war Witwe. Sie war endlich ihren trüben und langweiligen Ehemann los. Sie war reich.

Sie wollte weg – warum eigentlich nicht?

Dominique wäre um ein Haar sofort hinuntergegangen, um ihren Brief einzuwerfen, aber da fuhr gegenüber ein Lieferwagen vor, und zwei Männer – Arbeiter im blauen Drillich – stiegen mit allerlei Handwerkszeug aus.

Antoinette empfing die Männer an der Wohnungstür, nachdem Cécile nicht wieder aufgetaucht war. Sie war ruhig und deutete entschlossen und exakt hierhin und dorthin. Sie hatte eine Entscheidung getroffen. Sie wußte, was sie wollte, und ihr Wille mußte auf der Stelle in die Tat umgesetzt werden.

Als erstes mußte das große Ehebett abgeschlagen und entfernt werden. Die Arbeiter nahmen die Matratze ab, stellten sie auf den Vorplatz und schraubten dann Fuß- und Kopfende von den Seitenteilen ab. Das Zimmer wirkte von einem Moment zum anderen ganz nackt; da war nur das feine Staubkarree auf dem Boden an der Stelle, an der Hubert Rouet gestorben war.

Antoinette erteilte weiter Anweisungen, ging hin und her, ohne sich um ihren halboffenen Morgenrock zu kümmern. Die beiden Männer führten gleichmütig ihre Anordnungen aus und trugen die Couch, auf der sie während der Krankheit ihres Mannes geschlafen hatte, ins Zimmer hinüber.

Sie warf einen Blick auf die dunklen Vorhänge, die fast nie zugezogen wurden, und hätte beinahe gesagt: ›Nehmen Sie die mit!‹ Aber dann kam ihr zweifellos in den Sinn, daß man die Fenster nicht ganz kahl lassen konnte, und daß im Moment keine anderen Vorhänge da waren.

Die beiden Töpfe mit den Grünpflanzen standen immer noch auf dem Kamin; Antoinette deutete darauf, und damit war ihr Schicksal besiegelt. Dominique wollte ihren Augen nicht trauen, als sie zusah, wie Antoinette die Töpfe wegräumen ließ, ohne einen Blick darauf zu verwenden, ohne innerlich zusammenzuzukken und ohne einen Gedanken an das, was geschehen war!

Die Cailles kamen nicht zurück. Es war elf Uhr, die Straße fast ausgestorben. An der Apotheke war die verschossen-gelbe Markise heruntergelassen, an verschiedenen Geschäften die Läden zugeklappt – ein Bild wie an einem Sonntagmorgen.

Um halb zwölf waren die Arbeiter schon fertig. Was an Möbeln in den vorderen Zimmern blieb, war umgestellt, was weg sollte, war in ein Zimmer mit Fenster zum Hof umgeräumt, der sekundenlang graugrün für Dominique sichtbar wurde, ganz am Ende eines Korridors mit vielen Türen.

Als Antoinette dann allein war und die veränderte Einrichtung um sich herum betrachtete, drückte ihre Miene eine gewisse Genugtuung aus, als ob sie sagen wollte: Na bitte, wenn ich schon bleiben soll...

Sie richtete sich ein, packte die Taschen und Koffer wieder aus, räumte Fächer und Schubladen neu ein, zündete sich hin und wieder eine Zigarette an und zuckte nach einem Blick zur Zimmerdecke die Achseln – sicherlich empfand sie die Anwesenheit der Schwiegermutter da oben als erdrückend.

Ob sie ahnte, daß die Ereignisse sich bald überstürzten und den heutigen Tag zu einem entscheidenden Tag machten? Daß sie etwas zu tun hatte, tat ihr jedenfalls gut und verschaffte ihr Erleichterung. Sie machte sich nicht die Mühe, sich anzuziehen und zum Mittagessen auszugehen; Dominique sah sie mit einem Stück Brot und etwas kaltem Braten aus der Küche kommen.

Monsieur Rouet kam nach Hause. Dominique sah ihn bloß auf der Straße. Dann war seine Frau oben vom Fenster verschwunden, und es bedurfte nicht viel, sich vorzustellen, wie sie beide im Halbdunkel ihrer Wohnung bei Tisch saßen, wie er alles erzählt bekam und wie sie gemeinsam über das weitere Vorgehen beratschlagten.

Etwas später schreckte Antoinette tatsächlich zusammen; da hatte jemand an der Wohnungstür geklingelt. Beim zweiten Klingeln ging sie die Tür aufmachen. Ihr Schwiegervater trat ein, ruhig und kalt, allerdings nicht ganz so kalt wie seine Frau. So, als ob er gekommen sei, um das Ärgste wieder auszubügeln. Bleib fest, war ihm oben bestimmt eingeschärft worden; bleib bloß fest! Laß dich nicht rumkriegen von ihren Tränen und ihrem Getue...

Er hatte den Hut noch auf, als er vor der Tür stand, wohl um seinem Besuch in dieser Wohnung, die früher einmal zu der seinen gehört hatte, mehr Nachdruck zu verleihen. Und als er sich dann gesetzt hatte, hielt er den Hut auf den Knien und mußte ihn jedesmal hochnehmen, wenn er ein Bein über das andere schlug.

»Mein Kind, ich bin hier, um...« Etwa so mochte er angefangen haben. »Nach all dem Schweren, das wir kürzlich durchgemacht haben, liegt es auf der Hand ... Sie müssen das verstehen ... Das muß einfach sein, nicht wahr, und sei es nur der Leute wegen ...«

Antoinette gab Dominique erneut Grund zur Verblüffung: Sie war völlig ruhig; sie hatte fast ein Lächeln aufgesetzt! Eine Antoinette, die zu allem Ja sagte, möglicherweise nicht so sehr aus Überzeugung; eher mit einem ironischen Unterton.

Aber gewiß doch! Warum sollte sie nicht auf die Ferien verzichten, wenn es ihren Schwiegereltern so sehr am Herzen lag! Sie hatte sich lediglich erlaubt, die Wohnung passender einzurichten für eine einzelne Person. War das etwa ein Verbrechen? Hatte sie etwa nicht das Recht, die Räume, in denen sie festgehalten wurde, nach ihrem Geschmack einzurichten? Na also. Das war alles. Das heißt ... Vielleicht würde sie in einiger Zeit andere Vorhänge besorgen. Die alten waren nicht mehr schön und für eine junge Frau einfach zu trist. Sie hatte bisher nichts dazu gesagt, weil es der Geschmack ihres Mannes gewesen war, oder vielmehr der seiner Eltern ...

Aber warum denn nicht ... Monsieur Rouet war hocherfreut, sie so gefügig anzutreffen. Aber es gab da noch etwas anderes ... Er zögerte, nahm den Hut zweioder dreimal hoch, weil er die Beinhaltung wechselte, und biß das Ende einer Zigarre ab, die er dann nicht anzündete.

»Sie wissen ja, daß Cécile sozusagen mit zur Familie gehört, daß sie seit fünfzehn Jahren bei uns im Hause ist ...«

Ein Mann merkt so was nicht. Ein Mann ist selten in

der Lage, bei einer Frau den Haß aufkeimen zu sehen, weil das bei ihr anders vor sich geht als bei ihm. Da ist lediglich so ein Aufrichten des Oberkörpers, ein kaum wahrnehmbares Hochfahren, eine flüchtige Spannung im Gesicht... Aber dann ein entgegenkommendes Lächeln.

Nun ja, damit konnte sie sich einverstanden erklären, daß Cécile zurückkam...

Sie würde zwar weiter herumspionieren, klar, sie würde ein dutzendmal täglich bei der Schwiegermutter oben zum Rapport antreten, ihr alles erzählen, was ein Stock tiefer vor sich ging...

»Aber ja, sie kann kommen! Ist das alles?«

»Schon gut, schon gut... Wir wollen es dabei bewenden lassen. So was kommt immer mal vor – ein kleines Mißverständnis eben! Außerdem, bei so einer Gewitterstimmung, da gehen jedem mal die Nerven durch.«

Sie begleitet ihren Schwiegervater zur Tür. Er drückt ihr die Hand, sichtlich erfreut, daß die Aussprache so glimpflich verlaufen ist. Er nimmt zwei Stufen auf einmal, als er die Treppe hinaufsteigt. Er will es seiner Frau gleich erzählen, daß er auf der ganzen Linie gesiegt hat. Er ist fest und unerschütterlich geblieben!

Und schon geht Cécile wieder nach unten, als ob nichts gewesen sei, makellos in ihrem schwarzen Kleid und dem weißen Schürzchen. »Was wünschen Madame, daß ich Ihnen serviere?« Gesicht und Stimme sind spitz.

»Ach, essen? Danke, nichts...« Sie hat gegessen. Sie braucht nichts.

Beziehungsweise, etwas braucht sie. Ein Telefongespräch. Weil die Leere heute, nach dem ganzen Hin und Her noch unerträglicher ist, so ähnlich wie Durchzug beim Großputz.

Am anderen Ende ist jemand, den sie gut kennt – den sie mag, das kann man an ihrem Gesichtsausdruck ablesen, an ihrem Lächeln. Sie spricht mit einem Menschen, dem sie vertraut, denn hin und wieder wird ihr Lächeln böse, und sie äußert offenbar Drohungen gegen eine dritte Person.

»Also abgemacht, du kommst ...«

Bis dahin streckt sich Antoinette auf der Couch aus, den Blick zur Decke gerichtet, die lange Zigarettenspitze zwischen den Zähnen.

Die Cailles sind immer noch nicht zurück.

Dominiques Brief liegt auf dem Tisch, gleich neben der Tüte mit dem Roquefort, der inzwischen weich und klebrig sein wird.

Soll sie den Brief abschicken? Soll sie ihn nicht abschicken?

Sie ist keine Muschelverkäuferin oder Fischhändlerin. Es stimmt zwar, daß ihr Vater in Dieppe mit Seefischen gehandelt hat, aber sie selbst, Antoinettes Mutter, hat einen Métro-Angestellten geheiratet. Sie hat somit auch nie hinter dem Ladentisch eines Fischgeschäfts gestanden, und schon gar nicht in den *Halles*.

Sie ist groß und kräftig, mit einer Stimme, die tiefer sein dürfte als normalerweise bei Frauen. Sie ist in Halbtrauer und betont dies durch ein weißes Hutband. Schon allein an der Art, wie sie nach einem Blick auf den Taxameter das Taxi bezahlt, kann man erkennen, daß sie keinen Mann braucht, um im Leben zurechtzukommen.

Sie ist nicht allein. Sie ist in Begleitung einer jungen Frau, höchstens zweiundzwanzig. Und die ist nicht in Trauer; sie war auch nicht auf der Beerdigung. Man braucht nicht zweimal hinzusehen, um in ihr die jüngere Schwester von Antoinette zu erkennen.

Sie trägt ein sehr schickes Kostüm und einen Hut, der aus einem der ersten Putzmacherateliers stammen muß. Sie ist schön; das ist der erste Eindruck. Sehr viel schöner als Antoinette, und sie strahlt etwas aus – eine Zurückhaltung, die Dominique verwirrt. Es ist etwas, das sie nicht begreift. Sie könnte nicht sagen, ob es eine junge Frau ist oder ein junges Mädchen. Große dunkelblaue Augen, von denen viel Ruhe ausgeht; der Mund steht leicht offen, was vielleicht am meisten dazu beiträgt, daß sie so jung und so mädchenhaft wirkt.

Für den Besuch von Mutter und Schwester hat Antoinette sich nicht eigens anzuziehen brauchen. Sie umarmen sich, und Antoinettes Blick zur Decke besagt: Achtung! Die Alte! Sie läßt sich in einen Lehnsessel fallen und bedeutet ihrer Schwester, sich auf die Couch zu setzen. Die aber begnügt sich mit einem Stuhl, immer noch in der betont wohlerzogenen Haltung eines jungen Mädchens, das irgendwo zu Besuch ist.

Oder liegt es vielleicht an dem Kostüm, das so überaus korrekt ist – wie übrigens ihr ganzes Gebaren –, daß sie auch wie eine Frau wirkt?

»Also, erzähl ...« Die Mutter mustert eingehend die Wände und das Mobiliar ringsum.

Antoinette zuckt die Achseln, und dieses Achselzukken fällt in Gesellschaft von Mutter und Schwester ordinärer aus, als wenn sie allein ist. Sie redet, und man spürt geradezu, daß auch die Stimme ordinärer ist als sonst, mit leicht schleppendem Tonfall, daß sie wahrscheinlich Worte benutzt, die nicht besonders salonfähig sind – vor allem, wenn sie auf die Alte im Turm zu sprechen kommt und ihr Blick automatisch zur Decke wandert.

In der ganzen Zeit seit Antoinettes Heirat hat Dominique diese Schwester nie im Hause gesehen, und sie könnte mit Leichtigkeit die paar Male aufzählen, bei denen die Mutter sichtbar wurde. Sie versteht auch, warum. Dazu gehört nicht viel.

Seit die beiden nämlich da sind, hat sich die Wohnung bereits verändert; es herrscht eine schwer zu definierende Nonchalance, eine Unordnung irgendwie. Die Mutter hat ihren Hut auf dem Bett abgelegt; vielleicht legt sie sich nachher sogar selber hin, da die Hitze ihr zusetzt. Nur die Schwester trägt weiter die Haltung der wohlerzogenen Besucherin zur Schau.

Antoinette ist immer noch beim Erzählen. Sie imitiert das Eintreffen ihrer Schwiegermutter, beziehungsweise ihr Auftauchen im Türrahmen, das Kommen und Gehen dieser Spionin Cécile; sie macht beredt das Geschwafel ihres Schwiegervaters nach und mokiert sich über seine falsche Würde. Sie schließt mit einer Gebärde, die soviel sagt wie: Von mir aus! Denen ist ja nicht mehr zu helfen!

Überhaupt, all das hat ohnehin keine Bedeutung... Sie wird schon zurecht kommen. Sie arrangiert sich. Sie hat ja Zeit! Letzten Endes geht es doch nur nach ihrem Kopf, ungeachtet aller Rouets der Welt...

Hat die alte Rouet von unten Stimmen gehört, Gesprächsfetzen? Jedenfalls drückt sie auf den Klingelknopf und erkundigt sich bei Félicie, die daraufhin oben erschienen ist.

»Ja, es sind Verwandte von Madame da, ihre Mutter und ihre Schwester...«

Nein! Das ging zu weit! Die Mutter mochte ja noch angehen, aber die Schwester, die... Diese Schwester, der... »Sagen Sie Madame«, ordnet die alte Rouet an, »sie soll heraufkommen. Ich muß mit ihr reden.«

Antoinette zeigt sich kaum überrascht. »Was hab ich euch gesagt? Moment, wartet hier auf mich...«

Geht sie etwa im Morgenrock rauf? In diesem zu grünen Morgenrock, den der Krückstock vorhin gebrandmarkt hat? Will sie es auf die Spitze treiben?

Aber nein, sie schnappt sich ein schwarzes Kleid, irgendeines, und sie pflanzt sich vor dem Spiegel auf. Sie steht vor ihrer Mutter und ihrer Schwester im Hemd da; sie steckt mit ein paar Haarnadeln, die sie zwischen den Lippen festhält, ihr Haar zurecht.

»So geht's doch, ja?«

Auf denn! Sie geht nach oben. Wenn Dominique sie auch nicht sieht – es ist doch so, als ob sie vor ihr stünde. Der zur Zimmermitte gewandte Kopf der alten Rouet spricht Bände. Keinerlei Zorn. Nur ein paar Worte, die von ihr abfallen wie ein Stück Eis von einer Fensterscheibe.

»Es war ein für alle Mal vereinbart, daß Ihre Schwester nicht den Fuß über diese Schwelle setzt...«

Die Schwester unten weiß, worum es geht: Sie ist bereits aufgestanden, macht sich jetzt ihrerseits ein wenig vor dem Spiegel zurecht und wartet mit ihrem Aufbruch nur noch Antoinettes Rückkehr ab.

Und da kommt sie. »Na bitte! Hat wieder mal hingehauen! Bleibt mir nichts übrig, als dich vor die Tür zu setzen, Kindchen. Anweisung des Trampeltiers!« Sie lacht bei diesen Worten schallend auf; ein Lachen, das Dominique über die Straße hinweg weh tut.

Antoinette umarmt ihre Mutter zum Abschied, ruft sie dann nochmals zurück, geht auf ein Schränkchen zu und holt ein paar Banknoten heraus. »Da! Nimm wenigstens das mit...«

Antoinette liegt auf der Couch und schläft. Das eine Bein hängt fast bis zum Boden herab, und das Gesicht drückt keine Gemütsbewegung, keinerlei Sorgen aus. Sie liegt schlafend mit halbgeöffneten Lippen in der Nachmittagshitze inmitten des Lebens, das von der Straße heraufbrandet.

Die Cailles sind nicht zurückgekommen, und Dominique hat sich ein weiteres Mal in ihrem Zimmer umgesehen, nachdem sie den Riegel der Wohnungstür vorgeschoben hatte.

Sie weiß jetzt, daß sie nicht einfach auf und davon sind. In der Garderobe hat Linas Wintermantel gefehlt, ein schöner beiger Tuchmantel mit Marderbesatz, den sie von zu Hause mitgebracht hat, ganz neu, der typische Mantel einer reichen Bürgerstochter aus der Provinz.

Dominique ist ausgegangen, und sie hatte sich bis zur

letzten Minute um eine Entscheidung herumgedrückt. Dann hat sie den Brief hastig in einen Kasten in der Rue Royale geworfen.

Ein Bus voller ausländischer Touristen ist ganz nahe an ihr vorbeigefahren, und sie hatte das Gefühl, daß diese Menschen, die da geblendet von der fremden Stadt an ihr vorbeiglitten, dem gewöhnlichen Leben und seinem Trott entronnen waren.

Es hatte ihr einen Stich gegeben, sie war neidisch geworden. Sie selbst hatte das monotone und ekelhafte tägliche Einerlei noch nie hinter sich lassen können. Höchstens früher einmal, bevor sie achtzehn war, da hatte es ein paar Jahre gegeben... Aber damals war es ihr nicht bewußt geworden, und sie hatte es nicht genießen können.

Heute morgen hat sie die dicke Madame Audebal, die sie verabscheut, schon wieder darum bitten müssen, von einem bereits abgewogenen Stück Käse ein kleines Stückchen abzuschneiden, weil die Portion zu groß und zu teuer ausgefallen war. Für sie ist alles zu teuer!

Die Cailles sind weg, um Linas Mantel zu verkaufen, oder sie haben ihn ins Pfandhaus getragen. Aber leben tun sie, als ob sie Einteilen nicht nötig hätten.

Immerhin, sie leben! Übrigens kommen sie ihr da gerade entgegen. Sie haben sich untergehakt, und sie merkt, der Koffer in der Hand von Albert Caille ist leer. Man sieht es an der Art, wie er ihm gegen das Bein schlägt. Sie merkt auch – vor allem am Glanz in seinen Augen, an dem lüsternen Zug um seinen Mund –, daß er Geld in der Tasche hat, daß er sich reich vorkommt, daß er das Leben noch mehr in vollen Zügen genießen will. Und Lina macht mit, ohne sich zu überlegen, wo das hinführt.

Sie wäre gern unbemerkt an ihnen vorbeigekommen, aber Lina hat sie gesehen, ihren Mann in den Arm gekniffen und etwas dazu gemurmelt. Aber was?

›Die Wohnungseigentümerin‹, hat sie vielleicht gesagt. Denn für die beiden ist sie die Wohnungseigentümerin! Möglicherweise hat sie aber auch gesagt: Die alte Schachtel!

Was glaubt die denn – etwa, daß man sich mit Vierzig alt fühlt?

Und schon zieht Caille mit großer Geste den Hut vor ihr, vor der dunklen und schmächtigen Gestalt, die sie ist. Die sich an den Hauswänden entlangdrückt, wie um in der Straße weniger Platz einzunehmen.

Und da sind die Tausende von Menschen, die kommen und gehen, die fröhlich auf einer Caféterrasse herumsitzen und etwas trinken, die sich etwas zurufen, die den Frauen nachschauen – auf die Beine und die hauchdünnen Kleider, unter denen sich der Po abzeichnet. Da ist diese ganze Ausdünstung menschlicher Körper, menschlichen Lebens überhaupt, die dazu führt, daß sie einen Kloß im Hals hat, daß ihr ganz komisch im Kopf ist...

Ach, sie hat heute so furchtbar, so unglaublich Lust zu weinen!

4

Sie lief schnell, als ob sie verfolgt würde. Oder, besser gesagt, ihr Schritt wurde rascher, kürzer, abgehackter, je näher sie ihrer Wohnung kam; sie hatte etwas von der panischen Anstrengung eines Schwimmers an sich, dem plötzlich klar wird, daß er unvorsichtig war; der mit verzweifelter Aufbietung aller Kräfte zum Strand zurückschwimmt, wo er endlich wieder festen Grund unter den Füßen hat. Genau so war es.

Bereits im Hauseingang fühlte sie allmählich wieder Boden unter den Füßen bei dem eigentümlichen Widerhall der Schritte in diesem ehemaligen Patrizierhaus, das in ein Mietshaus umgewandelt worden war. Sie spürte die vertraute rauhe Oberfläche der gelblichen Fliesen mit den schadhaften Fugen unter den Sohlen, sie erblickte ihre winzig-verzerrte Gestalt in der Messingkugel an der Treppe, und es tat ihr direkt körperlich wohl, mit der Hand über das polierte Geländer zu fahren. Weiter oben blieb sie wie stets einen Moment auf der gleichen Stufe stehen und kramte in der Handtasche nach ihrem Schlüssel; wie stets hatte sie eine kleine Schrecksekunde, da sie den Schlüssel nicht sofort fand und sich, nicht ganz im Ernst, die Frage stellte, ob sie ihn verloren hatte.

Dann war sie endlich in ihrer Wohnung. Noch nicht im Salon, sondern nur in ihrem Schlafzimmer – dem einzigen Raum, den sie für sich in Anspruch nahm, in den sie sich völlig zurückgezogen hatte und den sie sich zeitweilig noch kleiner wünschte, wie um ihn noch besser mit ihrer Persönlichkeit zu durchdringen.

Sie schloß die Tür ab und blieb matt und außer Atem an der Stelle stehen, an der sie immer stehenblieb: vor dem Spiegel – das eigene Spiegelbild zum eigenen Empfang.

Sie empfand für sich selbst, für diese Dominique, die früher Nique genannt worden war – wer aber, außer sie selbst, sollte sie heute noch so nennen? – sie empfand also für diese Nique ein ungeheures Mitgefühl. Und es tat ihr gut, sie in diesem Spiegel zu betrachten, der die Salès' in alle Garnisonsstädte begleitet, und der sie schon als Kind gekannt hatte.

Nein, sie war noch keine alte Jungfer. Ihr Gesicht hatte keine Falten bekommen, die Haut war frisch geblieben, obwohl sie nicht viel an die Luft kam. Sie hatte noch nie eine lebhafte Farbe gehabt; dagegen war ihr Teint ganz ungewöhnlich zart. Dominique kam wieder die sanfte, melodische Stimme ihrer Mutter in den Sinn: Nique hat die Haut der Le Brets ... Aber die Kopfhaltung ist die ihrer Großmutter Chaillou ...

Es war beruhigend, beim Auftauchen aus diesem brutalen Gedränge auf der Straße, bei dem die Leute schamlos ihre Lebenslust zur Schau stellten, hier oben so etwas wie Familiengötter wiederzutreffen in Form von Namen und Begriffen, die eben mehr waren als Namen und Begriffe, die die Brücke zu einer Welt verkörperten, zu der Dominique selbst gehörte, und die sie in Ehren hielt.

Es waren Namen, deren einzelne Silben eine Farbe hatten, einen Duft oder eine mystische Bedeutung. Und sie wurden fast alle symbolisch durch einen Gegenstand vertreten, hier in diesem Zimmer, in dem Dominique – noch mit dem unpersönlichen Geschmack des Straßenstaubs auf den Lippen, wieder von sich selbst Besitz ergriff.

So gab es in diesem Raum zum Beispiel weder eine Wanduhr noch einen Wecker. Statt dessen hing ein sehr kleines goldenes Ührchen am Kopfende des Bettes, dessen Gehäuse mit einem Blütenkelch aus kleinen Perlen und Rubinsplittern verziert war. Es war die Uhr ihrer Großmutter Chaillou, und sie verkörperte die Erinnerung an ein weitläufiges Landhaus in der Umgebung von Rennes, das alle Welt nur ›das Schloß‹ nannte.

In dem Jahr, in dem wir das Schloß verkaufen mußten...

Dominique verwendete ein rotseidenes Pantöffelchen als Schmuckkästchen für die Uhr. Es war grün, blau und gelb bestickt – von Nique selbst, damals mit sieben oder acht Jahren, als sie in Nîmes bei den *Sœurs de l'Ascension* im Pensionat gewesen war.

Sie zündete das Gas an, legte als Tischtuchersatz eine Serviette über die Tischecke. Wahrscheinlich saß man in den meisten Wohnungen in der Straße jetzt beim Mittagessen – jedenfalls dort, wo die Bewohner nicht in Ferien waren. In den Zimmern von Antoinette Rouet jedoch war niemand zu sehen.

Ihre Gedanken kreisten unablässig um Antoinette – es war die reinste Besessenheit... Um dem zu entgehen, dachte Dominique daran, das ›Spiel zu spielen‹. Es bestand in ›Denken-spielen‹, wie sie früher gesagt hatte und heute noch, halb und halb unbewußt, sagte.

Dieses Spiel setzte eine bestimmte Gemütsverfassung voraus. Man mußte sich erst in den Zustand der Gnade versetzen. Morgens zum Beispiel, bei den Hausarbeiten, war es unmöglich. Ebenso unmöglich, zu einem festgesetzten Zeitpunkt damit zu beginnen. Es hatte etwas von einem Wachtraum an sich, und träumen kann man nicht auf Kommando, man kann sich höchstens nach und nach in die richtige Verfassung bringen.

Es war zum Beispiel gut, das Wort *Chaillou* an den Beginn zu setzen – es war ein Schlüsselwort. Aber es gab noch andere: etwa *Tante Clémentine* ... Tante Clémentine, das war die Vormittagsstunde so um elf, wenn die morgendliche Kühle der heißeren Mittagssonne wich, wenn man den Geruch der eigenen Haut wahrzunehmen begann ...

Eine Villa, in La Seyne nahe bei Toulon ... Der Mann von Tante Clémentine – sie war eine geborene Le Bret und hatte einen Mann namens Chabiron geheiratet – war Ingenieur im Militärdepot von Toulon ... Dominique war einen Monat lang in den Ferien dort gewesen. Sie hatte in einem Garten voller blühender Mimosen gesessen und gelesen. Eine glühende Sonne, das Stampfen und Zischen der Maschinen von den Schiffswerften. Sie brauchte sich nur aufzurichten, um durch ein Geflecht von Kränen und Laufkränen hindurch einen Zipfel des Meeres zu sehen, intensiv blau ... Und das war alles so dicht und komprimiert, das bildete eine derart kompakte Einheit, daß es direkt eine Befreiung war, wenn um zwölf Uhr mittags die Luft vom Heulton der Werkssirenen durchschnitten wurde, denen die Sirenen der Schiffe Antwort gaben, die draußen auf Reede lagen. Und wenn dann das Geräusch vieler Schritte kam – Arbeiter und Arbeiterinnen, die den Bahnübergang überquerten.

Tante Clémentine war nicht tot. Ihr Mann war seit langem tot, und sie lebte immer noch in ihrer Villa, allein mit einer alten Hausangestellten. Und im Geist ließ Dominique jeden Winkel des Hauses wiederaufleben, sie stellte jedes Ding an seinen Platz und hatte auch die rötliche Katze vor sich, die natürlich nicht mehr lebte.

Plötzlich fuhr sie zusammen. Sie hatte dieses Spiel auch gespielt, während sie bei ihrem kranken Vater wachte, und sie hatte eben das wohlbekannte Seufzen vom Bett her zu hören geglaubt. Jetzt war sie aus dem Konzept gebracht, weil das Bett nicht da war, weil sie nicht das unrasierte Gesicht des Ex-Generals vor sich hatte – seinen eisigen Blick, in dem immer ein Vorwurf lag:

»Also? Wo bleibt meine Pfeife?«

Er hatte im Bett geraucht, sich nicht mehr rasiert und nur noch obenhin gewaschen. Man hätte meinen können, er wollte absichtlich schmutzig sein, eine Art Gegenstand des Abscheus werden.

»Ich fange an zu stinken!« konnte er mit diabolischer Genugtuung sagen. »Gib zu, daß ich stinke! So gib's schon zu, wo's doch stimmt! Ich stinke, verdammt noch mal!«

Drüben im Zimmer ihres Vaters wohnten jetzt die

Cailles, und sie kamen gerade zurück. Daher brauchte sie im Augenblick nicht mehr Denken zu spielen, und sie brauchte keine Themen für Träumereien mehr zu suchen. Sie hatte, direkt gegenüber, Antoinette und die Eltern Rouet, und sie hatte nebenan, nur durch eine normale Zimmertür von ihr getrennt, die jungen Leute, die gerade mit einem leeren Koffer zurückgekommen waren.

Was machten die? Umräumen? Was war das für ein Hin und Her, ganz anders als sonst? Noch dazu zu so einer ungewöhnlichen Zeit... Sie konnten nur knapp Zeit zum Abendessen gehabt haben. Warum gingen sie nicht ins Kino, ins Theater oder eine Tanzbar? Am nächsten Morgen summten sie dann für gewöhnlich die Schlagermelodien vor sich hin.

Jetzt hörte man, wie bei weit geöffnetem Hahn Wasser in einen Eimer lief. Die brachten es fertig und vergaßen das Zudrehen, und das ganze Wasser lief über den Fußboden... Bei ihnen hatte sie immer Angst vor einem Unfall dieser Größenordnung, weil sie überhaupt keinen Respekt hatten vor Dingen, vor Gegenständen. Ein Gegenstand, ganz egal welcher, der konnte ersetzt werden, meinten sie. Das kostete dann soundsoviel, und fertig... Dominique hingegen konnte sich schrecklich aufregen wegen eines Flecks auf einer Brücke oder dem Vorhang.

Sie redeten, rückten aber gleichzeitig so geräuschvoll Gegenstände hin und her, daß Dominique nichts verstehen konnte. Augustine war drüben an ihrem Fenster; sie hatte ihre Wache übernommen. Ja, für sie war es tatsächlich eine Wache: Kaum war sie mit dem

Abendessen fertig, da stützte sie sich mit ihrem ganzen Gewicht auf das Sims ihres Mansardenfensters; sie trug etwas Schwarzes mit sehr kleinem weißem Dessin, und ihr weißes Haar hob sich hell gegen den violetten Abendschatten ab. Sie lehnte gleichmütig hinaus; sie beherrschte von ihrem Platz aus Straße und Dächer. Und erst viel später erschienen an dem einen oder anderen Fenster weitere Gestalten – Leute, die nach getaner Arbeit ein wenig frische Luft schnappten.

Dominique hatte sich beim Denken-Spielen auch mit der alten Augustine befaßt – an Tagen der Niedergeschlagenheit, wenn ihr aus dem Spiegel ein müdes Gesicht mit Ringen unter den Augen und fahlen Lippen entgegengeblickt hatte. Wenn sie sich alt fühlte.

Wie hatte es angefangen bei der alten Augustine? Wie war sie mit Vierzig gewesen? Was hatte sie damals gemacht?

Die Geschichte von und mit Augustine endete dann unweigerlich mit deren Beerdigung, die Dominique sich bis in die kleinsten Einzelheiten ausmalte.

»Ja...? Was gibt's?« Hatte sie die Worte nun ausgesprochen oder nicht? Nein... Die Frage hatte sich nur in ihr, in ihrem Kopf gebildet. Aber da hatte tatsächlich jemand an die Tür geklopft.

Sie blickte sich angstvoll um. Sie überlegte, wer da bei ihr anklopfen konnte; die Cailles fielen ihr in ihrer Überraschung gar nicht ein. Sie kam gerade dazu, drei oder vier Schritte zu machen, da klopfte es erneut. Sie drehte lautlos den Schlüssel um; man sollte nicht merken, daß sie sich einschloß. Zuvor aber hatte sie einen Blick in den Spiegel geworfen und sich vergewissert, daß an ihrem Äußeren nichts zu bemängeln war.

Sie hatte ein verkrampftes Lächeln aufgesetzt – man muß jemand, dem man die Tür öffnet, schließlich zulächeln ...

Auch das hatte sie von ihrer Mutter. Die Mutter hatte ein Lächeln von unendlicher Melancholie gehabt. ›Es kostet so wenig, und es macht das Leben um so vieles angenehmer! Wenn jeder sich nur ein klein wenig Mühe gäbe‹, pflegte sie zu sagen.

Albert Caille stand vor der Tür, als sie öffnete. Er wirkte gehemmt und war auch seinerseits um ein Lächeln bemüht.

»Entschuldigen Sie bitte, wenn ich Sie störe ...«

Er kommt, dachte sie, um mir zu sagen, daß sie ausziehen.

Und Caille ... Er wußte zwar, daß es sich nicht gehörte, blieb mit den Augen aber doch hier und da, in diesem und jenem Winkel des mysteriösen Zimmers hängen, in dem sie wohnte.

Worüber war er so erstaunt? Daß sie sich in einem einzigen Zimmer einkapselte, wo sie doch noch mehr Platz zur Verfügung gehabt hätte? Daß es in dem Zimmer nur alten Kram gab, der nicht zueinander paßte?

»Wir haben einen Brief von meinen Schwiegereltern bekommen«, fing er an. »Sie kommen morgen um elf Uhr vormittags hier an, aus Fontenay-le-Comte.«

Da ist er doch tatsächlich rot geworden! Sie weiß nicht, was sie davon halten soll. Wo ihm sonst doch alles nur so zufliegt im Leben... Es fällt ihr auf, daß seine Gesichtszüge etwas Kindliches angenommen haben. Ja, den Ausdruck eines Kindes, das etwas haben möchte und Angst hat, es abgeschlagen zu bekommen. Eines Kindes, das einen flehentlichen Flunsch zieht, mit den Augen bettelt.

Wie jung er noch ist! Sie hat ihn noch nie so jung gesehen! Er macht zwar vieles aus Berechnung, aber da steckt trotz allem noch kindliche Unbefangenheit in ihm.

»Ich weiß nicht, wie ich es Ihnen klarmachen soll... Es ist so... Also, wenn wir uns noch keine eigene Wohnung genommen haben, dann deswegen, weil sich bei mir von einem Tag auf den anderen etwas verändern kann, beruflich... Sie verstehen schon. Aber meine Schwiegereltern, die sind an den Komfort gewöhnt, den sie von daheim kennen, aus der Provinz... Und es ist ihr erster Besuch bei uns, seit wir verheiratet sind...«

Es ist ihr gar nicht eingefallen, ihn hereinzubitten. Sie holt es jetzt nach, aber er kommt nur eben über die Schwelle. Sie vermutet, daß Lina in der Nähe auf Horchposten steht.

»Es wäre mir wirklich viel daran gelegen, daß sie keinen allzu schlechten Eindruck von unserem Leben hier bekommen... Sie bleiben ja auch nur ein oder zwei Tage, weil mein Schwiegervater durch seine Geschäfte gebunden ist. Die Sache ist die... Wenn Sie uns für die Zeit gestatten könnten, den Salon zu benutzen, ich meine so, als ob er an uns vermietet wäre ... Ich wäre bereit, Ihnen zusätzlich zur Miete ... Ihnen außerdem etwas zu entrichten ...«

Sie ist ihm dankbar, daß er einen Moment gezögert hat, bevor er das brutale Wort ›bezahlen‹ verwendete und statt dessen dann von ›entrichten‹ gesprochen hat.

»Im übrigen werden wir von morgens bis abends weg sein. Und meine Schwiegereltern wohnen im Hotel ...«

Er ist offenbar der Meinung, daß sie unentschlossen ist. Sie aber denkt: Ob er in mir eine alte Jungfer sieht? Bin ich alt, in seinen Augen? Bin ich für ihn eine Frau, eine Frau wie ... Also eine Frau, mit der ...

Sie hat dabei die Szenen vor Augen, die sie mehrmals durchs Schlüsselloch beobachtet hat, und das bringt sie ganz durcheinander; sie schämt sich ihrer selbst. Nein, um nichts in der Welt würde sie einem Mann, wem auch immer, erlauben, daß er mit ihr ... Aber sich vorzustellen, daß da so einer, daß so ein Caille zum Beispiel daran denken könnte ...

»Meine Frau hätte auch den Wunsch ...«

›Meine Frau‹ hat er gesagt, und dabei geht es um dieses Geschöpf mit den noch unfertigen Formen. Um diese Art sprechender Puppe, die mit ihren kindlichen Lippen wegen allem und über alles lacht und dabei Zähne entblößt, die wie Milchzähne aussehen.

»Meine Frau hätte auch den Wunsch, ein paar Kleinigkeiten im Zimmer anders zu gestalten ... Nur für die beiden Tage. Sie brauchen nichts zu befürchten ... Wir passen gut auf, und wir machen alles wieder so, wie es war.«

Ihrer Gedanken wegen wagt Dominique nicht mehr, ihn anzusehen. Sie hat das Gefühl, Caille würde kapieren ... Würde er es zum Beispiel wagen, sich ihr zu nähern, die Hände nach ihr auszustrecken, wie er es wohl bei anderen tat? Einfach, weil das in ihm steckte, diese Neugier auf alles, was weibliches Fleisch ist ...

Er lächelt und hat seinen flehentlichen, entwaffnenden Blick.

»Was möchten Sie in Ihrem Zimmer umändern?« hört sie sich sagen.

»Nun ja ... Also, wenn es Sie nicht zu sehr stört, würde ich das Bettgestell abschlagen ... Keine Angst – ich weiß, wie man das macht! Wir könnten die Matratze auf den Fußboden legen und hätten so eine Art Couch ... Wir haben auch einen Baumwollstoff mitgebracht, zum Abdecken ... Verstehen Sie?«

Genau wie gegenüber! Ist das nicht eigenartig? Heute morgen hatte Antoinette Rouet genau das Gleiche gemacht! Also hatten sie und das junge Paar geschmacklich die gleichen Vorstellungen, und Dominique glaubt, zu verstehen, worauf das hinauslief: Sie begriffen das Bett nicht mehr als Ruhestätte, sie wollten etwas daraus machen, das noch andere sinnliche Genüsse verkörperte.

»Sie erlauben uns das, ja?«

Sie merkt, daß ihr Kleid wieder einmal naß ist unter den Armen. Dieses Gefühl warmer Feuchtigkeit macht sie verlegen, ihre Lider flattern. »Ja«, sagt sie sehr schnell. »Meinetwegen ...« Dann besinnt sie sich und setzt immerhin noch hinzu: »Aber passen Sie auf, daß Sie nichts kaputtmachen!«

Eine Empfehlung, die dazu führen wird, daß sie sich über sie lustig machen … Ha! Die Alte hat Angst um ihre paar Möbel, werden sie sagen. Und um ihre komischen alten Vorhänge!

»Haben Sie schönsten Dank … Meine Frau wird sich sehr freuen …« Er zieht sich zurück.

Dominique sieht Blumen im Salon, einen ganzen Armvoll duftender Blumen, die auf der Marmorplatte einer Konsole abgelegt sind und offensichtlich auf die verschiedenen Vasen verteilt werden sollen.

»Und tun Sie auf keinen Fall etwas in die blaue Vase! Sie hat einen Sprung, und das Wasser würde auslaufen …«

Er lächelt glücklich. Er hat es eilig, wieder bei Lina zu sein.

»Sie haben nichts zu befürchten …«

Den ganzen Abend über sind sie geräuschvoll am Werk: Da hört man immer wieder Wasser in einen Eimer einlaufen, da wird gewaschen, geschrubbt, gewachst und poliert. Und als Dominique durch den Türspalt in den Salon späht, zuerst einmal, später ein zweites Mal, sieht sie Albert Caille in Hemdsärmeln bei der Hausarbeit.

Sie muß die Tür fest geschlossen halten, wenn sie sich noch ein wenig daheim fühlen will. Sie lehnt sich aufs Fensterbrett, leicht und lässig, wie um eben mal hinauszuschauen; nicht mit jener statischen Wucht der alten Augustine, die sichtlich entschlossen ist, stundenlang auf ihrem Platz auszuharren.

Die Straße ist ruhig, fast leer. Ein alter Herr, sehr dürr und ganz in Schwarz, führt einen kleinen Hund spazieren und bleibt jedesmal geduldig stehen, wenn der Hund stehenbleibt. Die Audebals sitzen vor der Schwelle zu ihrem Laden, und es ist ihnen anzusehen, daß sie den ganzen Tag über geschuftet haben, daß sie geschwitzt haben, daß sie nur wenig Zeit zum Ausruhen haben, weil der Mann schon um vier Uhr früh in den *Halles* sein muß. Ihre Hilfe, das junge Mädchen, das die Milch austrägt und immer die Haare ins Gesicht hängen hat, sitzt bei ihnen. Sie läßt die Arme schlaff herunterhängen und schaut leer vor sich hin. Sie ist vielleicht erst fünfzehn, aber sie hat große Brüste wie Lina, vielleicht noch größer. Wer weiß, vielleicht hat sie schon ...

Aber sicher! Mit ihrem Chef! Audebal ist ein Mann, der auf Dominique einen denkbar unangenehmen Eindruck macht. Er ist so derb und so prall angefüllt mit heißem Blut, daß man förmlich zu spüren glaubt, wie es mit mächtigen Schlägen in seinen Adern pulsiert. Und in seinen Augen liegt die Arroganz eines wohlgenährten Raubtieres.

Manchmal dringen vom Boulevard Haussmann Stimmen herüber; eine Gruppe von Leuten schiebt sich die Straße entlang. Sie unterhalten sich lautstark, als seien sie allein auf der Welt – ohne sich um die zu kümmern, die auf ihrem Fensterbrett lehnen oder andere, die unten dahinschlendern und frische Luft schöpfen.

Das Licht ist wie verkupfert, die Häuser haben Kupferreflexe, ein Kamin aus Backstein sieht aus, als ob er blutete. Auf der Schattenseite haben die Farben eine erschreckende Tiefe, die leblosesten Dinge scheinen aus sich selbst heraus zu leben. Man könnte meinen, daß am Ende des Tages, wenn die Geschäftigkeit abklingt und die Menschen eine gemäßigtere Gangart einschalten, daß dann die Dinge aufzuatmen und ihr wirkliches, mysteriöses Leben zu führen beginnen.

Gerade sind in Antoinettes Zimmer die Fenster geschlossen worden. Dominique hat kurz das schwarze Kleid und das weiße Schürzchen von Cécile gesehen. Eine Sekunde lang ist das bereits aufgedeckte Bett ihrem Blick preisgegeben; dann werden die Vorhänge zugezogen. Sie lassen diffuses rosiges Licht durchschimmern – es kommt von der Lampe mit dem rosa Schirm, die vorhin auf ein Beistelltischchen gestellt wurde.

Ob Antoinette schon zu Bett geht, wie eine Gefangene? Genau über ihr ist die alte Madame Rouet auf ihrem Posten, und ihr Mann ist auch da. Dominique sieht von ihm nur einen Hausschuh aus Lackleder, eine Socke mit buntem Muster und das untere Ende eines Hosenbeins, da er den einen Fuß auf das vor dem tiefen Fenster verlaufende Geländer gesetzt hat.

Sie reden miteinander, ruhig und bedächtig. Manchmal spricht die alte Dame – Dominique sieht dann, wie ihre Lippen sich bewegen. Und manchmal sagt sie nichts, hat den Kopf etwas abgewandt und hört ihrem Mann zu.

Dominique kann es nicht erwarten, bis all das zu Ende ist; bis die Leute einer nach dem anderen verschwunden sind. Zuerst die Audebals: Sie schieben ihre Stühle über den Gehsteig zurück und verursachen ein metallisches Klappern, wenn sie von innen die Eisenstangen vor die Fensterläden legen; dann die blasse

Frau, von der sie nichts weiß – dort links im dritten Stock über Sutton, dem Lederwarengeschäft. Sie hat ein Kind. Dominique hat sie oft mit einem sehr adrett angezogenen, fünf- oder sechsjährigen Jungen angetroffen, und die Mutter hatte offenbar laufend das Bedürfnis, sich zu ihm niederzubeugen. Im Augenblick scheint er krank zu sein. Seit mindestens zwei Wochen ist er draußen nicht aufgetaucht, und der Arzt kommt jeden Morgen.

Ja, all das soll weg, verschwinden! Es wäre ihr sogar lieber, alle Fensterläden wären fest geschlossen wie im Winter. Weil es jetzt, um diese Jahreszeit Leute gibt, die bei offenem Fenster schlafen, so daß man zu spüren glaubt, wie die Atemzüge der Schlafenden von den Häusern abstrahlen; diese Vorstellung ist in manchen Augenblicken so intensiv, daß es Dominique sogar scheinen will, eben habe sich jemand im Schlaf in seinen verschwitzten Laken umgedreht...

Die Vögel in dem Baum – vielmehr in dem Stück Baum, das sie am oberen Ende der Straße sieht, dort an der Kreuzung, wo der Polizist gelangweilt auf und ab geht und nicht recht weiß, wohin mit seinem weißen Stöckchen... Die Vögel also sind wieder munter geworden und zeigen die gleiche Überschwenglichkeit wie frühmorgens. Doch diese Überschwenglichkeit wird unversehens ein Ende finden, wenn die letzten rötlichen Lichtstreifen vergangen sind und der Himmel, der sich drüben im Osten kalt grün verfärbt hat, langsam in ein verschwommenes nächtliches Grau gleitet.

Sie hat keinen Schlaf. Sie hat selten Schlaf. Der Großputz bei den Cailles irritiert sie, bringt ihre Welt aus dem Gleichgewicht. Sie zuckt bei jedem etwas lauteren Geräusch zusammen, macht sich Gedanken, was los ist und überlegt sich auch, warum Antoinette sich so früh schlafen gelegt hat und wie sie es fertigbringt, sich nach dem Tag, den sie hinter sich hat, hinzulegen und friedlich zu schlafen. Und dazu in dem Zimmer, in dem ein paar Tage zuvor ihr Mann im Angstschweiß des Todes gelegen hat – ein einziger verzweifelter Hilfeschrei, dabei aber tonlos wie ein aufs Gras geworfener Fisch, der gierig nach der tödlichen Luft schnappt.

Von Saint-Philippe-du-Roule hört man die volle und die halbe Stunde schlagen. Alles Tageslicht ist vergangen, und an den Ecken der gegenüberliegenden Hausdächer kündigt sich flimmernd der Mond an, den man noch nicht sieht, der bald hinter diesen Dächern auftauchen wird. Das erinnert Dominique an den großen Platz in Nancy, als sie noch ein Kind war und die ersten Bogenlampen die gleichen kalt-gleißenden Strahlen aussandten. Strahlen, so scharf, daß sie sich einem durch die Pupillen bohrten.

Wer sich jetzt ins Zimmer zurückzieht, ist nur die dicke Augustine. Sie schließt das Fenster. Sie wird mit ihrem ganzen Gewicht auf ihr Bett sinken. O Gott, man darf sich das gar nicht vorstellen, in was für unförmigen Jacken, Hosen, Baumwollunterröcken sie steckt, die alle mit ihrem Geruch behaftet sind, was für ein Nachtgewand sie überzieht...

Dominique hat kein Licht angemacht. Von den Cailles kommt unter der Tür ein Lichtstreif durch. Auch sie haben das Fenster offengelassen; man sieht es an dem helleren Rechteck, das sich draußen abzeichnet.

Es ist eins, als sie das Licht löschen. Auch gegenüber, bei Antoinette, ist das rosa Fenster dunkel geworden. Und die Rouets im Stock darüber sind ebenfalls im Bett.

Dominique ist allein. Sie betrachtet den Mond, den geradezu unnatürlich vollen Mond, der vorhin endlich ein paar Zentimeter über einem Schornstein aufgetaucht ist. Wegen des zu einheitlich hellen Himmels, der einen matten Glanz hat wie ein trüber Spiegel, sind die Sterne kaum zu erkennen. Dabei kommen Dominique bestimmte Worte wieder in den Sinn:

... ist nachts in der Wüste von einer Kugel ins Herz getroffen worden ...

Der Gedanke an die Wüste wird einem nur durch so eine blendend helle Nacht nahegelegt. Ob sie nach unten blickt oder nach oben, da ist ein gleiches Maß an Einsamkeit. Dazu ein Mond, der in einem grenzenlosen Universum dahertreibt.

... als er an der Spitze eines Spähtrupps in Stärke von zwanzig Mann ...

Sie wendet sich um. Auf dem Deckel der Nähmaschine kann sie trotz der Dunkelheit die Umrisse eines Gebetbuchs in schwarzleinenem Einband erkennen. Es ist das Meßbuch, das sie zu ihrer ersten Kommunion bekommen hat. Auf einem der Bildchen in feinem koloriertem Pergament steht ihr Name, und dazu in goldenen Buchstaben ihre Initialen.

Aber es liegt noch ein anderes Bild in dem Gebetbuch – ein Trauerbildchen.

Madame Geneviève Améraud, geb. Auger,
im Frieden Gottes verstorben in ...

Angoulême. Ihr Vater war damals erst Oberst. Sie bewohnten ein großes quadratisches Haus. Es war in einem ganz zarten Gelb gestrichen, hatte einen Balkon mit schmiedeeisernem Geländer, und an den Fenstern hingen mandelgrüne Vorhänge. Es lag an einem Boulevard, auf dem es eine eigene Allee für die Reiter gab. Schon ab fünf Uhr früh hörte man von der Kaserne her Trompetenklänge.

Madame Améraud war Witwe, und sie wohnte im Nachbarhaus. Sie war klein und zart und machte beim Gehen ganz kleine Schritte. Sanft wie Madame Améraud, hörte Dominique die Leute oft sagen.

Madame Améraud lächelte jedermann zu, besonders gern aber der fünfzehn-, der sechzehnjährigen Nique. Sie holte sie auch zu sich nach Hause, in die Monotonie ihres Salons – allem Anschein nach ohne zu erraten, daß das junge Mädchen sich zwar gern bei ihr aufhielt, daß der eigentliche Grund dafür aber ihr Sohn Jacques war.

Obwohl, Jacques war auf der Militärakademie von Saint-Cyr und nur in den Ferien da. Er hatte einen Bürstenschnitt, ein ernstes Gesicht und auch eine ernste Stimme. Eigenartig, diese Baßstimme bei einem Jungen seines Alters; er hatte ja gerade eben einen leichten Flaum über den Lippen. Aber sein Ernst hatte gleichzeitig etwas Sanftes.

»Nique ...« Sie hatte seine Stimme im Ohr.

Genau drei Jahre lang hatte sie ihn still und ganz für sich allein geliebt. Sie hatte niemand etwas davon gesagt; sie hatte ihn aus ganzer Seele geliebt, und sie hatte nur in dem Gedanken an ihn gelebt.

Ob er es wußte? Ob Madame Améraud es durchschaute, warum das junge Mädchen Tag für Tag in ihr Haus kam?

Jedenfalls waren ihr Vater und sie eines Abends eingeladen worden. Es war alter Cognac serviert worden, Likör und Zimtplätzchen. Jacques hatte in einer Unteroffiziers-Uniform gesteckt, und er war für den nächsten Morgen nach Afrika abkommandiert.

Der Lampenschirm im Zimmer war rosa gewesen wie drüben bei Antoinette. Durch das offene Fenster mit Blick zum Boulevard hatte man die von Mondlicht übergossenen Platanen mit ihren hell aufleuchtenden Stämmen gesehen. Von der Kaserne klang der Zapfenstreich herüber.

Als sie sich verabschiedeten, war Dominique als letzte aus dem Zimmer gegangen. Madame Améraud hatte sich diskret zurückgezogen; ihr Vater, Oberst Salès, hatte wartend auf dem Trottoir gestanden und sich eine Zigarre angesteckt.

Und da hatte Dominique in einer spontanen Aufwallung, als Jacques ein wenig länger als üblich ihre Hand in der seinen hielt, stammelnd hervorgestoßen:

»Ich werde immer auf Sie warten ... Immer ...«

Ein Schluchzen war ihr in die Kehle gestiegen, sie hatte ihre Hand rasch zurückgezogen und war gegangen, wobei sie sich bei ihrem Vater eingehakt hatte.

Das war alles. Außer einer Ansichtskarte – der einzigen, die sie jemals von ihm erhalten hatte. Sie zeigte eine Feldwache in einer öden Landschaft am Rande der Wüste mit einem Wachtposten als Silhouette und darüber den vollen Mond ...

Unser Mond!

stand mit Tinte und einem Ausrufezeichen dahinter gleich neben der fahlen Scheibe.

Der gleiche Mond, der an jenem Abend in Angoulême geschienen hatte; derselbe, in dessen Licht Jacques Améraud bald danach in der Wüste getötet werden sollte, durch *eine Kugel ins Herz* ...

Dominique streckte den Kopf ein wenig weiter aus dem Fenster, um etwas von dem frischen Lufthauch abzubekommen, der an den Häusern entlangstrich, zuckte aber errötend zurück. Aus dem Fenster nebenan waren Laute zu ihr herübergedrungen, jenes Gemurmel, das sie so gut kannte. Also schliefen sie nicht! Nachdem sie ihr Zimmer geputzt und umgeräumt, die Blumen in die Vasen verteilt und das Licht ausgemacht hatten, war es das, was sie umtrieb, immer nur *das*! Und das Schockierendste war vielleicht – erstickt zwar, aber um so beredter – dieses abgehackte, glückliche Weibchen-Lachen.

Dominique wollte sich hinlegen. Sie ging zum Ausziehen ganz hinten ins Zimmer, und ihr weißer Körper hob sich von der Dunkelheit ab. Sie zog eilends etwas über, vergewisserte sich, daß die Tür verschlossen war und warf, als sie schon halb im Bett war, noch einen letzten Blick zum gegenüberliegenden Fenster. Und da sah sie Antoinette, die am Fenster stand.

Bestimmt hatte sie nicht einschlafen können. Sie

hatte die rosa Lampe wieder angeknipst, und die beleuchtete die unordentliche, für die Nacht zum Bett umgewandelte Couch – das Kopfkissen, dort zerdrückt, wo der Kopf gelegen hatte, die aufgeschlagenen bestickten Laken, ein geöffnetes Buch, eine Schale, von der Zigarettenrauch aufstieg.

Von dem Zimmer ging eine Atmosphäre wollüstig-weichen Sichgehenlassens aus, und Dominique versteckte sich hinter dem einen Fensterflügel, um Antoinette zu betrachten, wie sie sich ihr im hellen Mondlicht präsentierte. Das braune Haar war gelöst und floß über die milchigen Schultern. Der Körper in dem reich verzierten Nachthemd aus durchsichtigem Seidenstoff war von einer so vollen Schönheit, daß es für Dominique wie eine Offenbarung war. Unwillkürlich kam ihr ein Wort auf die Lippen, ein ganz einfaches Wort – FRAU, und sie glaubte zum ersten Mal zu erfassen, was es bedeutete. Antoinette hatte die Arme auf das schmiedeeiserne Geländer gestützt; sie war etwas nach draußen gebeugt, so daß ihr Busen ganz leicht auf den weißen Armen auflag. Ihre Brüste wiesen leicht nach oben, und im Décolleté des Nachthemds zeichnete sich ein dunkler Einschnitt ab; ihr Kinn hatte ein weiches Grübchen.

Als die beiden Schwestern sich gestern gegenübergesessen hatten, da hatte Dominique die jüngere schöner gefunden. Jetzt begriff sie, daß das nicht stimmte: Vor ihr war ein voll erblühtes Geschöpf, das sich in die Kühle der Nacht hinausbeugte. Das genau auf der Schwelle zwischen der Unendlichkeit und einem in Rosa getauchten Zimmer stand – ein Geschöpf wie in der Schwebe, das eine Bestimmung hatte und mit jeder Faser seines Wesens nach deren Verwirklichung strebte. Dominique war sicher, daß sie das richtig begriffen hatte; sie war zutiefst berührt durch den sehnsüchtigen Blick dieser dunklen, zum Himmel gerichteten Augen, sie spürte den Seufzer, der Antoinette die Brust hob, in die Kehle stieg und sich dann löste, bevor sich die Zähne wie in einer Anwandlung von Ungeduld in die vollen Lippen gruben.

Dominique wußte jetzt, daß sie das alles falsch beurteilt, daß sie sich wie ein dummes Ding verhalten hatte. Noch nicht einmal wie ein Kind, sondern wie ein dummes Ding, eine dumme alte Jungfer, die sie ja auch war. Und sie schämte sich.

Sie schämte sich wegen des ersten Briefs, der in seiner naiven Verklausulierung auf die Geheimnistuerei hinauslief, mit der man sich früher in der Schule einen Spaß gemacht hatte:

Die Phoenix Robelini rechts

Und da hatte sie auch noch alle möglichen Hypothesen aufgestellt angesichts von Antoinettes Sorglosigkeit in den Tagen nach der Zustellung des Briefs! Sie hatte sich überlegt, ob sie die Nachricht nicht bekommen hatte, oder ob sie vielleicht den lateinischen Namen der Pflanze nicht kannte ... Als ob Antoinette sich überhaupt darum geschert hätte!

Dominique hatte vor einigen Stunden geglaubt, der anderen einen entscheidenden Schlag zu versetzen – aber ja, ihr Vorgehen hatte etwas Bösartiges an sich gehabt. Oder doch nicht? Hatte sie nicht eher aus einem unterschwelligen Gerechtigkeitsgefühl heraus gehandelt? Oder aus Neid? Jedenfalls hatte sie vorhin wie eine in Rage geratene alte Jungfer eine weitere Botschaft hingekritzelt, und sie hatte geglaubt, grausam zu sein, mit der Federspitze ein Wesen in Fleisch und Blut treffen, verletzen zu können.

Sie wissen, daß Sie ihn umgebracht haben!

War es das, was sie hingeschrieben hatte? Nein...

Sie haben Ihren Mann umgebracht. Und das wissen Sie genau.

Aber wußte sie es? Egal, es hatte so wenig Bedeutung! Nichts war von Bedeutung, außer diesem *Lebe-Wesen*, das der rosa erhellten Couch entflohen war und in seiner Reglosigkeit, als friedliche Erscheinung einer Frau an ihrem Fenster getarnt, einen unwiderstehlichen Impuls verkörperte, den Drang zum Leben.

Dominique, die barfuß im Zimmer stand und sich wie eine Übeltäterin hinter dem einen Fensterflügel verborgen hielt, stieg die Schamröte ins Gesicht. Es war die Scham über sich selbst, über diese Dominique, die nichts begriffen hatte. Die von allem, was sich gegenüber abspielte, nur das gesehen hatte, was vordergründig, niedrig und kleinlich war. Die gestern noch genüßlich das Auftauchen einer drohenden Schwiegermutter bespitzelt und die diplomatischen Manöver eines verdrossenen Schwiegervaters mitverfolgt hatte... Eine

Dominique, die alles registriert hatte: Antoinettes ordinäres Sich-gehen-lassen in Anwesenheit ihrer Sippschaft, die verstohlene Weitergabe der Banknoten an ihre Mutter und jetzt endlich dieses zarte rosa Licht, das überreich verzierte Seiden-Nachthemd, die langsam abbrennende Zigarette in der langen Elfenbeinspitze...

Vor lauter Konzentration auf das Leben einer anderen hat Dominique die eigene Existenz völlig vergessen; gebannt blickt sie auf diese Frau am Fenster mit den verloren zum Himmel gerichteten träumenden Augen. Sie saugt Leben an von da drüben, ein stark pulsierendes, ein verbotenes Leben: Sie fühlt, wie das Blut in ihren Adern pocht und sie von einem Schwindel erfaßt wird. Sie wirft sich plötzlich aufs Bett und vergräbt das Gesicht im Kopfkissen, um den Schrei zu ersticken, der ihr die Brust sprengen will. Den Schrei über ihre eigene Unzulänglichkeit.

Sie bleibt lange so liegen, erstarrt, die Zähne beißen in den Kopfkissenbezug, auf dem ein Speichelfleck entsteht. Sie ist besessen von dem Gefühl, nicht allein zu sein.

»Sie ist da...!«

Dominique wagt sich nicht umzudrehen, sich überhaupt zu rühren; sie lauert auf das kleinste Geräusch, dem sie entnehmen könnte, daß ihre Qual zu Ende, daß sie befreit ist.

Das prosaische Quietschen eines Fensterscharniers kommt erst viel später – lange nachdem die Cailles eng umschlungen eingeschlafen sind.

Sie kann endlich den Kopf heben und sich halb umwenden. Drüben ist nichts mehr zu sehen außer einem geschlossenen Fenster und dahinter dem verblichenen Futterstoff der Vorhänge. Auf der Straße fährt ein Taxi vorüber. Jetzt endlich kann sie in den Schlaf sinken.

5

Was sollte es ihr nützen, ihre vertrauten Gespenster zu zitieren, sie zu Hilfe zu rufen? Die würden sie bloß umschweben wie Heilige, denen man nichts mehr zutraut, an die man nicht mehr glaubt und die man deswegen doch im stillen um Vergebung bittet...

Die Luft ist leicht, die Dinge präsentieren sich in ihrem gewohnten Material, ihrer Farbe, ihren Reflexen und stehen in tröstlicher Bescheidenheit auf ihrem Platz. Sie sind alle in Griffweite von Dominique, die ihre Welt absichtlich auf die vier Wände dieses Zimmers reduziert hat. Und man könnte meinen, daß zu dieser Tageszeit auch die Welt jenseits ihres hellen, blaugrauen Fensterrechtecks – dieser ganze weite Raum voll morgendlicher Kühle, in dem die leisesten Geräusche einen Widerhall haben –, daß auch sie ihr allein gehört, da die alte Augustine nicht auf ist.

Dominique ist blaß, hat einen übermüdeten Gesichtsausdruck. Weder mit kaltem Wasser, noch mit Seife hatte sie die Spuren der qualvollen Nachtstunden entfernen können. Das Bett wenigstens ist schon seit einer Weile, nämlich seit fünf Uhr früh, als in der Straße die ersten Schritte ertönten, so tadellos gemacht, als ob nichts gewesen sei – ein Paradebett mit akkurat glattgezogener Überdecke.

Jahrelang, eigentlich ihr ganzes Leben lang, hat Dominique gleich nach dem Aufstehen ihr Bett gemacht in dem Bestreben, möglichst schnell alles um sich herum zu verwischen, was an die Stunden der Nacht erinnern konnte. Warum, das wußte sie selber nicht recht. Überhaupt war sie sich erst heute morgen dieser Manie bewußt geworden. Sie war mit einem dumpfen Kopfschmerz und einem Gefühl der Überempfindlichkeit an den Schläfen aufgestanden, und ihr Blick war zu einem weiteren rituellen Gegenstand gewandert: Dem braunen Weidenkorb mit den kaputten Strümpfen und dem großen Stopfei aus lackiertem Holz.

Einen flüchtigen Augenblick lang war die Luft um sie herum sanfter, fast süß, und sie hat die Anwesenheit ihrer Mutter gespürt. Mit einiger Anstrengung hätte sie vielleicht ihr länglich-ovales Gesicht sehen können, ähnlich dem der Jungfrau Maria auf Heiligenbildern – das alles erhellende Lächeln, von dem man nicht genau zu sagen gewußt hätte, woher es kam. Und dann die Hand, die den Strumpfkorb ergriff, sobald jemand an der Tür klingelte, und ihn im Schrank versteckte. ›Man zeigt anderen Leuten nicht seine durchlöcherten Strümpfe ...‹

Man zeigte ihnen auch nicht so undelikate und in ihrer Intimität schockierende Dinge wie zusammengerollte Strümpfe; nie gab es tagsüber eine halb offenstehende Tür, durch die man ein Stück Bettgestell zu sehen bekommen hätte oder den hellen Marmor eines Waschbeckens, das wie nackt ausgesehen hätte.

Dominique konnte noch so sehr in ihren Erinnerungen kramen, es war keine darunter an ihre Mutter im

Negligé, im Unterrock oder auch nur mit ungekämmtem Haar.

Da fiel ihr ein Satz ein, und sie wurde sich jetzt, mit vierzig Jahren, darüber klar, daß dieser vordergründig so einfache Satz ihr ganzes Dasein beeinflußt hatte. Wo hatte sie ihn noch gehört?

Es machte Dominique einige Mühe, all die Häuser auseinanderzuhalten, in denen sie früher gewohnt hatten; die Atmosphäre war überall die gleiche gewesen. Die Häuser der Salès' glichen sich wie Hotels einer bestimmten Kategorie: Es waren große, helle Häuser an einem Platz oder einem Boulevard – eigenartigerweise überall, oder doch fast überall mit Balkon –, und es standen Bäume in der Nähe. Sie lagen in Stadtvierteln, in denen Ärzte und Rechtsanwälte wohnten und die Hornsignale einer Kaserne zu hören waren.

Einmal war ein Onkel zu Besuch gekommen, der sich nicht oft sehen ließ. Sie hatten zu mehreren im Salon gesessen. Dominique war damals vierzehn gewesen, aber sie war nicht zu Bett geschickt worden. Es war von Hunden die Rede und von ihrem Instinkt.

»Sie erkennen die Leute einzig und allein am Geruch«, hatte der Onkel erklärt. »Aber ich kenne auch eine alte blinde Dame, die fängt an zu schnuppern, sobald jemand vorbeikommt, und hinterher sagt sie gleich den Namen – den richtigen Namen!«

Madame Salès hatte jenes erzwungene Lächeln aufgesetzt, jene unmerkliche Bewegung mit dem Kopf vollführt, die sie unwillkürlich machte, sobald ihr etwas gegen den Strich ging. Ob sie bereits erraten hatte, daß Dominique sie hinterher fragen würde:

»Ist es wahr, Mama, daß die Menschen einen Geruch haben?«

»Aber nein, *chérie*. Onkel Charles weiß nicht, was er sagt. Riechen tun nur die Leute, die sich nicht waschen ...«

Was soll Dominique jetzt der sanfte und melancholische Schatten ihrer Mutter nützen, wo sie lauernd zu den geschlossenen Fenstern hinüberspäht, hinter denen Antoinette Rouet sich mit Schlaf vollpumpt?

Dominiques Gespenster sind alle von der gleichen Art – alles Worte, die aus ihrem Gedächtnis aufsteigen.

»Die Cottrons sind zu einer Kur nach La Bourboule gefahren ...«

Eine Krankheit darf man nicht beim Namen nennen; einen kranken Körperteil erwähnen, das tut man nicht.

»Die kleine Madame Ralet hat gerade ein Kind bekommen ...«

Eine Präzisierung der Sache durch Worte wie ›Geburt‹ oder ›gebären‹, das darf nicht sein; es geschieht alles und immer in einer Welt der Halbschattierung, in der die Menschen auch jeweils nur gewaschen und gekämmt auftreten, lächelnd oder melancholisch.

Das geht bis zu bestimmten Eigennamen, Namen, die innerhalb des Clans einen bestimmten Rang haben; sie werden nicht wie x-beliebige Worte ausgesprochen oder wie die Namen von Leuten in der gleichen Straße; sie haben ihren eigenen Adel, und es gibt etwa ein Dutzend davon, mehr nicht, die in diesen Wortschatz aufgenommen sind. Die Familie aus Brest gehört dazu und die aus Toulon; der Oberstleutnant und der Marineingenieur, dann die Babarits, die in die Familie Lepreau hineingeheiratet haben und damit als Halbvettern der Le Brets in den geheiligten Kreis eingelassen worden sind.

Und doch, überlegt Dominique jetzt weiter, reich waren diese Leute nicht. Da waren kaum je größere Vermögen.

»Wenn Aurélie einmal ihre Tante Chaillou beerbt...«

Die Rouets zum Beispiel hätten mitsamt ihren erdrückenden Millionen keinen Zutritt zu diesem Zauberkreis gehabt – da durfte nichts hinein, was brutal oder ordinär war, was roh war oder nach Alltag roch.

Das war bis heute so zutreffend, daß Dominique noch vor zehn Tagen dem Leben der Leute gegenüber nur verächtliche Neugier entgegengebracht hatte. Sie beschäftigte sich mit ihnen, weil sie deren Fenster von morgens bis abends vor Augen hatte. Aber sie beschäftigte sich mit ihnen auch nicht mehr als mit der alten Augustine, mit der Dame, die den kleinen Jungen hatte oder mit den ungehobelten Audebals, und von denen war sie, weiß Gott, durch einen Abgrund getrennt.

Aber sie bedeuteten ihr nichts, da war nichts Geheimnisvolles oder Rätselhaftes an ihnen. Ganz gewöhnliche Leute, die in der Drahtzieherei reich geworden waren – der alte Rouet hatte eine der größten Kupferdrahtziehereien begründet. Leute, die halt lebten, wie sie es verstanden.

Daß eine Antoinette ins Haus gekommen war, war nichts Besonderes: da hatte sich ein unverheirateter Mann von Vierzig, physisch und psychisch ein Schwächling, von einer Stenotypistin verführen lassen, weil sie ein hübsches Mädchen war und wußte, was sie wollte.

Ja, genauso war es. Nach so einfachen und strengen Maßstäben hatte Dominique sie beurteilt, während sie sie jahrelang beobachtete.

Da ist *sie* schon wieder allein mit dem Wagen weggefahren, konnte sie kommentieren. *Sie* hat ein neues Kostüm. *Ihr* neuer Hut ist vielleicht extravagant...! Oder auch: *Er* traut sich nicht, ihr was zu sagen... *Er* läßt sich von ihr beeindrucken, an der Nase herumführen... *Er* ist nicht glücklich...

Manchmal sah sie die beiden, wie sie abends im Boudoir beisammensaßen. Man merkte, daß sie nichts miteinander anzufangen wußten. Hubert Rouet griff zu einem Buch, und Antoinette holte sich dann auch eines, das sie aber bald beiseite warf oder über den Buchrand starrte. Dominique stellte sich den mageren Dialog vor:

Was hast du?

Nichts.

Was würdest du gern machen?

Verstand er denn nicht, daß sie *mit ihm* nichts tun wollte und konnte?

Langweilst du dich?

Nein...

In solchen Fällen pflegte sie dann meistens ihre Kleider und ihren sonstigen Krimskrams aufzuräumen. Oder sie stützte sich aufs Fensterbrett und schaute wie eine Gefangene auf die Straße hinaus, bis es Zeit war, schlafen zu gehen.

Ja, vor zehn Tagen noch hatte Dominique nach Art ihrer Mutter eine einfache Schlußfolgerung gezogen und dabei das leichte Lächeln eines Menschen aufgesetzt, der über derartigen Versuchungen steht: Man kann eben nicht glücklich sein, wenn man außerhalb der eigenen Kreise heiratet...

Die Welt der Rouets war belanglos. Und die, aus der Antoinette kam, existierte sozusagen überhaupt nicht.

Aber nein, chérie. Riechen tun nur die Leute, die sich nicht waschen.

Und doch – als Cécile gegen neun Uhr die Vorhänge zurückzog und das Fenster öffnete, als sie das Frühstückstablett vor Antoinette abstellte, die sich am Kopfkissen lehnend im Bett aufgesetzt hatte, da sog Dominique die Luft ein. So, als ob es möglich gewesen wäre, über die Straße hinweg den Geruch der jungen Frau wahrzunehmen, die sich in der Sonne reckte und streckte, die vor Leben nur so strotzte, die erlebnishungrig in die Welt blickte, ausgeruht und noch schwer von der Wollust des Schlafs.

Caille war zeitig aufgebrochen, um seine Schwiegereltern vom Bahnhof abzuholen, und Lina legte letzte Hand an ihre Wohnung. Man hörte sie summend vom Schlafzimmer in den Salon gehen, der ganz von Blumengeruch durchzogen war.

Der Briefträger war um Viertel nach acht durchgekommen: Antoinette würde bald den Brief in Händen halten. Jenen Brief, von dem sich Dominique nichts mehr erwartete, dessen sie sich schämte. Sie war in der Lage eines Menschen, der in blinder Wut mit einer untauglichen Waffe zugeschlagen und noch nicht einmal einen Kratzer zustande gebracht hat.

Es hätte nicht viel gefehlt, und sie hätte sich die Reaktion gar nicht angesehen, so war sie von sich selbst angewidert. Sie war nahe daran, in der fraglichen Zeit einkaufen zu gehen. Sie war leer, ausgehöhlt. Sie tappte dahin wie in einem jener verschwommenen Träume, in die man frühmorgens nach durchwachter Nacht fällt. Ihr Zimmer kam ihr gräßlich farblos vor, ihr Leben stumpf, schwächlich wie das kleine rote Licht am Tabernakel, das jeden Moment zu erlöschen scheint. Selbst die Erinnerung an Jacques Améraud bekam einen Grauschleier, und sie gab der sanften alten Madame Améraud die Schuld dafür, als ob die sie darin bestärkt hätte, ihr jetziges Leben zu führen.

Wie oft seit dem Tod ihrer Mutter hatte sie nicht aus dem Mund der weiblichen Mitglieder des Clans – der Vaillés, der Angibauds, der Chaillous – die Bemerkung zu hören bekommen: Deine Mutter, mein Kind, war eine Heilige... Und das immer im gleichen salbungsvollen Ton.

Sie hatte diese Worte nicht näher zu ergründen versucht. Ebenso wenig, wie sie als kleines Mädchen das Recht gehabt hatte, hinter den Sinn des sechsten Gebotes zu kommen, das stets nur wie eine Beschwörungsformel auszusprechen war. *Du sollst nicht sündigen in Worten und in Taten.*

Was war passiert, so um ihr sechstes oder siebtes Lebensjahr herum, daß sich die Atmosphäre daheim so verändert hatte? Ihre Erinnerungen waren lebendig, wenn auch verschwommen. Vor dieser Zeit hatte es um sie herum Lachen gegeben – richtiges Lachen; sie hatte ihren Vater vom Bad her pfeifen hören, und sonntags war die Familie gemeinsam ausgegangen. Dann war ihre Mutter krank geworden und hatte lang, wochenlang das Zimmer nicht verlassen. Ihr Vater, ernst und wie dauernd auf dem Sprung, war immer durch dienstliche Angelegenheiten außer Haus festgehalten oder verschanzte sich in seinem Arbeitszimmer.

Deine Mutter ist eine Heilige …

Und ihr Vater war ein Mann! Diese Erleuchtung kam ihr ganz plötzlich; das lag ja völlig auf der Hand. Ihr Vater, der hatte einen Geruch an sich gehabt. Er hatte nach Tabak gerochen, nach Alkohol und nach Soldat.

Ihr Vater hatte also nicht mehr mit zur Familie gehört, seit sie sieben Jahre alt war. Nicht *er* gehörte mehr dem Clan an, sondern Oberstleutnant Salès – später der General; nicht aber der Mensch und der Ehemann.

Welchen schrecklichen Fehler hatte er wohl begangen, daß er derart mit Acht und Bann belegt wurde, daß seine Frau nur noch ein ständig schwindender Schatten ihrer selbst war und schließlich in jungen Jahren ganz verging? Was hatte er getan, daß Dominique ihn niemals geliebt hatte, daß sie nie versucht gewesen war, ihn zu lieben und sich überhaupt nie die Frage gestellt hatte, warum sie ihn nicht liebte?

Sie begegnete ihrem Blick im Spiegel, und sie versuchte nicht, die darin liegende Härte abzumildern. Sie war sich darüber im klaren, daß sie dabei war, ihre Gespensterwelt zur Rechenschaft zu ziehen – all das, was sie als beruhigende Schatten, als glückliche Erinnerung, als Geruch aus vergangener Zeit oder als gleichsam geweihte Gegenstände wie eine leise, sanfte Musik durch ihre Einsamkeit geleitet hatte.

Antoinette gähnte gegenüber, fuhr sich mit den Fingern durch die Haarfülle, dann streichelnd über die Brust und wandte den Kopf zur Tür.

»Was gibt's, Cécile?«

Die Post. Sie setzte sich zum Lesen auf den Bettrand und tastete mit den Zehenspitzen nach den Pantöffelchen. Ihre Nonchalance schockierte Dominique aber nicht mehr, da sie Antoinette jetzt *begriff*. Im Gegenteil, sie hätte sie sogar noch schöner und attraktiver haben wollen, zum Beispiel mit Dienerinnen im Gefolge, beim Betreten eines Marmorbades ...

Die alte Madame Rouet saß in ihrem Turm. Auch sie war nie im Negligé zu sehen; sie schien gestiefelt und gepanzert mit kalt-eindringlichen Augen und hartem Gesichtsausdruck aus der Nacht aufzutauchen.

Antoinette gähnte erneut, trank einen Schluck Milchkaffee, riß einen Briefumschlag auf, legte eine Rechnung neben sich aufs Bett und nahm dann einen weiteren Brief zur Hand, von dem sie nur die ersten Zeilen las. Dann war Dominiques Nachricht an der Reihe. Sie machte ohne einen Blick auf den Absender den Umschlag auf, las die paar Worte und runzelte die Brauen, als ob sie nichts kapierte. Dann streckte sie mit einer ganz natürlichen Bewegung und ohne Hektik die Hand nach dem Umschlag aus, der zerknittert auf dem Bettvorleger lag.

Sie haben Ihren Mann umgebracht.
Und Sie wissen das genau.

Dominique hätte viel darum gegeben, ihr den Brief wieder wegnehmen zu können... Wie naiv diese Worte klangen, die doch grausam und rachsüchtig gedacht gewesen waren – eine auf ganz dumme Art untaugliche Waffe!

Ihren Mann sollte sie umgebracht haben? Vielleicht. Noch nicht einmal. Sie hatte ihn nicht am Sterben gehindert.

Und Sie wissen das genau.

Nein, Antoinette wußte es nicht, und sie empfand es auch nicht so. Der beste Beweis dafür war, daß sie den Text nochmals las und offenbar bemüht war, den Sinn zu erfassen. Sie blieb einen Moment gedankenverloren, jedoch ohne einen Blick zu den Fenstern gegenüber. Sie überlegte. Wer konnte ihr einen so üblen Streich gespielt haben?

Sie schaute aber auch nicht zum Kamin hinüber, dorthin, wo tags zuvor noch die Grünpflanze gestanden hatte. Wenn Dominique bloß dran dachte, daß sie sogar noch in einem Werk über Botanik die genaue Bezeichnung nachgeschlagen hatte!

Jetzt blickte Antoinette nach oben, zur Decke. Zum Turm hinauf, in dem ihre Kerkermeisterin Wache hielt. Die Alte etwa? Warum sollte sie ihr geschrieben haben?

Antoinette zuckte die Achseln. Nein, das war es nicht... Ach was, weshalb sollte sie sich deswegen den Kopf zerbrechen, sich womöglich Sorgen machen!

Sie schob das Blatt zu der übrigen Post und trat ans Fenster, um frische Luft zu schöpfen, in die Sonne zu blinzeln und das Hin und Her auf der Straße zu verfolgen. Wahrscheinlich dachte sie auch noch ein wenig über den Brief nach.

Nein, ihre Schwiegermutter war es nicht ... Die war zwar überzeugt davon, daß Antoinette ihren Sohn umgebracht hatte, aber in anderer Weise. Das war weniger ein konkreter Verdacht oder eine Gewißheit; das war eher gefühlsmäßig. Das gehörte einfach mit zu den Gefühlen einer Schwiegermutter gegenüber der verhaßten Witwe ihres Sohnes.

Es war schon komisch; Dominique hatte mit einem Mal Angst, Antoinettes Blick könne an ihrem Fenster und an ihr selbst hängen bleiben, an ihrer schmalen Gestalt, die in einem Zimmer umhertrippelte, dessen sie sich jetzt schämte. Da ging sie hin und schloß das Fenster, paßte aber auf, daß sie nicht zu sehen war.

Der Lärm setzte im Treppenhaus ein, eine Etage tiefer. Freudig-überraschte Ausrufe, eine tiefe, volle Männerstimme, das Lachen einer Frau. Dann ein aufgekratzter Albert Caille, der nicht gleich das Schlüsselloch fand. Es folgten übertriebene Äußerungen der Verwunderung, lautstark, gewöhnlich ... Dominique mußte an eine lärmende Hochzeitsgesellschaft denken, wie man sie aus einfachen Kneipen kommen sieht.

»Mama!« Lina stürzte ihrer Mutter entgegen. Sie blieb offenbar lange in ihren Armen, da sich die tiefe väterliche Stimme mit einem komischen Knurren vernehmen ließ:

»Und ich? Bin ich überhaupt nicht mehr da?«

Dominique sah von alledem nichts, stellte sich aber

dennoch ein buntes Bild vor – knallig eingepackte Geschenke, schwere, solide Kleidungsstücke. Ein gut rasierter und gut gekleideter Mann, der nach Eau de Cologne roch und stolz war auf den wichtigen Provinzunternehmer, der er war. Und der es genoß, seine in Paris verheiratete Tochter zum ersten Mal zu besuchen.

»Ach, Ihr habt mir was mitgebracht!« rief Lina mit gespielter Überraschung. »Was denn?«

»Rat mal...«

»Ich weiß nicht. Gib her...«

»Wenn du's erraten hast...«

»Ein Kleid?«

»Aber nein... Man bringt einer jungen Dame, die in Paris wohnt, doch kein Kleid mit aus Fontenay-le-Comte...«

»Für Schmuck ist die Schachtel zu groß... Also gib mir's, Papa...« Sie wurde ungeduldig und stampfte lachend mit dem Fuß auf den Boden. »Nein nicht doch!« rief sie ihrer Mutter zu. »Ich verbiete dir, in meinen Schubladen rumzukramen! Albert!! Ich will nicht, daß Mama in unseren Sachen stöbert... Komm, Papa, sei doch nicht so und gib her... Ah, dacht ich mir doch, daß ich dich rumkriege... Die Schere! Albert, bring mir die Schere... Das ist... Nein, was ist das denn? Moment mal... Ach, eine Couchdecke! Albert, sieh dir das an – genau das Rosa, das ich so mag... Danke, Papa! Danke, Mama...«

Warum die Mutter wohl halblaut zu reden begann? Weil von der Vermieterin die Rede war, zweifellos. Wo ist sie? Was macht sie? Und wie ist sie? Ist sie nett zu euch?

Die Antwort war ein unverständliches Geflüster. Dominique hätte einen Eid darauf leisten können, daß der Vater das Jackett ausgezogen hatte und die beiden blütenweißen Hemdsärmel zwei blendend helle Flekken im Zimmer bildeten.

Auch Leute wie die waren keine, die zum Clan gehört hätten. Ihre Exaltiertheit traf sie im tiefsten Innern – dem Teil ihres Wesens, der am meisten ›Salès-Le Bret‹ geprägt war. Und doch gab es auch ein paar Berührungspunkte, vor allem bei dem Geflüster der Mama, die sie sich klein und etwas dicklich vorstellte, in schwarze Seide gehüllt und mit zwei oder drei Schmuckstücken, die sie nur zu besonderen Anlässen trug.

Dominique holte rasch ihr bestes Kleid hervor und zog sich um, vergewisserte sich, daß auch nichts herumlag und sah in einem Impuls zum Foto ihres Vaters in großer Generalsuniform hoch, mit den am Rahmen befestigten Orden.

Ihr nächster Blick ging zu Antoinette hinüber; er war eine Bitte um Verzeihung.

Das Geflüster kam jetzt nicht mehr aus dem Zimmer nebenan, sondern aus dem Salon. Es wurde gehüstelt, dann pochte jemand sacht an die Tür.

»Entschuldigen Sie, Mademoiselle... Ich bin die Mutter von Lina...«

Sie war klein und trug etwas Schwarzseidenes, wie Dominique es sich vorgestellt hatte. Nur, daß sie hagerer und flinker war – eine jener Frauen, die ihr Leben damit verbringen, im Kampf gegen Staub und Unordnung in einem zu großen Provinzhaus treppab und treppauf zu steigen.

»Störe ich Sie auch nicht?«

»Absolut nicht. Bitte, treten Sie doch ein.«

Die Worte kamen von sehr weit her und flossen Dominique wie von selbst über die Lippen. Dazu passend war die etwas reservierte Haltung, das übertrieben höfliche Lächeln mit einem Unterton von Melancholie und Nachsicht – wie es eben angebracht erscheint, wenn von einem jungen Paar die Rede ist.

»Ich wollte mich bei Ihnen dafür bedanken, daß Sie die Kinder so freundlich behandeln ... Ich muß Sie aber doch fragen, ob Sie nicht zu sehr gestört werden ... Ich kenne sie, müssen Sie wissen! In ihrem Alter denkt man nicht oft an die anderen ...«

»Sie können sicher sein, daß ich mich nicht über sie zu beklagen habe ...«

Die Tür war offen geblieben. Der Salon war leer, die Blumen standen starr an ihrem Platz. Dominique hätte wetten können, daß Lina ihren Mann ansah und dabei alle Mühe hatte, nicht loszuprusten.

Mama ist bei der Alten ...

Vielleicht hatten sie vorher auch leise darüber beraten, wie und was sie tun sollten? Etwa so:

Geh du allein hin, Mama ... Es ist besser so. Ich ... Also glaub mir, ich könnte nicht ernst bleiben.

Dann komm du mit, Jules ...

Aber nicht doch! So was wird besser unter Frauen abgemacht ...

Und dann hatten sie ihr nachgesehen. Sie standen zu dritt da und horchten ... Nachher würde die Mutter ihnen berichten, daß Dominique sich für sie, für diesen Besuch, in Sonntagsstaat geworfen hatte ...

»Nehmen Sie doch bitte Platz ...«

»Danke, ich wollte aber nur einen Moment bleiben. Ich möchte Sie doch nicht stören ... Wissen Sie, wir hätten es lieber gesehen, wenn die Kinder jetzt schon eine eigene Wohnung, eine eigene Einrichtung gehabt hätten. Da mein Mann Möbelfabrikant ist, wäre es sowieso naheliegend ... Aber sie haben es nicht gewollt! Sie behaupten, sie wollen erst Paris richtig kennenlernen und sich dann für ein bestimmtes Stadtviertel entscheiden ... Ja, und mein Schwiegersohn muß beruflich erst noch seine Stellung ausbauen. Obwohl, er ist schon sehr gut für sein Alter ... Haben Sie seine Artikel gelesen?«

Dominique, die sich nicht Ja zu sagen getraut, senkt den Kopf, und es sieht aus wie ein Nicken.

»Mein Mann und ich, wir sind sehr froh, daß sie bei jemand wie Ihnen sind ... Der Gedanke allein, sie müßten in einem Hotel sein, oder in irgendeiner Pension ...« Sie blickt auf das Portrait mit den Orden. »Verzeihung, Ihr Herr Vater?«

Auf Seiten Dominiques die gleiche nickende Kopfbewegung, jedoch mit einem Anflug von bescheidenem Stolz, wie es sich für eine Generalstochter gehört.

»Ich hoffe, Sie werden es uns nicht verübeln, wenn wir, mein Mann und ich, also wenn wir uns erlaubt haben, Ihnen ein kleines Andenken mitzubringen. Als Dankeschön – ja, doch, als Dankeschön für alles, was Sie für die Kinder tun ...«

Sie hat nicht den Mut gehabt, schon mit dem Päckchen in der Hand anzuklopfen. Sie steht auf und holt es vom Tisch im Salon. Dominique hat erraten, daß sie es nicht für sie mitgebracht haben.

Am besten, du gibst sie ihr, werden sie leise miteinander beratschlagt haben. Ich schick euch eine andere...

Es ist eine kleine Nachttischlampe aus Alabaster, die sie aus ihrem Laden geholt haben – sie führen ja auch Artikel für Inneneinrichtungen.

»Ein bescheidenes Angebinde...« Sie weiß jetzt nicht mehr, was sie sagen soll. Sie hat Zeit gehabt, sich zwei- oder dreimal im Zimmer umzusehen. Sie hat alles erfaßt. Und wieder ein Lächeln: »Nochmals vielen Dank... Ich möchte Sie nicht länger aufhalten... Wir sind nur bis morgen abend in Paris und haben noch so viel zu besichtigen... Auf Wiedersehen dann, Mademoiselle. Wenn die Kinder zu viel Lärm machen oder nicht artig sind, dann weisen Sie sie nur gleich zurecht! Sie sind doch so jung...«

Das ist alles. Sie ist allein. Nebenan, wo die Mutter wieder zur Familie gestoßen ist, herrscht Schweigen. Die Mutter ist gewitzter als die Tochter; sie hat wohl auf die Verbindungstür gedeutet und einen Finger auf die Lippen gelegt. Lina unterdrückt das Lachen, das aus ihr hervorbrechen will.

Dann reden sie eine Zeitlang betont normal, bis die Mutter sich absichtlich laut vernehmen läßt:

»Wie wär's, wenn wir in den Zoo von Vincennes gingen, solange es noch nicht so heiß ist?«

Der Bann ist gebrochen. Sie reden alle durcheinander, machen sich mit Hallo ausgehfertig; der Lärm kommt jetzt aus dem Salon, entfernt sich in Richtung Wohnungstür und verklingt im Treppenhaus.

Dominique ist allein, und sie zieht ganz mechanisch

ihr Kleid aus und zündet das Gas an. Das Fenster ist geschlossen; niemand kann sie sehen, und sie bleibt wie zur Herausforderung im Unterrock.

Herausforderung vielleicht... Aber wem gegenüber?

Ihnen gegenüber – sie heißen übrigens Plissonneau –, die sich so herausgeputzt haben für den Besuch bei ihrer Tochter in Paris?

Wieder eine von den Eheschließungen, von denen die Eltern wohl nicht sonderlich begeistert waren... Die Eltern Plissonneau sind mehr als gutsituiert; Albert Caille dagegen ist der Sohn eines Polizeibeamten. Ab und zu bringt er in dieser oder jener Zeitung einen Artikel oder eine Erzählung unter, aber ist das etwa eine ›Stellung‹? Schon allein die Art, in der Madame Plissonneau davon gesprochen hat...

Warum bleibt sie eigentlich absichtlich halb nackt und betrachet sich jedes Mal, wenn sie am Spiegel vorbeikommt?

Oder gilt die Herausforderung vielleicht Antoinette, die sich nicht um sie kümmert, die bestimmt noch nicht einmal weiß, daß sie existiert? Oder aber sie gilt ihren Gespenstern, an die sie nur noch mit Bitterkeit zurückdenkt, als ob die sie übel an der Nase herumgeführt hätten...

Will sie nicht eher sich selbst herausfordern, indem sie die bleiche Haut ihrer Waden und ihrer Schenkel dem vollen Tageslicht aussetzt – ihre eckigen Schultern, ihren Hals mit den Salzfässern rechts und links?

Da schau mal, Nique, wie du bist! Sieh mal, was aus dir geworden ist...

Nique… Früher hatte man sie Nique genannt! Noch heute redeten ihre Tanten und Cousinen sie so an, wenn sie ihr schrieben. Ja sicher, von Zeit zu Zeit schreibt man sich – etwa zum Jahreswechsel, anläßlich einer Hochzeit, einer Geburt oder eines Todesfalls. Man hält sich gegenseitig auf dem laufenden und verwendet dabei die Vornamen aus der Kinderzeit, auch wenn jetzt die Erwachsenen damit gemeint sind.

Henri ist nach Casablanca versetzt worden, und seine Frau beklagt sich über das Klima. Du erinnerst dich doch an die kleine Camille, die so schönes Haar hatte. Sie hat vor kurzem ihr drittes Kind bekommen. Pierre macht sich Sorgen, weil ihre Gesundheit zu wünschen übrig läßt und sie sich nicht schonen will. Er hofft, Tante Clémentine wird ihr begreiflich machen, daß es in ihrem Zustand…

Nique… Nique mit der langen, etwas schiefen Nase, unter der sie so gelitten hat!

Schon seit langem taucht der Name Nique nur noch in diesen Briefen auf, die eine der fade riechenden Schubladen füllen.

Was ist denn das… Das hatte sie noch gar nie bemerkt, da an den Schenkeln (das Wort ›Schenkel‹ ist bei ihr zwar tabu; es heißt Beine, und das Bein geht von der Ferse bis zur Taille)… Diese feinen blauen Linien da, die aussehen wie Flüsse auf der Landkarte, die hatte sie noch nie bemerkt. Hatte sich nicht auch Tante Gérardine, die Schwester ihrer Mutter – die mit einem Sprengstoffexperten im *Service des Poudres* verheiratet ist und eine Villa in La Baule hat – über ihre Krampfadern beklagt?

Gleich fängt sie an zu weinen. Oder nein, sie wird nicht weinen. Warum sollte sie auch? Sie selbst hat es so gewollt. Sie ist ihrem Versprechen treu geblieben, sie ist Jacques Améraud treu geblieben.

Sie glaubt nicht mehr daran. Oder? Stimmt es, daß sie nicht mehr daran glaubt?

Das ist doch völlig unmöglich, im Unterrock Kartoffeln zu schälen und Karotten zu schaben. Sie muß sich anziehen.

Ja, aber vorher stellt sie sich noch hinter den Vorhang ans Fenster; vorher wirft sie noch einen Blick nach drüben.

Ein unaufgeräumtes Zimmer. Es riecht nach Frau, nach allem, was die Begierden einer Frau ausmacht. Antoinette hat sich wieder hingelegt – nicht richtig ins Bett, sondern darauf.

Sie hat sich die Kissen unter den Kopf geschoben und liest ein Buch mit gelbem Einband, das sie in Augenhöhe hält. Das eine Bein hängt bis auf den Fußboden, und mit der Hand fährt sie unwillkürlich und wie liebkosend über den Seidenstoff an der Hüfte. Dann wendet sie den Kopf; es hat geklopft.

Es ist Cécile, die gern anfangen würde, das Zimmer zu machen. Es ist Zeit, das Bettzeug zum Lüften aufs Fensterbrett zu hängen, wie in den anderen Häusern auch.

Und? Was geht das Antoinette an?

»Fang nur an«, sagt sie und liest weiter.

Um sie herum werden Decken und Brücken ausgeschüttelt, es wird Ordnung gemacht. Cécile trippelt schmächtig, steif und voller Verachtung hin und her. Das wird sie nachher aber dem Drachen oben im Turm erzählen. Ja, gibt's denn sowas?!

Antoinette begnügt sich damit, jeweils ihre Lage zu verändern und sich schließlich auf dem Sessel niederzulassen, als das Bett nun wirklich gemacht werden muß.

Dominique ist noch nicht zum Einkaufen ausgegangen. Sie hat immer noch Kopfschmerzen. Sie zieht ihr geflicktes Kleid an und setzt ihren Hut auf. Den hat sie sich vor vier Jahren gekauft; er ist neutral, keiner Mode unterworfen und wird bald der gesichtslose Hut einer alten Jungfer sein. Dann holt sie die Einkaufstasche hervor.

Es ist schwül; vielleicht kommt es heute endlich zu dem Gewitter. Verschleierte Sonne, bleierner Himmel...

Die Concierge macht sich mit Eimer und Schrubber im Hausflur zu schaffen. Ein paar Häuser weiter unten ist eine kleine Bar. Sie wird von Leuten aus der Auvergne geführt, bei denen Dominique ihr Holz kauft; sie betreiben nebenher noch einen Brennstoffhandel. Starker Weingeruch schlägt ihr entgegen, als sie dort vorüberkommt. Sie vernimmt die volle Stimme, den Akzent des Mannes mit dem geschwärzten Gesicht, und sie kann in dem kellerartig dunklen Raum, in dem lediglich der Messingtresen einen leuchtenden Fleck bildet, ein paar Bauarbeiter erkennen – Maurer in Arbeitskluft, die sich mit einem Glas in der Hand unterhalten, als ob die Zeit stehengeblieben sei.

Bisher hatte sie noch nie in dieses Lokal hineingesehen, an dem sie doch schon so oft vorübergekommen ist. Und das Bild, beziehungsweise alles zusammen, gräbt sich ihr ins Gedächtnis: Der Geruch, die stickige Luft, der bläuliche Schatten in Ecken und Winkeln, die ungebleichte Leinwand der Maureranzüge, der violette Schimmer in den gedrungenen Gläsern. Der Schnurrbart des Mannes aus der Auvergne verschmilzt mit dem kohlegeschwärzten Gesicht, von dem sich die Augen ganz weiß abheben. Dominique hat seine volltönende Stimme im Ohr, als sie in der Ofenhitze der Straße mit den langen Abschnitten aus grauer Mauer, den geöffneten Fenstern und dem aufgeweichten Asphalt weitergeht, über den die grün-weißen Autobusse hinwegrollen. Ein Schaffner zieht die Klingelschnur.

Place d'Iéna, liest sie zerstreut.

Place d'Iéna ...? Sie runzelt die Stirn und bleibt einen Moment mitten auf dem Trottoir stehen. Ein Junge kommt dahergerannt und rempelt sie an. Place d'Iéna ...? Der Autobus ist weit weg ... Sie hält ihr Portemonnaie umklammert.

Da hat sie doch mitten auf der Straße geträumt! Sie kommt wieder zu sich, wechselt von der Schatten- auf die Sonnenseite und betritt die Metzgerei Sionneau, wo sie ein Kotelett kaufen will.

»Nicht zu dick ...« Sie vermeidet es, in die Spiegel zu sehen, von denen sie an allen vier Wänden umgeben ist. Dann steigt Ekel in ihr hoch, als sie das Hackfleisch auf der weißlichen Platte sieht, auf der sich rosa Blutspuren gebildet haben.

Zweiter Teil

1

Da war eine Konditorei an der Ecke Rond-point des Champs-Elysées und Rue Montaigne. Möglicherweise auch ein Süßwarengeschäft. Das ganze Erdgeschoß war außen mit schwarzen einfarbigen Marmorplatten verkleidet wie auf einem Grab. Die Front wurde durch drei Schaufenster unterbrochen, die rahmenlos in die Fassade eingepaßt waren. Drinnen eine weiße Plüschdekoration, vor der nichts zu sehen war außer zwei oder drei völlig gleichartigen Dosen in Altrosa und Silber, wahrscheinlich mit Bonbons oder Schokolade.

Danach kam nichts mehr; die Rue Montaigne war nur noch ein im Regen glänzender Kanal zwischen schwarzen Hauswänden. Es gab nichts und niemand, außer im Vordergrund einen Schubkarren mit nach oben gereckten Holmen, der sich im feuchten Asphalt spiegelte und ganz weit entfernt, in der Nähe des Faubourg Saint-Honoré, das rötliche Rücklicht eines wartenden Taxis.

Der Regen ging mit gleichmäßigem Rauschen nieder, von den Gesimsen lösten sich dicke Tropfen, alle paar Meter klatschte das Wasser aus den übervollen Dachtraufen auf den Gehsteig, und aus den Hofeinfahrten schlug dem Passanten ein eisiger Hauch entgegen.

Für Dominique hatte die Rue Montaigne einen Geruch nach Regenschirm und nassem dunkelblauem Wollstoff, und sie würde diesen Geruch für alle Zeiten behalten. Dominique würde sich von jetzt ab auch ständig auf der gleichen Stelle stehen sehen – auf dem linken Gehsteig, fünfzig Meter vom Rond-point entfernt, vor einem schmalen Schaufenster. Es war das einzige in der Straße außer dem der Konditorei vorn an der Ecke, und in der Auslage waren Wollknäuel gestapelt.

Sie war ein Gegenstand der Belustigung, das wußte sie. Es war auch unübersehbar. Von Zeit zu Zeit hob sie den Kopf mit der etwas schiefen und zu langen Nase und blickte ruhig zu den Segmentbogenfenstern im Hochparterre der Nummer 27 hinauf.

Vor einer Weile hatte es vier Uhr geschlagen. Es war November und noch nicht richtig dunkel, aber von Dämmerung konnte man auch nicht sprechen. Der graue Waschküchendunst, der den ganzen Tag da gewesen war, wurde dichter, der Grauton dunkler, der Himmel über der Straße war noch schwach erhellt, und in den Häusern hatte man hier und da das Licht angemacht.

Auch im Hochparterre mit den Segmentbogenfenstern strahlten zwei große weiße Kugellampen, und darunter saßen zwanzig, fünfundzwanzig oder vielleicht noch mehr Mädchen im Alter von fünfzehn bis zwanzig, alle im grauen Arbeitskittel, die Kartonagen bearbeiteten. Sie klebten, falzten und schoben sich nacheinander an zwei langen Tischen die Schachteln zu. Manchmal warfen sie einen Blick auf die Straße, bogen sich vor Lachen und deuteten auf Dominique, auf die Gestalt unter dem Schirm.

Es war jetzt das vierte – nein, das fünfte Mal, daß Dominique hier stand und wartete, und natürlich wäre keiner auf den Gedanken gekommen, daß sie stellvertretend wartete, nicht für sich selber... Die Mädchen drüben sahen sie eine Viertel-, eine halbe Stunde lang herumstehen und dann allein wieder weggehen. Klar, daß sie dachten, *er* sei nicht gekommen. Er war nicht gekommen, er würde überhaupt nie kommen, und das machte ihnen Spaß.

Warum hatte Dominique heute – genau in dem Moment, als sie den Rond-point überquert hatte und die feuchtkalte, tropfnasse Rue Montaigne vor ihr lag – warum hatte sie eine Vorahnung gehabt, daß es aus sei? Jetzt war sie dessen so gut wie sicher. Ob auch Antoinette es so empfand? Warum machte sie sich noch Hoffnung, wo es doch schon zwanzig nach vier war?

Dominique war als erste ausgehfertig gewesen, wie die letzten Male auch. Sie hatte keine Angst mehr davor, sich lächerlich zu machen. Sie hatte stehend in ihrer Wohnung gewartet, angetan mit ihrem Hut und dem marineblauen Kostüm; Schirm und Handschuhe lagen griffbereit auf einem Stuhl. Seit die Fenster gegenüber dauernd geschlossen waren, brauchte sie mehr Beobachtungsgabe, manchmal sogar Eingebung, um das Hin und Her von drüben zu deuten. Aber Dominique hatte Antoinette mit der Zeit ja so gut kennengelernt!

Antoinette hatte oben bei den Schwiegereltern zu

Mittag gegessen. Wie immer, seit die Familie aus Trouville zurück war. Sie war nett und freundlich zu ihnen, und sie war fast die ganze Zeit oben.

Jeden Mittwoch und jeden Freitag aber mußte sie eine Ausrede erfinden. Was mochte sie gesagt haben? Sie wolle zu ihrer Mutter, wahrscheinlich, in das große Haus in der Rue Caulaincourt, dessen Fenster direkt auf den Friedhof hinausgingen. Bestimmt hatte sie das gesagt; sie hatte ja telefoniert, als Cécile gerade einmal weg war. Aus Angst, man könne oben etwas hören, hatte sie die Hand vor die Sprechmuschel gehalten, um ihre Stimme zu dämpfen.

»Bist du's, Mama? Heut nachmittag komm ich mal bei dir vorbei... Ich meine, du verstehst schon... Ja... Aber ja – glücklich!« Das Letzte wurde mit einem etwas verschleierten Lächeln vorgebracht. »Ja doch, Mama, ich geb schon gut acht... Also, Wiedersehn, bis bald mal...«

Während des gemeinsamen Essens mit den Rouets war sie wahrscheinlich lieb und nett gewesen. Sie tat, was sie nur tun konnte. Oft hielt sie sich stundenlang bei ihrer Schwiegermutter auf, wie um die Freiheit zu bezahlen, die sie mittwochs und freitags in Anspruch nahm.

Um halb vier war sie noch nicht heruntergekommen, und nur Dominique stand fix und fertig da... Ob die alte Rouet versucht hatte, sie zurückzuhalten? Drei Uhr vierzig... Drei Uhr fünfundvierzig... Endlich tauchte sie in fieberhafter Eile auf, zog sich rasch, mit etwas fahrigen Bewegungen und ängstlichen Blicken zur Uhr um, setzte ihren schwarzseidenen Hut auf und legte die Silberfüchse um die Schultern. Auf der Treppe mußte sie nochmals umkehren, weil sie ihren Schirm vergessen hatte. Dann war sie auf der Straße.

Dominique ging hinter ihr her, und Antoinette lief, ohne je stehenzubleiben oder sich umzudrehen, die Avenue Victor-Emmanuel entlang, den Schirm leicht nach vorn gegen den Wind gestellt, der einem in dieser Avenue ja dauernd entgegenbläst. Dann hatte sie ihre Rue Montaigne erreicht. Ob sie es auch so empfand wie Dominique, daß die Rue Montaigne keine Straße mehr war wie andere Straßen?

Für Dominique jedenfalls hatte diese Straße ein Gesicht bekommen, eine Seele. Und heute war ihr aus dieser Seele sofort Kälte entgegengeschlagen; Kälte mit einem Schuß Grabesstimmung.

Schon nach zwanzig Metern hatte Antoinette rechts angehalten, und wie automatisch den Griff einer Tür gedreht, hinter der ein cremefarbener Vorhang hing. Sie hatte die Bar betreten, über deren Eingang in häßlichen weißen Buchstaben ›English Bar‹ stand.

Er war nicht da, denn sonst wären sie gleich wieder herausgekommen.

Dominique hatte nur einen kurzen Blick nach innen werfen können: Hoher Mahagonitresen in Türnähe, silberne Becher, Gläser voller Sticks mit Fähnchen dran, an der Theke eine rothaarige Frau.

Außer Antoinette war niemand da, und die hatte wohl wie mechanisch die Puderdose hervorgeholt und frischte ihr Make-up auf. ›Jetzt ist er schon wieder zu spät dran‹, äußerte sie wahrscheinlich der Inhaberin gegenüber, die ja sicher auf dem laufenden war.

Die kleine Bar war immer leer und so diskret, daß man ein dutzendmal vor der Tür vorbeigehen konnte, ohne daß sie einem auffiel. In dem Raum hinter dem schweren Vorhang standen nur drei dunkle Tische, und Frauen wie Antoinette warteten hier offenbar umschichtig. Jedenfalls waren sie nie gemeinsam da.

Die Minuten verstrichen, drüben in der Kartonagenwerkstatt saßen die Mädchen unter den beiden Kugellampen aus Mattglas, spähten zu der wartenden Dominique herüber und gaben vor, sie zu bemitleiden.

Dominique schämte sich nicht. Sie empfand keine Scham mehr, was die eigene Person betraf. Und als eine alte Dame durch das Schaufenster mit den vielen Wollknäueln hindurch sie allzu auffällig musterte, wie sie wartend unter ihrem Schirm stand, da ging sie bloß zwei oder drei Schritte weiter und versuchte gar nicht, den Anschein zu erwecken, kein Rendezvous zu haben.

Zu Anfang, gleich nach der Rückkehr aus Trouville, da war er als erster da gewesen. Beim allerersten Mal hatte Antoinette die Bar nicht zu betreten brauchen. Er hatte sie an der Tur abgepaßt, mit der Hand den Vorhang auseinandergeschoben. Er war auf die Straße getreten, hatte mit einem scharfen Blick nach beiden Seiten ein paar Worte gemurmelt und war dann vorausgegangen. Sie war ihm im Abstand von ein paar Schritten gefolgt, und beide hatten sich dicht an der Hauswand gehalten. Kurz vor dem Faubourg Saint-Honoré hatte der Mann sich halb umgewandt und war dann im Hoteleingang verschwunden.

Die Pfosten der zweiflügligen Eingangstür waren weiß. ›Hôtel de Montmorency‹ – Aller Komfort, stand auf einem marmorierten Schild. Im Eingangsbereich ein roter Teppich, Kübel mit Palmen... Wenn man am Hoteleingang vorüberging, schlug einem Zentralheizungsluft entgegen, warm und fad, der typische Geruch von Hotels mit fest vermieteten Zimmern und Stammgästen.

Jetzt ging auch Antoinette hinein, und kurz darauf zog ein Hausdiener an einem Fenster im ersten Stock die Vorhänge zu. Dahinter leuchtete ein schwaches Licht – Stille. Nur Dominique war auf der Straße zurückgeblieben. Der Schweiß trat ihr aus den Poren, und sie hatte einen Kloß im Hals, als sie sich entfernte.

Es war dann bald soweit gewesen, daß Antoinette als erste aus der kleinen Bar heraustrat und voranging. Sie lief schnell. Aus Angst, jemand zu begegnen? Oder aus Scham? Oder um schneller in die Wärme des Zimmers mit den dunkelroten Vorhängen einzutauchen, in dem sich bereits diese und jene Gewohnheit entwickelt hatte?

Vielleicht klagte sie heute der rothaarigen Frau in der ›English Bar‹ ihr Leid, denn Antoinette gehörte zu den Frauen, die ihre Ängste einer anderen mitteilen können, jedenfalls einer Frau wie dieser. Einer, die alles kennt und alles versteht – vor allem auf diesem Gebiet.

›Ich hätte doch gedacht‹, mochte sie sagen, ›daß er mir wenigstens Bescheid gibt. Sind Sie sicher, daß nichts für mich da ist? Wir hatten doch vereinbart, daß er hier eine Nachricht abgibt, wenn er einmal verhindert ist... Vielleicht hat er angerufen, und Angèle hat den Anruf entgegengenommen?‹ Antoinette kennt bereits den Namen des Mädchens, das die Wirtin manchmal am Tresen ablöst.

Auf dem Wandbord sind drei oder vier Briefe zwischen die Gläser gesteckt, und auf den Umschlägen stehen nur die Vornamen: Mademoiselle Gisèle, Monsieur Jean ...

Man hört den Regen niedergehen; manchmal wird das Rauschen stärker, und dann prallen die Tropfen etwas höher von dem glänzenden Asphalt ab. Es ist dunkler geworden, in der Loge einer Concierge wird Licht angemacht, desgleichen in einem der oberen Fenster. Es kommt jemand näher, verschwindet aber noch vor der ›English Bar‹ in einem Hauseingang.

Er kommt nicht, Dominique weiß es. Sie könnte gehen, aber sie muß bleiben. Mit der rechten Hand hält sie den Knauf ihres Schirms umklammert, sie wirkt fahl in dem schlechten Licht – die Mädchen in dem Kartonagenbetrieb werden finden, daß sie erbärmlich aussieht.

Macht nichts ... Sie hat keine Angst mehr vor den Blicken, die aus den Häusern kommen. Auch nicht vor dem, was sich vom Leben der anderen dem eigenen Blick offenbart, wenn man durch Fenster oder Türen späht. Ihre zur Schau getragene Ruhe stellt eine Herausforderung dar. Es macht ihr nichts aus, dazustehen wie eine, die von ihrem Liebhaber sitzengelassen wird. Unbewußt verhält sie sich sogar dementsprechend; sie setzt eine deprimierte Miene auf, täuscht ängstliche Erwartung vor und fährt zusammen, wenn jemand um die Ecke biegt.

Antoinette trinkt etwas mit einem Strohhalm, sieht

auf die kleine Standuhr auf dem Wandbord und vergleicht die Zeit mit der ihrer Armbanduhr.

Halb fünf. Fünf nach halb fünf ... Sie hatte sich vorgenommen, eine Viertelstunde zu warten, dann eine halbe. Und jetzt hat sie noch einmal fünf Minuten zugegeben. Sie pudert sich erneut und zieht die Lippen nach.

»Sollte er doch noch kommen, dann sagen Sie ihm ...«

Dominique hat es offenbar im Gefühl, daß Antoinette gleich herauskommt; es scheint da ein unsichtbares Band zwischen den beiden Frauen zu geben. Sie verläßt ihren Posten vor der Auslage mit den Wollknäueln und blickt ein letztes Mal zu den Bogenfenstern hinauf. Lacht nur, Mesdemoiselles – dumme Gänschen, die ihr seid: Lacht darüber, daß er nicht gekommen ist!

Dominique ist dicht bei der kleinen Bar angekommen, als die Tür aufgeht und eine hektische Antoinette herauskommt, die in der Aufregung den Schirm nicht gleich aufbekommt.

Ihre Blicke treffen sich. Auf den ersten Blick hat Antoinette nur irgend so eine Frau bemerkt, die gerade vorbeikommt. Aber dann hat sie ein zweites Mal hingesehen, als ob ihr etwas aufgefallen sei. Ob sie die Verbindung hergestellt hat zu dem Gesicht, das sie schon einmal an einem Fenster gesehen hat? Oder ist sie erstaunt darüber, daß sich im Gesichtsausdruck einer anderen Frau die eigene Stimmung widerspiegelt?

›Ich weiß, er ist nicht gekommen; ich hatte das im

Gefühl ... Und er kommt auch nicht mehr‹, scheint dieses Gesicht mit den dunklen Ringen unter den Augen ihr zu sagen.

Das hat nur ein paar Sekunden gedauert. Aber waren es wirklich Sekunden?

An der Ecke des Rond-point schöpft sie noch einmal Hoffnung, hält sich einen Moment vor den altrosa-silbernen Bonbonnièren der Konditorei auf. Ein vorbeifahrendes Taxi spritzt sie voll; sie hofft, der Wagen könnte anhalten, aber er fährt weiter. Antoinette setzt sich wieder in Bewegung und verläßt diese ausgestorbene Straße, an deren anderem Ende der weiße Hoteleingang mit dem roten Teppich, den Palmen und dem Schwall warmer Luft wartet, der schon einen Geruch nach menschlichen Ausdünstungen an sich hat, nach Körpern, die hier hinter zugezogenen Vorhängen entkleidet werden.

Ihr Schritt ist hastig, abgehackt. Sie ist drauf und dran, ein Taxi zu rufen, überlegt es sich anders und biegt in die Champs-Elysées ein. Sie bleibt stehen, um eine Wagenschlange vorbeizulassen.

Eines der großen Cafés mit Orchester. Sie geht hinein, schlängelt sich durch das Konversationsgemurmel zwischen den Tischen hindurch und steigt zum Untergeschoß hinunter. Es gibt Kuchen, Schokolade, silberne Teekannen auf den Tischen und eine Menge Frauen; manche sind allein und warten, wie Antoinette eben gewartet hat. Sie läßt sich in einer Ecke auf eine Bank mit grünem Lederbezug fallen und schiebt mechanisch die Silberfüchse nach hinten.

»Ein Tee ... Und etwas zum Schreiben«, bestellt sie.

Ihr Blick fällt wieder auf Dominique, die nicht weit von ihr Platz genommen hat. So, als ob sie unfähig sei, den Bann zu brechen, der sie beide zusammenhält. Antoinette runzelt die Brauen, scheint in ihrer Erinnerung zu kramen.

Ob ihr die anonymen Briefe einfallen, die sie seinerzeit bekommen hat? Nein ... Sie wird sich eher einen Moment überlegen, ob ihre Schwiegermutter sie beschatten läßt. Aber nicht doch, unmöglich ...

Sie zuckt die Achseln. Ach was, und wenn schon! Sie ist blaß. Sie öffnet ihre Handtasche, schraubt einen kleinen goldenen Füllfederhalter auf und beginnt zu schreiben. Sie hatte die Worte parat; jetzt aber fällt ihr nichts mehr ein und sie sieht mit blicklosen Augen mal hierhin, mal dorthin.

Plötzlich steht sie auf, geht zu den Telefonzellen hinüber und verlangt an der Theke einen Jeton. Dann verweilt sie einen Moment in einer der Zellen – ihr Kopf ist durch das rhombusförmige Fensterchen zu sehen.

Wo sie wohl anruft? Bei ihm zu Hause? Nein. Eher in seiner Lieblingsbar, auch hier in den Champs-Elysées, nur weiter oben. Sie wird seinen Vornamen nennen, wenn sie nach ihm fragt.

Aber er ist nicht da. Sie kommt heraus und verlangt einen weiteren Jeton; dabei wirft sie Dominique einen leicht gereizten Blick zu.

Nein – in der nächsten Bar ist er auch nicht. So daß sie jetzt doch schreibt und dabei den Tee kalt werden läßt. Sie zerreißt das Blatt, fängt wieder neu an. Wahrscheinlich hat sie ihm anfangs Vorwürfe gemacht; jetzt aber bittet und bettelt sie, gibt sich zu unterwürfig. Es ist von ihrem Gesicht abzulesen, was sie jeweils hinschreibt; sie wird gleich anfangen zu weinen. Das nächste Blatt zerreißt sie ebenfalls. Nein, was jetzt angebracht ist... Ein paar knappe, gleichgültige Worte, die sind angebracht, kurz und trocken... Sie hält den Stift steiler, die Schrift wird spitzer, die Buchstaben höher. Ja, ein paar Worte, die...

Sie hebt den Kopf, weil eine männliche Gestalt dicht an ihr vorüberkommt und sie eine Sekunde lang die verrückte Hoffnung hatte, das könne er sein. Der Fremde ist ebenfalls groß, trägt die gleiche Art von elegant geschnittenem, sehr langem Mantel und dazu den gleichen schwarzen Filzhut.

Es gibt auf den Champs-Elysées ein paar hundert Männer, die praktisch gleich angezogen sind, die den gleichen Schritt und die gleichen Bewegungen haben, den gleichen Friseur... Aber er ist es nicht; es ist nicht das längliche blaße Gesicht mit den schmalen Lippen und dem ganz besonderen Lächeln.

Warum hat Dominique ihn im Geist ›den Italiener‹ getauft? Sie könnte einen Eid leisten, daß er Italiener ist. Nicht einer von der Sorte, wie man sie sich oft vorstellt, ungestüm und schmachtend... Vielmehr einer, der sich in seinen Gebärden und seiner ganzen Art kühl und gelassen gibt.

»Garçon!« Letzten Endes hat sie nun einen Rohrpostbrief geschrieben. Sie fährt mit der Zungenspitze über das Kuvert, klebt es zu.

Der Kellner nimmt es entgegen und ruft seinerseits den Hotelboy herbei.

Hier drin ist es hell und warm; die Luft ist voller

Stimmengewirr, Musikfetzen, dem Klirren von Gläsern und dem Geklapper von Geschirr. Die Beleuchtung gibt allen Gesichtern einen rosa Schimmer, und man kann sich nicht vorstellen, daß es draußen regnet, daß die Rue Montaigne immer mehr einem Kanal ähnlich sieht, ohne eine Menschenseele auf diesem langen, naßglänzenden Band. Und derweil gehen am Randstein die Straßenlaternen an, eine nach der anderen.

Antoinette hat nichts mehr zu tun. Sie kann nicht schon nach Hause zurück. Sie schaut in die Menge, glaubt eine junge Frau in Braun zu erkennen, die einen kleinen Hund auf dem Schoß hat. Sie fängt an, ihr zuzulächeln, und die Frau sieht sie verständnislos an, ohne zu reagieren. Da merkt Antoinette, daß sie sich getäuscht hat, daß da nur eine entfernte Ähnlichkeit besteht. Sie setzt wieder eine unpersönliche Miene auf und greift zu dem Glas mit dem Tee, bei dem sie den Zucker vergessen hat.

Spürt sie noch die Anwesenheit von Dominique? Diese Augen, die so brennend auf sie gerichtet sind, daß sie den Blick eigentlich spüren müßte? Sie hat sich lange nicht nach dieser Seite gewandt; dann schaut sie verstohlen herüber, und hinterher kommt ein direkter, fragender Blick.

Stolz zu sein, kann sie sich im Augenblick nicht leisten, dazu ist sie zu niedergeschlagen. ›Warum‹, so scheint sie zu fragen, ›sind Sie auch hier? Und warum sehen Sie so leidend aus?‹

Dominique läuft ein Schauer über den ganzen Körper; sie erlebt diese bittere Stunde ebenso intensiv wie Antoinette, wenn nicht sogar mehr. Sie erfaßt, welche

Ironie in dieser Musik, dieser Menschenmenge liegt, während doch eigentlich ein intimes Beisammensein zu zweit vorgesehen war, ein Hotelzimmer im ersten Stock, das in seiner Banalität nur noch den erotischen Reiz erhöhte.

Antoinette ist in Trouville gewesen. Eines Tages hatte Dominique festgestellt, daß gegenüber die Koffer gepackt wurden, in beiden Stockwerken gleichzeitig. Sie sind gemeinsam weggefahren, zusammen mit Cécile und dem Hausmädchen der Eltern Rouet, und sie haben die Läden geschlossen. So hat Dominique wochenlang nur diese geschlossenen Fensterläden vor Augen gehabt.

Noch nicht einmal das Echo der Cailles, beziehungsweise ihrer Lebensäußerungen, ist damals zu ihr herübergedrungen. Auch sie waren für ein paar Wochen fort, in einem kleinen Haus, das von den Eltern Plissonneau in Fouras gemietet worden war.

Die Cailles haben ihr eine Ansichtskarte geschickt – ein schlechter Druck in matten Farben –, auf der hinter einer Düne ein paar armselige Holzhäuser zu sehen waren; eines davon hatten sie mit einem Kreuz gekennzeichnet.

Dominique kennt das Anwesen der Rouets nicht; sie ist nur einmal in Trouville gewesen, als sie jung war und als man noch gestreifte Badeanzüge trug. Sie kann es sich nicht vorstellen. Sie weiß nur, daß die Familie in Trauer ist, daß sie sich also nicht irgendwelchen Urlaubsvergnügungen hingeben kann.

Einen Monat lang hat sich Dominique im Leeren gedreht in ihrer Einsamkeit, und manchmal war sie derart von Angst und Panik erfaßt, daß sie den Kontakt mit der Masse brauchte, egal wo – auf der Straße, auf den großen Boulevards, in einem der Kinos. Sie ist noch nie im Leben so viel zu Fuß gegangen, praktisch bis zur Erschöpfung – in der Sonne, an Caféterrassen vorbei, in ruhigen Straßen, Provinzstraßen gleich, wo sie im Vorübergehen einen Blick in die Fenster, diese schwarzen Schattenlöcher der Häuser, geworfen hat.

Mag der liebe Himmel wissen, wie – jedenfalls hat Antoinette dort unten die Bekanntschaft des Italieners gemacht. Bei der Abfahrt war sie feindselig und schlapp, wie eine mitgeführte Geisel. Sie war ihren Schwiegereltern widerstrebend gefolgt, da sie es nicht wagte, sich ihnen direkt zu widersetzen und auf den Tag hoffte, an dem sie frei sein würde.

Und da, nach der Rückkehr, hätte man meinen können, sie sei ihre eigene Tochter! Vom ersten Tag hatte sie – den Gebräuchen aus Trouville getreu, wo sie als *eine* Familie gelebt hatten – die Mahlzeiten oben eingenommen. Man bildete sozusagen einen gemeinsamen Haushalt. Und wenn Antoinette nicht nach oben ging, um den Nachmittag dort zu verbringen, so kam Madame Rouet zu ihr hinunter, und ihr Krückstock sah gar nicht mehr bedrohlich aus.

Dominique hatte keine drei Tage gebraucht, um dahinterzukommen. Jeden Morgen um elf hatte sie einen Mann bemerkt, der ein- bis zweimal unten vorbeikam. Und hinter dem Fenster drüben wurde Antoinettes Finger sichtbar: Nein... Nicht heute... Noch nicht...

Sie mußte zuerst das Leben hier in Paris organisieren,

sie mußte ihrer Mutter Bescheid geben. Der erste Weg führte sie in die Rue Caulaincourt.

Die Antoinette, die dort auftauchte, war wie neu erschaffen, sprudelnd vor Lebensfreude. Wahrscheinlich hatte sie ihren Hut achtlos irgendwo im Eßzimmer hingeworfen und sich in einen Sessel fallen lassen.

»Hör zu, Mama... Es ist was passiert...«, sprudelte sie heraus. »Ich hab dir was zu erzählen... Wenn du wüßtest...«

In der Rue Caulaincourt redet man halt, wie einem der Schnabel gewachsen ist, man macht sich's bequem, man läßt seinen Gefühlen freien Lauf. Man ist eben zu Hause; Mutter und Tochter sind vom gleichen Schlag.

»Wenn du wüßtest, was für ein Mann das ist!« begeistert sie sich. »Und deshalb bin ich ganz brav, verstehst du... Ich tu der Alten schön und sitz nachmittagelang bei ihr zum Nähen... Hör zu, ich brauche mindestens zwei freie Nachmittage pro Woche. Offiziell komm ich dich besuchen...«

Sie ist durch Kaufhäuser und Boutiquen gezogen und hat sich neue Sachen zum Anziehen gekauft. Wegen der Alten sogar solche, die nicht allzu auffällig sind.

Dann, endlich, hat der Finger hinter dem Fenster eines Tages *Ja* gesagt. Und er hat hinzugefügt: *Vier... Vier Uhr...*

Antoinette hat gesungen. Sie hat sich eine Stunde lang im Badezimmer eingeschlossen. Wahrscheinlich war sie bei Tisch dann zu vergnügt – oder aber sie hat Niedergeschlagenheit vorgetäuscht, um die anderen besser an der Nase herumzuführen.

Sie lebt! Sie wird leben. Sie hat angefangen zu leben. Körper und Seele bekommen ihr Recht. Sie wird ihn sehen, mit ihm allein sein, sich nackt an ihn schmiegen. Sie wird das einzige Leben führen, das zu leben sich lohnt.

Vor lauter Leben stolpert sie über den Randstein und sieht sich noch nicht einmal um. An der Ecke der Rue Montaigne blickt sie suchend umher; sie kennt die kleine Bar noch nicht, deren Adresse er ihr gegeben hat. Da – eine Hand hebt den Vorhang, die Tür öffnet sich, ein Mann tritt auf die Straße. Sie folgt ihm und verschwindet hinter ihm in einer Tür, wie angesogen von der warmen Luft des Hoteleingangs.

Seither sind die Tage kürzer geworden. Die ersten Male war noch Sonne in die Straßen gefallen.

Jetzt dagegen brennt schon Licht in den Häusern. Und als Antoinette letzte Woche ein paar Minuten vor ihrem Freund das ›Hôtel de Montmorency‹ verlassen und vorn an der Straßenecke ein Taxi angehalten hat, das sie die paar hundert Meter bis nach Hause bringen sollte, da war es völlig dunkel gewesen.

Es ist aus. Er kommt nicht mehr. Dominique ist sicher, daß er nicht mehr kommt. Das letzte Mal sind sie beide eine Viertelstunde lang in der kleinen Bar geblieben. Warum wohl? Doch nur, weil er ihr erklärt hat, daß er diesmal nicht bleiben kann, daß er unbedingt geschäftlich irgendwo hin muß...

Sie wird ihn angefleht haben: Nur ein paar Minuten!

Sie sitzen in der Ecke am Fenster. Die Bar ist so winzig, daß man leise sprechen muß, und um die beiden nicht zu stören, ist die Inhaberin die Wendeltreppe hinuntergestiegen, die hinter dem Tresen in den zur Küche umfunktionierten Keller führt.

Sie flüstern, sie haben die Hände ineinandergelegt. Dem Mann ist es gar nicht recht.

»Nur ein paar Minuten!« bettelt sie. Sie merkt, daß sie dabei ist, ihn zu verlieren, aber sie will es nicht wahrhaben. Er steht auf.

»Freitag...?«

»Freitag geht nicht... Ich muß verreisen.«

»Dann nächsten Mittwoch?«

Heute ist dieser Mittwoch, und er ist nicht gekommen. Binnen kurzem wird ihm der Barkeeper in einem der Lokale am oberen Ende der Champs-Elysées einen auf seinen Namen lautenden Rohrpostbrief aushändigen. Er wird in einer Runde von Freunden sitzen und ein kurzes ›Ja, ich weiß schon‹ fallen lassen.

Womöglich stopft er den Brief einfach in die Tasche, ohne ihn anzusehen?

»Garçon!«

Antoinette kramt hektisch in ihrer Handtasche nach Geld, und wieder fällt ihr Blick auf Dominique, die dasitzt und sie fixiert.

Was soll das Dominique noch ausmachen... Hatten sich die Mädchen mit den Kartons etwa nicht auch über sie mokiert? Sie tut gar nicht so, als gelte ihre Aufmerksamkeit etwas anderem. Sie ist wie der kleine Junge und das kleine Mädchen – Bruder und Schwester –, damals in Orange, als sie sechs Jahre alt war. Sie hatte sie immer ›die armen Kinderchen‹ genannt.

Damals hatte das Kindermädchen sie täglich auf den großen baumbestandenen Platz geführt. Sie hatten alle möglichen Spielsachen dabei, die dann auf einer Bank ausgebreitet wurden. Daraufhin kamen unweigerlich die beiden armen Kinderchen und pflanzten sich zwei oder drei Meter entfernt von ihnen auf – in Lumpen, mit dreckverschmiertem Gesicht, mit Grind im Haar und an den Mundwinkeln. Sie blieben völlig ungeniert und reglos da stehen und sahen ihr zu, wie sie ganz allein und für sich spielte.

»Geht woanders spielen!« fuhr das Kindermädchen sie an.

Sie wichen dann aber nur einen Schritt zurück und blieben wieder wie angewurzelt stehen.

»Paß auf, daß du ihnen nicht zu nahe kommst, Nique... Die haben Tiere, Ungeziefer...«

Die beiden hörten es, und es war ihnen egal. Sie rührten sich nicht vom Fleck. Das Kindermädchen ließ den Worten schließlich Taten folgen, stand auf und fuchtelte mit den Armen, wie um eine Schar Spatzen zu verscheuchen. »Husch, weg!«

Es machte nichts aus, wenn Antoinette die Schultern zuckte, als sie an ihrem Tisch vorüberkam. Dominique übermittelte ihr trotzdem ihre Botschaft – es war zwar nur ein Blick, aber trotzdem... Wenn Antoinette nichts begriff, dann war es eben nicht zu ändern.

Sehen Sie, wollte dieser Blick sagen, ich habe alles mitgekriegt, von Anfang an... Zuerst hab ich es nicht kapiert; ich war dumm und bösartig und habe die beiden anonymen Briefe geschrieben, um Ihnen angst zu machen und Sie daran zu hindern, von Ihrem Verbrechen zu profitieren... Aber da kannte ich Sie noch nicht; ich wußte nicht, daß Sie gar nicht anders konnten... Sie wollten *leben*, Sie brauchten das, und dieses Bedürfnis hat Ihr Handeln bestimmt... Dafür haben Sie alles getan; Sie hätten auch noch mehr getan... Sie haben den Drachen aus dem Turm nach Trouville begleitet... Sie haben aus der Ferne zugesehen, wie die anderen Urlauber sich vergnügten, allem Anschein nach lebten, wirklich lebten... Und dafür, um auch zu *leben*, haben Sie die Energie aufgebracht, die Mahlzeiten im oberen Stockwerk einzunehmen, der alten Rouet zuzulächeln, bei ihr zu sitzen und zu nähen, ihre endlosen Erinnerungen über diesen ihren Engerling von Sohn anzuhören... Aber ich weiß, fuhr Dominiques Blick fort, die Minuten in der kleinen Bar, die Zeit im ›Hôtel de Montmorency‹ waren eine ausreichende Entschädigung für das alles. Sie haben die Zeit im Hotel in die Länge gezogen. Sie wollten so lang wie möglich die Haut des Mannes an sich spüren, und am Abend, wenn Sie dann allein im Bett lagen, haben Sie herauszufinden versucht, ob neben Ihrem eigenen Geruch noch ein wenig von dem seinen auf Ihrer Haut geblieben war... Und jetzt ist er nicht gekommen. Er wird auch nicht mehr kommen. Ich weiß, wie Ihnen zumute ist. Ich verstehe es. Wochenlang sind bei Ihnen die Fenster geschlossen geblieben, und das Braun der Läden war wie eine düstere Fortsetzung des braunen Fassadenanstrichs... Da war nichts Lebendiges mehr im Haus gegenüber, auch nicht bei mir in der Wohnung. Ich war allein; ich habe mir ohne einen Blick in den Spiegel den Hut aufgesetzt und bin auf die Straße hinuntergegangen. Ich war wie die Armen, denen nur das bleibt, was ein Vorübergehender von sich, von seiner

Persönlichkeit zurückgelassen hat, während er schon längst weitergegangen ist. Ich bin da, sehen Sie ... Ja, er ist nicht gekommen. Es ist alles aus.

Und was fangen wir jetzt an?

Dominique hatte sekundenlang das Gefühl, als ob Antoinette auf sie zu treten, mit ihr sprechen wolle. Dann hätten sie gemeinsam dieses riesige betriebsame Café verlassen und wären Seite an Seite immer weiter in die verregnete abendliche Stille hineingegangen.

Soviel Aufwand, überlegte sie, soviel Energie, ja, wilde Entschlossenheit, und nun ... Sollte nun alles von vorn beginnen – die Suche nach einem anderen, wieder die heimlichen Treffen, aber wohl nicht wieder mittwochs und freitags ... Eine ähnliche kleine Bar, eine andere freilich; ein Hotel, in dem sie nacheinander verschwanden?

Jetzt war die Reihe an Dominique, eine Frage in ihren Blick zu legen. ›Ja? Ist es das? Fängt alles von vorne an?‹ wollte sie wissen, denn darüber mußte Antoinette besser Bescheid wissen als sie.

War es das, was sie bewegt hatte in jener Nacht, als sie nicht schlafen konnte und in ihrem Seidennachthemd, die Schultern von weißem Mondlicht übergossen, vom Fenster aus träumerisch den Himmel betrachtet hatte?

War es das, woran sie gedacht hatte, als sie mit der Hand am Türrahmen gewartet hatte, bis ihr Mann tot war, um dann erst zu ihm ins Zimmer zu gehen und die Tropfen seiner Arznei in die Blumenerde des *Phoenix Robelini* zu gießen?

Antoinette litt. Sie litt dermaßen, daß sie fähig gewesen wäre, sich hier, vor aller Augen, dem Mann ihres Herzens zu Füßen zu werfen, wenn er hereingekommen wäre.

Und doch war Dominique neidisch auf sie. Dominique zweigte einen Teil von alledem für sich ab, sie stahl es im Vorübergehen, und sie nahm vom Guten und vom Schlechten. Der Anblick der kleinen Bar hatte ihr einen Stich ins Herz gegeben, und vor der cremefarbenen Fassade des ›Hôtel de Montmorency‹ wurde ihr heiß und kalt. Ja, was sollten sie jetzt tun? Denn Dominique konnte sich nicht vorstellen, daß es nicht mehr weiterging. Das Leben konnte doch nicht stillstehen!

Sie bogen hintereinander in die erste Straße rechts ein, überquerten den rechteckigen Lichtfleck vor einem Kino. Die Schaufenster waren strahlend erleuchtet, die Busse fuhren hart am Gehsteig vorbei, weil die Straße eng war, Menschen gingen aneinander vorüber oder streiften sich.

Antoinette drehte sich ungeduldig um, aber da war nur ein kleines, unbedeutendes Wesen hinter ihr in dieser Schraffur aus Regen. Eine kleine Frau unter einem Schirm, eine unauffällige Erscheinung, weder jung noch alt, weder häßlich noch hübsch, offenbar nicht besonders gut dran. Blaß, eine etwas lange und entschieden schiefe Nase – Dominique, die jetzt eilig an den Auslagen entlangging wie eine x-beliebige Frau auf dem Weg zu einem x-beliebigen Ziel, und in der Einsamkeit der Menge stumm die Lippen bewegte.

2

»Cécile! Wissen Sie, ob Madame Antoinette zurück ist?«

»Seit fast einer Stunde, Madame.«

»Was macht sie?«

»Sie hat sich angezogen aufs Bett gelegt, mit ihren schmutzigen Schuhen ...«

»Sie wird eingeschlafen sein. Sagen Sie ihr, sie möchte heraufkommen. Monsieur wird bald da sein.«

Es wird früh dunkel, alle Fenster sind geschlossen, um jeglichen Austausch zwischen der feuchtkalten Luft draußen und dem künstlichen Klima der beheizten Waben zu verhindern, in denen die Leute die Witterung überdauern wie in Konservendosen. Ob es wegen des breiig schmutzig-gelben Lichts ist, wegen der geschlossenen Fenster- und Vorhangfront, wegen des Regens, der alles Geräuschvolle zudeckt wie unter einem Mantel – jedenfalls wirken die Menschen in den Häusern eigenartig regungslos. Und selbst wenn sie sich bewegen, dann geschieht es wie in Zeitlupe, und ihre Pantomime läuft in einer Welt der Alpträume ab, in der die Dinge offenbar starr und in alle Ewigkeit ihren Platz und ihren Charakter beibehalten wollen – eine Buffetecke, ein angeschlagenes Stück Fayence, eine angelehnte Tür, die bläulich schimmernde Fläche eines Spiegels.

Das Feuer war ausgegangen in Dominiques Wohnung. Da war nur noch der Geruch nach Gas, der sie empfing, der ihr das Gefühl gab, zu Hause zu sein. Dieser Gasgeruch hielt sich immer am längsten.

Sie ist wirklich arm. Es ist wirklich keine Spielerei, wenn sie ihre Ausgaben auf den Centime genau kalkuliert. Und sollte es doch eine sein, sollte es schon mal vorkommen, daß sie Gefallen an dieser Pfennigfuchserei findet wie ein religiöser Fanatiker, der sich geißelt, dann hat sich das später ergeben, aus einer instinktiven und unbewußten Abwehrhaltung heraus: Indem sie eine bittere Notwendigkeit in eine Manie umfunktioniert, macht sie sie humaner, für sich selbst akzeptabler.

Es brennt nie mehr als ein Scheit in dem quadratischen Kamin, ein kleines Scheit, das sie so lang wie möglich glimmen läßt – sie hat Übung bekommen darin. Zehnmal, zwanzigmal ändert sie den Neigungswinkel, läßt zuerst die eine Seite schwarz werden und dann die andere; sie reguliert die am Holz leckende Flamme beinahe wie bei einer Petroleumlampe. Und sie geht nie aus, ohne das Feuer vorher gelöscht zu haben. Es entsteht so ein Wärme-Rinnsal, das sich durch bloßes Türöffnen oder -schließen bereits verzieht oder auflöst.

Da hat ein Stück Papier am Boden gelegen, als sie eingetreten ist. Ein Brief. Sie hat ihn aufgehoben.

Mademoiselle, liest sie, *es ist mir peinlich, daß ich unsere Vereinbarung ein weiteres Mal nicht einhalten kann, wenigstens teilweise nicht. Ich bin heute zweimal bei der Zeitung vorstellig geworden, von der ich noch Geld zu bekommen habe, aber der Kassierer war nicht da. Man hat mir jedoch mit Sicherheit zugesagt, daß er morgen zurück ist. Wenn nicht, wenn die dort mich für dumm verkaufen wollen, dann werde ich andere Maßnahmen ergreifen.*

Bitte glauben Sie mir, es ist auf meiner Seite kein böser Wille. Um Ihnen meine guten Absichten zu beweisen, lege ich wenigstens eine Anzahlung bei, die Sie sicherlich als lächerlich empfinden werden.

Ich schreibe Ihnen dies, weil wir zum Abendessen zu Freunden eingeladen sind, am anderen Ende von Paris, so daß wir sehr spät zurückkommen oder vielleicht sogar über Nacht dort bleiben. Machen Sie sich also um uns keine Sorgen.

Ihr ergebener
Albert Caille

Heute ist der 20., und die Cailles haben ihre Miete noch nicht bezahlt. Der Koffer ist ein weiteres Mal außer Haus gebracht worden, aber nicht, um Linas Wintermantel zurückzuholen – sie geht immer im Kostüm aus –, sondern um Wäsche aus ihrer Aussteuer wegzubringen. Sie haben sie in der Rue des Blancs-Manteaux an Juden weiterverkauft.

Sie stehen bei Audebal und anderen Geschäften ringsum in der Kreide, besonders in der Metzgerei. Sie gehen nämlich kaum mehr zum Essen ins Restaurant, sondern schaffen hintenherum einiges Eßbare ins Zimmer, wo immer noch kein Elektrokocher vorhanden ist.

Wenn sie allein sind, macht es ihnen nichts weiter

aus. Aber Albert Caille ist bestrebt, Dominique nicht zu begegnen; er hat Lina schon zweimal herübergeschickt, damit sie einen Zahlungsaufschub erbittet.

Dominique ist ärmer als sie, denn sie wird immer arm sein. Heute abend wird sie nichts mehr essen, weil das, was sie in dem Café auf den Champs-Elysées ausgegeben hat – Tee und Kuchen; eines der angebotenen Törtchen hat sie zu sehr in Versuchung geführt –, über dem liegt, was sie sich normalerweise für eine Mahlzeit leisten kann. Sie wird sich mit etwas aufgewärmtem Kaffee begnügen.

Die Cailles sind in die Rue du Mont-Cenis ganz oben auf die *Butte* gegangen. Dort haben sie jetzt Freunde gefunden, und man trifft sich zu zehnt oder zu zwölft in einem Atelier oder einem Innenhof. Die Frauen legen ihr Geld zusammen und holen etwas aus der Metzgerei; die Männer organisieren Wein oder Schnaps... Sie halten sich absichtlich im Halbdunkel, sie lümmeln sich auf einem durchgesessenen Sofa herum oder machen sich's am Boden bequem, auf einem Kissen oder einem Laufer. Es wird geraucht, getrunken und diskutiert, während der Regen mit einer Langsamkeit auf Paris niedergeht, daß es schon zum Verzweifeln ist.

Monsieur Rouet steigt aus einem Taxi, bezahlt, gibt fünfundzwanzig Centimes Trinkgeld. Er hat den Schirm aufgespannt und trotz des Regens fast den ganzen Weg mit gleichmäßigem Schritt zu Fuß zurückgelegt; erst am unteren Ende des Faubourg Saint-Honoré hat er ein Taxi angehalten.

An der Haustür gegenüber ist nur der eine Flügel offen. Das Licht im Hausflur ist gelb, die Wände sind mannshoch mit dunklem Holz verkleidet, und auf der Treppe liegt ein dunkler Läufer, auf dem sich streifenartig die Messingstäbe abheben. Der Aufzug ist wieder mal im fünften Stock; die Mieter oben im fünften versäumen es doch ewig, ihn wieder runterzuschicken. Er muß sie nächstens ein für alle Mal durch die Concierge zurechtweisen lassen; er ist ja der Hauseigentümer. Er wartet, betritt die enge Kabine und drückt auf den dritten Knopf. Die Klingel ist in der ganzen Wohnung zu hören. Cécile öffnet die Tür, nimmt Monsieur Rouet den Hut und den nassen Schirm ab, hilft ihm aus dem schwarzen Mantel; schon kurz danach sind sie zu dritt am Eßzimmertisch versammelt, ringsum schwere Möbelstücke, und die Lampe beleuchtet sie kühl und ungerührt.

Die Szenerie wirkt wie für alle Ewigkeit geschaffen – Möbel und andere Gegenstände sehen aus, als ob sie seit Urzeiten da seien und in ihrer schweren statischen Existenz alles überdauern wollten: Die drei Personen, die hier mit ihrem Besteck hantieren, und Cécile, die in Schwarz-Weiß und Schuhen mit Filzsohlen lautlos hin und her huscht.

Und da, während das erste Hauptgericht serviert wird und nur die rasselnden Atemzüge der alten Leute zu hören sind, ist Antoinette plötzlich geistig weggetreten. Als sie dann den Kopf hebt und rechts und links von sich die beiden Greisengesichter gewahrt, da steht in ihren Augen totale Verblüffung, dann Entsetzen; man könnte meinen, sie sieht diese Umgebung zum ersten Mal. Sie gleicht einem Menschen, der in einem fremden Haus aufwacht. Diese beiden Menschen, die ihr doch vertraut sind und sie zu beiden Seiten umgeben wie Kerkermeister, sie kennt sie nicht, sie bedeuten ihr nichts. Da ist kein Band, das sie verbindet; sie hat keinerlei Veranlassung, hier zu sein, die gleiche Luft einzuatmen wie diese beiden abgenutzten Brustkörbe, mit ihnen diese bedrohliche Stille zu teilen.

Von Zeit zu Zeit sieht Madame Rouet zu ihr hinüber, und ihr Blick ist nie desinteressiert; bei ihr hat die nebensächlichste Bemerkung einen Sinn.

»Sind Sie krank?«

»Ich fühle mich nicht besonders. Ich war bei meiner Mutter. Ich wollte zu Fuß die Rue Caulaincourt hinauf, und da hat es so gezogen ... Vielleicht hab ich mich erkältet.«

Madame Rouet muß bemerkt haben, daß sie geweint hat, daß ihre Lider noch verschwollen sind und brennen. »Sind Sie auf dem Friedhof gewesen?« erkundigt sie sich.

Antoinette begreift nicht sofort. Auf dem Fr... »Nein, heute nicht ... Schon als ich bei meiner Mutter ankam, war mir elend, und ich habe so gefröstelt.«

Ihre Augen verschleiern sich; sie könnte zu weinen anfangen, und sie würde hier, am Tisch, losweinen, wenn sie sich nicht zusammennähme. Im Augenblick würde sie sogar einfach so, ohne Grund weinen – sie denkt momentan nicht an ihren Liebhaber, der sie versetzt hat. Sie ist einfach ganz allgemein unglücklich, wegen allem und wegen nichts.

»Sie trinken vor dem Schlafengehen einen Grog und nehmen zwei Aspirin«, ordnet Madame Rouet an.

Wenn man sich die Wände hier in der Wohnung genauer ansähe, könnte man die ganze Geschichte der Familie Rouet daraus entnehmen. Unter anderem würde man da auf ein Foto stoßen, das Madame Rouet als junges Mädchen zeigt – im Tennisdress, einen Schläger in der Hand. Das Komischste daran: Sie war schlank, ein ganz normales junges Mädchen.

Ein Stück weiter weg das schwarz gerahmte Ingenieursdiplom von Monsieur Rouet und, auf gleicher Höhe, gewissermaßen als Pendant, die Fabrik seines Schwiegervaters zu der Zeit, als er mit vierundzwanzig dort eingetreten war. Er hatte damals einen Bürstenschnitt gehabt. Tadellose, aber unauffällige Kleidung, wie er sie weiterhin stets tragen sollte; die Kleidung eines Mannes, der hart arbeitet, dessen ganze Zeit von der Arbeit beansprucht wird. Ob jemals ein anderer so viel geschuftet hatte wie er?

Dann ein Foto der Hochzeitsgesellschaft. Der Ingenieur Rouet hat mit achtundzwanzig Jahren die Tochter des Chefs geheiratet. Alle Gesichter sind ernst, von stillem Glück erfüllt, von einer Würde, die durch nichts zu erschüttern ist. Wie in einer erbaulichen Legende. Die Arbeiter haben eine Abordnung entsandt. Und man hat ihnen in einem der Werksschuppen ein Festessen spendiert.

Damals war es erst ein kleiner Betrieb gewesen. Das große Werk, das von Rouet, das er vor ein paar Jahren für hundert Millionen weiterverkauft hat, das hat er selber geschaffen, er ganz allein. Er hat ihm Tag für Tag, Minute für Minute geopfert. Und doch – für ihn, wie für seine Frau, war *sie* immer noch die Tochter des Chefs geblieben ...

»Germain, hast du heute nachmittag mal das Büro verlassen?« fragt sie ihn.

Sie hat einen Mann von sechsundsechzig Jahren vor sich, das muß man sich mal überlegen. Er ist ebenso groß und breit geblieben wie früher und hält sich genauso aufrecht. Er hat weißes Haar bekommen, aber es ist noch genauso dicht.

Er ist zusammengezuckt, zögert einen Moment mit der Antwort. Er weiß, daß bei seiner Frau die nebensächlichste Bemerkung einen Sinn hat.

»Ich hatte heut so viel zu tun, daß ich mich gar nicht recht erinnern kann... Wart mal... Bronstein hat irgendwann... Nein, ich glaube nicht, daß ich aus dem Büro weg war. Warum fragst du?«

»Weil ich um fünf angerufen habe, und du warst nicht da.«

»Ach ja! Stimmt. Um fünf habe ich Monsieur Michel, einen Kunden, ein Stück hinausbegleitet, bis zur nächsten Ecke... Ich wollte etwas mit ihm besprechen, das Bronstein nicht unbedingt mitkriegen mußte.«

Sie glaubt es oder sie glaubt es nicht. Wahrscheinlicher ist, daß sie es nicht glaubt. Sie wird es nachher so einrichten, daß er als erster zu Bett geht; dann wird sie in seiner Brieftasche herumstöbern und die Scheine nachzählen.

Er zeigt keinerlei Anflug von schlechter Laune und nimmt ruhig und gelassen sein Essen ein. Das geht schon so lange auf die Art! Er hat sich nie aufgelehnt und wird es auch nie tun. Er ist wie aus Rinde, und alle Welt denkt, da ist nichts darunter, unter dieser Rinde; dabei hat er es sich nur angewöhnt, alles für sich zu behalten, tief innen. Und auch tief innen ist keine Auflehnung – noch nicht einmal besondere Bitterkeit. Er hat viel, sehr viel gearbeitet. Er hat so viel gearbeitet, daß er erdrückt wird von dieser ganzen Masse, dieser schier übermenschlichen Leistung, deren Gewicht auf ihm lastet wie die Bettdecke, die in einem Alptraum das ganze Zimmer auszufüllen droht.

Er hat einen Sohn bekommen; wahrscheinlich – oder bestimmt sogar – sein eigen Fleisch und Blut, aber er hat nie irgendwelche Gemeinsamkeiten zwischen sich und ihm empfunden. Er hat mitbekommen, wie er groß wurde, hat sich aber nie interessieren können für dieses schwächliche und energielose Wesen. Er hat ihn in ein Büro gesteckt, dann in ein anderes. Und dann, als er seinen Betrieb veräußert hat, weil der Arzt ihm Ruhe verordnet hatte, da hat er ihn wie einen Gegenstand, wennschon in einem akzeptablen Rang, in einem Unternehmen untergebracht, bei dem er Anteilseigner war. Einem Betrieb, der Tresore herstellte.

Drei Lebewesen essen und atmen. Das Licht hebt die drei Gesichter unterschiedlich hervor. Cécile lauert an der Tür böse auf den Moment, an dem sie abtragen und den nächsten Gang servieren kann, und man könnte meinen, sie haßt alle drei gleichermaßen.

In einer der Bars in den Champs-Elysées sitzt zweifellos ein hochgewachsener, gut angezogener Mann mit blassem Teint, einen ironischen und zärtlichen Zug um den Mund, trinkt einen Cocktail, überfliegt die Ergebnisse der Rennwetten und erinnert sich kaum noch an die Rue Montaigne.

Junge Männer und junge Frauen, die noch ihr ganzes

Leben vor sich haben, sitzen im Halbdunkel eines Ateliers in der Rue du Mont-Cenis herum, trinken und putschen sich gegenseitig auf.

Dominique zieht automatisch den Strumpfkorb näher zu sich heran, und damit auch zu dem einzelnen im Kamin brennenden Scheit, dessen winzige Flamme ihr Gesellschaft leistet. Sie fädelt die Stopfwolle ein, senkt den Kopf und läßt das lackierte hölzerne Stopfei in einen grauen Strumpf gleiten, der am Fuß schon so ausgebessert ist, daß sie nur noch das Gestopfte stopft. Sie ist nicht hungrig. Sie hat sich daran gewöhnt, keinen Hunger zu haben. Es heißt ja, daß der Magen sich an kleine Portionen gewöhnt und schrumpft; ihr Magen muß winzig sein, da er sich mit ganz wenig zufrieden gibt.

Überall Stille. Sie steigt von der naßglänzenden Straße auf. Sie sickert aus den Häusern, aus den Fenstern mit den zugezogenen Gardinen, hinter denen Menschen leben. Sie rinnt die Wände hinunter... Auch Regen eine Form von Stille, von Leere in diesem monotonen Rauschen.

So hatte es auch geregnet, nur bindfadenartiger und dichter, mit heftigen Windstößen, die den Leuten die Schirme umdrehten, als sie eines Abends zufällig durch die Rue Coquillière in der Nähe der *Halles* gekommen ist. Sie hatte sich dort Knöpfe für ein altes Kleid besorgt, das sie zum Färben gegeben hatte.

Überall offenstehende Hauseingänge und daneben – über- und nebeneinander angeordnet – eine Menge Emaille- oder Messingschilder. Viele Namen, viele Berufe, viele Branchen, auf die man so ohne weiteres überhaupt nicht kommt; überall dunkle und ausgetretene Treppen; Auslagen und Stände in den Hofeinfahrten, und dann schwarze Rußschwaden, die nach Öl und den Pommes frites stinken, die eine Händlerin unter freiem Himmel zubereitet.

Aus einem dieser Eingänge hat Dominique Monsieur Rouet kommen sehen. So hatte sie sich den Ort nie und nimmer vorgestellt, an den er täglich mit seinem würdevollen und gemessenen Schritt ging, wie ein Angestellter in sein Büro. Wie stellte er es bloß an, all diese schmierig-schmutzigen Straßen zu passieren, ohne seine tadellos geputzten Schuhe zu beschmutzen? Die waren nämlich sein ganzer Stolz. Manchmal blickte er auf seine Füße hinunter, um sich zu vergewissern, daß das glänzend schwarze Chevreauleder auch wirklich keinen Spritzer bekommen hatte.

Société Prima
Articles de Paris
Treppe B – Zwischengeschoß – letzte Tür links

stand auf einem hellen Emailschild; daneben eine schwarze Hand als Wegweiser.

Im Zwischengeschoß schmutzig-graue Räume mit rissigem Holzfußboden; stellenweise schimmelte die Tapete an den Wänden. Die Decke so niedrig, daß man beinahe den Kopf einziehen mußte. Alles vollgerammelt mit Waren, bis in sämtliche Ecken. Überall Kisten und Packen, Pappdosen, blaue und grüne Kämme, Puderdosen in Galalith, eine Menge glänzender, vernikkelter, lackierter Kram – ordinäres, schlecht verarbeitetes Zeug, wie es bei Straßenhändlern und auf Jahrmärkten feilgeboten wird.

Eine Frau um die Fünfzig im schwarzen Arbeitskittel war von morgens bis abends mit Einräumen beschäftigt, und sie empfing auch die Kunden. Die eine Tür war stets geschlossen, und wenn dort angeklopft wurde, dann stets furchtsam.

Hinter dieser Tür saß Monsieur Bronstein an einem hellen Schreibtisch, hinter sich einen riesigen Tresorschrank; auf seinem kahlen glänzenden Schädel prangte eine einsame schwarze Haarsträhne, die aussah, als sei sie mit Tusche aufgemalt.

Links vom Schreibtisch stand ein einziger Sessel, abgenutzt, doch bequem, und dahinter war ein Waschbecken zum Händewaschen, ein Stück Seife und ein Handtuch mit rotem Randstreifen, das nach Kaserne roch.

Hier, in diesem Sessel neben dem hellen Schreibtisch ließ Monsieur Rouet sich täglich nieder, nachdem er ohne einen Blick nach rechts und links die mit Krimskrams vollgestopften vorderen Räume durchquert hatte.

»Ist es frei?« vergewisserte er sich vor dem Eintreten.

Wenn nämlich ein Kunde bei Monsieur Bronstein war, dann ging er in einen Abstellraum, wo er stehend abwartete – ähnlich wie in einem diskreten Bordell, wo ein Gast nie den nächsten zu sehen bekommt, weil der hinter einer Tür oder einem Paravent warten muß, bis er an der Reihe ist.

Die *Société Prima* gehörte ihm, Rouet. Er hatte seine Millionen da hineingesteckt, und Bronstein legte sie gewinnbringend an. Die *Articles de Paris* waren nur eine Fassade, eine Scheinfirma; die wirkliche Aktivität der Firma wurde verkörpert durch den auffälligen, direkt unanständig großen Tresorschrank, der vollgestopft war mit Wechseln, Schuldscheinen und sonstigen fragwürdigen Kreditverträgen.

Dieses Büro – es lag im Haus gegenüber dem polnischen Juden – war der Ort, an dem die in Geldnöten steckenden Kleinunternehmer strandeten, die Handwerker und klamm gewordenen Industriellen. Wenn sie eintraten, hatten sie ein gezwungenes Lächeln aufgesetzt und waren entschlossen, zu bluffen und die Unwahrheit zu sagen. Ein paar Minuten später hatten sie die ganze schmutzige Wahrheit ausgespuckt; sie waren Menschen in höchster Not, die vor dem Geldschrank mit der berechnend halb offengelassenen Tür in die Knie gegangen wären.

Wenn es nicht regnete, kam es vor, daß Monsieur Rouet die Strecke zwischen der Rue Coquillière und dem Faubourg Saint-Honoré aus Trainingsgründen zu Fuß zurücklegte; sein Weg führte ihn durch stark belebte Viertel, und manch einer bewunderte in ihm einen rüstigen alten Mann, wenn er mit seinem regelmäßigen Schritt jeweils um die gleiche Zeit vorbeimarschierte.

Dominique war hinter ihm her gegangen und ungewollt Zeuge von Ausflügen geworden, die ihn ganz woanders hinführten und sich nicht so fein und säuberlich anließen. Sie hatte gesehen, wie er mit eingezogenem Kopf, den Schirm wie zur Deckung über sich, in die an die *Halles* angrenzenden Gäßchen entschwunden war. Sie hatte gesehen, wie er mit einem ganz anderen, unregelmäßigen und abgehackten Schritt auf eine entfernte Gestalt unter einer Gaslaterne zusteuerte, wie er langsamer wurde, dem Umkehren nahe war und dann doch wieder weiterging. Sie hatte den Sinn dieser Jagd anfangs nicht begriffen. Sie war schockiert und befremdet durch den chaotischen Charakter der Straßen, die eisigen schwarzen Löcher der Hauseingänge, die von der Straße aus zu jeder einzelnen Wohnung führenden Treppen. Da waren schmutzig-matte Lampenglocken über den Eingängen dubioser Hotels, da waren schemenhafte, teils unbewegliche, teils entfliehende Gestalten, und da waren die vielen kleinen Bars, in denen Menschen unbeweglich wie Wachsfiguren herumsaßen und auf Gott weiß was warteten.

Und da war auch der Eigentümer der Drahtzieherei, der Mann aus dem Faubourg Saint-Honoré, der sich täglich in dem wie für die Ewigkeit geschaffenen Eßzimmer an den gedeckten Tisch setzte ... Dieser Mann ging immer weiter, von einer unwiderstehlichen Macht getrieben. Sein Schritt war jetzt der eines Greises; wahrscheinlich schlotterten ihm die Knie. Er strich an den Mädchen vorbei, die aus dem Schatten heraustraten und sich an seinen Arm klammerten; in dem diffusen Licht näherten sich ihre Gesichter dem seinen wie magnetisch angezogen, und er setzte seinen Weg fort, schwerfällig und angstvoll, von seinem Fieber geschüttelt und abwechselnd von Hoffnung und Niedergeschlagenheit erfüllt.

Dominique wußte auch, wie es weitergegangen war. Sie hatte gesehen, wie er an einer Ecke bei einem hageren jungen Mädchen ohne Hut stehengeblieben war.

Lange dürre Beine, ein abgetragener grüner Mantel, den sie lose um die Schultern gelegt hatte ... Die Hagere war verstohlener als die anderen vorgetreten, wahrscheinlich aus jugendlicher Unerfahrenheit; sie hatte das nasse Haar aus dem Gesicht geschüttelt und zu dem Mann hochgeblickt, wie um sich besser begutachten zu lassen. Er war ihr in kurzem Abstand gefolgt, wie Antoinette in der Rue Montaigne dem Italiener gefolgt war; er war nach ihr in einer der türlosen Öffnungen verschwunden und hinten über die unterste Treppenstufe gestolpert. Dann war oben ein Licht angegangen.

Dominique war angstvoll geflüchtet und lange umhergeirrt, immer mit der Schreckensvorstellung, keinen Ausweg aus diesem unheimlichen Labyrinth zu finden.

Bei den Rouets saßen sie zu dritt im Schein der Eßzimmerlampe und waren gerade beim Hauptgericht. Jeder hing seinen eigenen Gedanken nach und folgte deren einfachem oder gewundenem Lauf. Nur die alte Madame Rouet blickte zu den beiden anderen hinüber, als ob sie ganz allein die Last von deren Leben und obendrein vom Leben des ganzen Hauses zu tragen hätte.

Vor ihr an der Wand hing ein Portrait, das ihren Sohn im Alter von fünf oder sechs Jahren darstellte, mit einem Strohhut auf dem Kopf, die Hände auf einen Reif gelegt. Hatte sie denn als einzige nicht begriffen, daß er schon damals kein Junge wie die anderen Jungen gewesen war, ein fehlerhaftes Warenmuster, ein haltloser Mensch, der geborene Schlappschwanz ... Und dann war da noch die andere Fotografie von ihm als junger

Mann, auf der er eine tapfere, eine entschlossene Miene aufzusetzen versuchte. Als ob es nicht schon absehbar gewesen wäre, daß er nie etwas aus seinem Leben machen würde wie andere, daß nichts ihn seiner unheilbaren, seiner melancholischen Schlaffheit entreißen konnte ...

Nur Antoinette war von ihm übriggeblieben hier im Hause – diese Fremde, mit der es keinerlei Berührungspunkte gab, die nach dem Tod ihres Mannes hier am Tisch des Hauses herumsaß statt sich in so eine Rue Caulaincourt zu verziehen, zu ihrer Mutter, und das Leben zu führen, das zu ihr paßte.

Von außen her gesehen beschränkte sich all dies auf die zugezogenen Vorhänge, hinter denen schwaches Licht brannte. Hier drinnen dagegen, bei den Rouets, war alles Leben in den kalten Augen der alten Frau konzentriert, die mit erschreckender Scharfsicht auf die anderen Gesichter gerichtet waren. Leidenschaftslos, ohne Liebe; ob es nun das Gesicht ihres Mannes mit der aufgesetzten Unbekümmertheit war oder das ihrer Schwiegertochter mit den geröteten Wangen.

Sie war über alles im Bilde. Sie selbst hatte seinerzeit den Wortlaut für den Ehekontrakt diktiert. Sie hatte auch von Anfang an das Leben dieses Hauses gestaltet, es bestimmt und Grenzen abgesteckt. Und sie war es auch gewesen, die ihren Sohn gehindert hatte, sich eine eigene Existenz aufzubauen; er sollte sein Leben lang das Kind bleiben. Das ging bis in den Beruf hinein, wo er es ja tatsächlich nur zum Angestellten in der väterlichen Fabrik gebracht hatte.

Seine Eheschließung hatte sie nicht zu verhindern vermocht, und so war der junge Hausstand, wiederum auf ihr Betreiben, dem ihren angegliedert worden; ihretwegen hatten die Jungen nichts für sich gehabt und mußten von Huberts Monatsgehalt und dem Geld leben, das sie ihm gab.

Ein kaltes Lächeln spielte um ihre Lippen, während ihr Blick über Antoinettes Schultern hinwegglitt, über die Gestalt der jungen und lebenshungrigen Frau, die das brennende Verlangen hatte, hier auszubrechen.

Antoinette hatte außer ihren Möbeln keinen eigenen Besitz. Um über eigenes Geld zu verfügen, würde sie den Tod ihrer Schwiegereltern abwarten müssen, und auch dann würde sie nur einen Nießbrauch über das Vermögen haben, das bei ihrem eigenen Tod dann letztlich an einen entfernten Zweig der Rouets, oder vielmehr der Leprons, zurückfallen würde.

Das war sehr gut so. Deswegen – nämlich aus Angst vor der Armut – war sie hier im Hause geblieben; deswegen war sie mit nach Trouville gegangen, nahm sie ihre Mahlzeiten im Familienkreis ein und leistete ihrer Schwiegermutter stundenlang Gesellschaft.

»Sie haben fast nichts gegessen ...«

»Ich habe keinen Hunger. Bitte entschuldigen Sie mich ...«

Antoinette befürchtete, dieses Abendessen nicht durchstehen zu können, ohne daß ihre Nerven ihr einen Streich spielten. Sie hätte schreien, beißen, ihren Schmerz herausbrüllen, den Namen ihres nicht erschienenen Liebhabers herauskreischen mögen.

»Man könnte meinen, Sie haben geweint.«

Cécile, die an der Tür steht, geht jeder neue Hieb wie Öl hinunter.

»Heute nachmittag, bei meiner Mutter, da haben wir über traurige Sachen gesprochen.«

»Über Hubert, nicht wahr?«

Antoinette war in Gedanken so weit weg, daß sie unwillkürlich erstaunt hochsah.

Hubert...? Sie erinnerte sich kaum noch an ihn! Sie hatte Mühe, sich sein Gesicht vorzustellen, wenn sie die Augen schloß. Er war tot, unwiderruflich tot. Es war nichts von ihm übrig als ein verschwommenes Bild, die verblassende Erinnerung an die endlose Traurigkeit einer monotonen Existenz, bei der kein Ende abzusehen war.

»An einem Tag, an dem es mal nicht regnet, gehen wir zusammen zu seinem Grab. Nicht wahr, Antoinette?«

»Ja, Mama.«

Sie war sich nicht sicher, diese Worte tatsächlich ausgesprochen zu haben. Ihre Stimme hatte die Luft durchschnitten wie eine fremde Stimme. Sie mußte aufstehen. Sie mußte diese Spannung loswerden.

»Bitte entschuldigen Sie mich...«

Sie sah die beiden an, wie sie sich da gegenübersaßen; sie war bemüht, sich davon zu überzeugen, daß sie, Antoinette, leibhaftig anwesend war.

»Bitte entschuldigen Sie mich«, wiederholte sie.

Sie flüchtete. Sie hatte wahnsinnige Lust, in die feuchte Nacht hinaus zu gehen, die Champs-Elysées entlangzulaufen, ihn in allen Bars zu suchen, ihm vorzuhalten, daß das so nicht ginge, daß er sie nicht verlassen könne, daß sie ihn brauche, daß sie weiß Gott was für ihn tun und fast überhaupt keinen Platz wegnehmen würde. Noch nicht mal soviel wie ein Hausmädchen! Wenn er nur...

»Cécile! Begleiten Sie Madame Antoinette hinunter. Ich glaube, sie fühlt sich nicht wohl.«

Monsieur Rouet kramte in seiner Tasche nach einem Zahnstocher. »Was hat sie?« erkundigte er sich bei seiner Frau.

»Das kannst du nicht verstehen...«

In Wirklichkeit wußte sie es selber noch nicht. Aber sie würde dahinterkommen, ganz bestimmt. Sie lebte ja nur zu dem Zweck, über alles im Bilde zu sein, was um sie herum, in dem von ihr beherrschten Kreis vor sich ging.

»Die Einsamkeit bekommt ihr nicht«, ergänzte Monsieur Rouet. »Eigentlich komisch, daß sie keine einzige Freundin hat.«

So konnte auch nur ein Mann daherreden! Worte, nichts als Worte! Hatten die Rouets vielleicht Freunde? Sie trafen sich noch nicht einmal mit ihren mehr oder weniger entfernten Verwandten, die sie auf dem Weg nach oben abgeschüttelt hatten, und die ihnen, der reichen Verwandtschaft, zum Neuen Jahr unterwürfig Glück wünschten.

Freundinnen... Wozu denn? Als ob Madame Rouet es zugelassen hätte, daß Fremde, Männer oder Frauen, dieses Haus entehrten!

Die eine – Antoinette nämlich – hatte sie ihrem Sohn allerdings zugestehen müssen. Weil er sie um jeden Preis haben wollte, und weil er bei seiner schwachen

Konstitution andernfalls fähig gewesen wäre, ernstlich krank zu werden.

»Also, du sollst sie haben, deine Frau ...«, hatte sie nachgegeben.

Und er hatte sie bekommen. Er hatte erfahren, was es bedeutete. Er war es rasch leid geworden, sie überall dorthin zu begleiten, wo sie umherschwirrte, getrieben von ihrem Bewegungsdrang und dem Bedürfnis, um alles herumzuflattern, was Licht und Glanz war.

»Gib zu, daß du mit Antoinette nicht glücklich bist ...«

»Aber doch, Mama ... Ich bin glücklich!«

Warum hatte er dann angefangen, Briefmarken zu sammeln und später Spanisch zu lernen, ganz für sich allein, abendelang?

Jetzt parierte Antoinette. Sie, Madame Rouet, hatte sie gezähmt.

Sagen Sie Madame Antoinette, sie soll heraufkommen, brauchte sie jetzt nur anzuordnen. Und Antoinette kam. Oder: Antoinette, reichen Sie mir das blaue Garn. Nicht das da – das dunkelblaue ... Und fädeln Sie mir ein.

In solchen Fällen zitterte Antoinette dann vor Ärger, sie zuckte – aber sie gehorchte. Sie blieb stundenlang im Schatten ihrer Schwiegermutter sitzen.

Ihr, Madame Rouet, entging nichts. ›Sie haben ja geweint!‹ hatte sie vorhin festgestellt; ›Sie haben ja nichts gegessen!‹

Wenn sie nur fähig gewesen wäre, ihre Beine zu gebrauchen wie alle anderen! War es nicht paradox, einen so scharfen Verstand, einen so regen und wachen Geist und einen derart eisernen Willen zu haben, aber mühevoll die Beine nachzuziehen, die langsam immer mehr zu leblosen Steinsäulen wurden?

Sie kämpfte ja. Wenn sie allein war und von keinem überrascht werden konnte, dann stand sie ohne Hilfe und mit zusammengebissenen Zähnen auf und zwang sich, im Zimmer umherzugehen, wobei sie den Krückstock absichtlich beiseite ließ und die Schritte zählte... Sie würde es schon noch schaffen! Sie würde den Sieg über diese verdammten Beine davontragen. Aber ehe es soweit war, brauchte niemand etwas davon zu erfahren.

Nein, erwog sie, in der Rue Caulaincourt hatte sich Antoinette ihre traurigen Gedanken nicht geholt... Sie verzog verächtlich die Lippen. Die Sorte Leute kannte sie. Die steckten voller niederer Bedürfnisse, und sie hatten nichts im Kopf als deren Befriedigung.

So zum Beispiel auch die Mutter von Antoinette. Sie bekam bestimmt heimlich von ihrer Tochter Geld zugesteckt, und jeder Schein wurde unmittelbar in einen Genuß umgewandelt – eine Languste, ein Abendessen im Restaurant, ein Kinobesuch... Oder sie lud ihre Nachbarinnen zu Kaffee und Kuchen ein, kaufte sich irgendeinen gräßlichen Fetzen, nachdem sie den ganzen Tag durch die Kaufhäuser gezogen war.

Was die wohl herumerzählen mochte... Meine Tochter hat bei den Rouets eingeheiratet – die Drahtzieherei, wissen Sie... Leute, die hundert Millionen haben und leben wie die Kleinbürger! Als sie geheiratet hat, da hatten sie noch nicht einmal einen Wagen! Durch sie erst, durch Antoinette, haben sie...

Sie war fast genauso stolz auf ihre zweite Tochter Colette, die sich von einem Bierbrauer aus dem Norden aushalten ließ. Wenn sie sie in ihrer Wohnung in Passy besuchte und der Mann, ein Mitfünfziger, unvermutet eintraf, dann ging sie in die Küche und versteckte sich dort vor ihm. Vielleicht lauschte sie auch; sie würde es fertigbringen, ohne jede Scham die Geräusche aus dem Schlafzimmer und dem Badezimmer zu verfolgen.

»Geben Sie mir meine Brille, Félicie. Ist Cécile noch nicht wieder oben?«

»Hier bin ich, Madame«, ertönt es vom Treppenabsatz.

»Was ist los mit ihr? Was macht sie?«

»Als erstes wollte sie nicht, daß ich ihr das Bett aufdecke. Sie hat gesagt, ich soll gehen. Und sie hat mich angeschrieen ... ›Laß mich endlich zufrieden!‹ hat sie geschrieen. Siehst du denn nicht, daß ...«

»Daß was?« erkundigt sich Madame Rouet gleichmütig.

»Nichts ... Sie hat nicht weitergeredet. Sie hat sich in der Toilette eingeschlossen. Ich hab das Bett aufgedeckt, und als ich aus dem Zimmer bin, hat sie geweint, so laut, daß man's durch die Tür und zehn Meter weit weg noch gehört hat.«

»Geben Sie mir meine Brille.«

Um Mitternacht trat Antoinettes Mutter zusammen mit ihrer Nachbarin von nebenan, die sie zu einem Kinobesuch eingeladen hatte, auf die Place Blanche hinaus. Sie waren versucht, sich noch ein weiteres kleines Vergnügen zu gönnen, in eines der hell erleuchteten

Lokale zu gehen. »Wie wär's mit einem Gläschen ›Chez Graff‹?«

Monsieur Rouet lag reglos in seinem Bett und wartete auf Schlaf; er erwartete nichts anderes mehr, da er seit langem die eigenen Grenzen akzeptiert hatte.

Dominique stopfte ihre grauen Strümpfe. Alle Strümpfe im Korb waren grau, sie trug keine anderen. Sie war überzeugt, daß die am wenigsten schmutzten, am gediegensten waren und sich jedem Kleid anpaßten. Von Zeit zu Zeit hob sie den Kopf, gewahrte die hellen Wasserperlen auf den Scheiben und gegenüber das gedämpfte rosa Licht hinter den Fenstern; ein Stock höher war inzwischen alles dunkel. Sie beugte sich wieder über ihre Arbeit und streckte die Hand aus, um dem einzelnen Scheit eine leichte Drehung zu geben und die gelblich züngelnde Flamme am Leben zu erhalten.

Sie ging als letzte in der Straße zu Bett. Die Cailles waren nicht zurückgekommen. Sie lag noch ein wenig in der Stille und wartete, dann schlief sie ein. Sie stand vor Morgengrauen auf, sah die Scheiben grau und hell werden.

Die Cailles kamen erst gegen sieben Uhr früh zurück; sie hatten sich noch in den *Halles* herumgetrieben inmitten nasser Gemüseberge und vorbei an Clochards, die in den Hauseingängen Schutz gesucht hatten. Sie sahen beide übermüdet aus – vor allem Albert Caille, weil er zuviel getrunken hatte. Da sie Angst hatten, ihrer Vermieterin zu begegnen, drehten sie den Schlüssel lautlos im Schloß und gingen auf Zehenspitzen durch den Salon.

»Was machen wir jetzt?« drang Linas matte Stimme herüber.

»Zuerst mal schlafen ...«

Sie liebten sich nicht noch vor dem Einschlafen, sondern erst gegen Mittag, in einer Art Halbschlaf, und schliefen dann weiter. Und es war zwei, als man vom Waschbecken das Wasser rauschen hörte.

Antoinette war schon um zehn Uhr vormittags ausgegangen und im Faubourg Saint-Honoré noch nicht wieder aufgetaucht; offenbar hatte sie jedoch gegen Mittag angerufen, denn Madame Rouet hatte den Hörer abgenommen. Und es waren nur zwei Gedecke für das Mittagessen aufgelegt worden.

Soeben trat Monsieur Rouet mit gewohnter Pünktlichkeit aus dem Haus und wandte sich in Richtung Rue Coquillière.

3

Während der Zug aus dem Bahnhof fuhr und seinen Dampf zwischen die engen und wie sich gegenseitig abstützenden Häuserzeilen blies, konnte man im letzten Abendlicht verharschte Schneefetzen in den Ecken und auf dem dunklen Untergrund von Böschungen erkennen.

Damals, im August, war Antoinette weggefahren und hatte Dominique ganz allein gelassen in Paris, wochenlang. Heute nun war es Dominique, die im Zug saß. Sie blieb noch einen Moment im Gang stehen und blickte mit einem melancholischen Lächeln hinaus; dann betrat sie ihr Dritter-Klasse-Abteil.

Vorhin erst hatte sie das Telegramm bekommen.

Tante Clémentine verstorben. Stop. Beisetzung Mittwoch. François.

lautete der Text.

Sie begriff das nicht; es war ja schon Dienstag. Der Tod mußte am Sonntag eingetreten sein, weil die Beerdigungen im allgemeinen drei Tage nach dem Todesfall stattfinden. Oder vielleicht war man wegen besonderer Ansteckungsgefahr... Aber nein, Tante Clémentine war nicht an einer ansteckenden Krankheit gestorben. Sie mußte... Moment mal... Vierundsechzig und sieben ... Einundsiebzig mußte sie gewesen sein ... Und es war nicht heiß; selbst in Toulon ist es im Januar nicht heiß, und man braucht sich mit der Beerdigung nicht sonderlich zu beeilen.

Überhaupt, welcher François? Der Vater, François de Chaillou, hätte eigentlich in Rennes sein müssen. Oder war es vielleicht eher sein Sohn, der in der Marine war? Ja, sein Sohn wahrscheinlich, das war plausibler.

Tante Clémentine hatte zusammen mit der noch älteren Hausangestellten in ihrer Villa in La Seyne-sur-Mer gelebt, in der Nähe des Bahnübergangs. Dort, wo Dominique einmal ihre Ferien verbracht hatte. Wenn sie lange krank gewesen wäre, dann wäre jemand aus der Familie zu ihr gekommen und hätte Dominique auch geschrieben. Es mußte also schnell zu Ende gegangen sein; jemand hatte François benachrichtigt, weil er am nächsten wohnte. Und François, der auch die Telegramme verschickt hatte, hatte seine Cousine Dominique vergessen. Sie zählte ja kaum ...

Antoinette würde vielleicht gar nicht bemerken, daß sie verreist war. Sie würde sehen, daß auf der anderen Straßenseite die Läden drei oder vier Tage geschlossen blieben, ohne sich Gedanken darüber zu machen, was ihrer Nachbarin von gegenüber zugestoßen sein könnte. Und die Cailles waren nun allein in der Wohnung. Wenn sie das nur nicht ausnutzten und ihre Freunde aus der Rue du Mont-Cenis einluden! Womöglich lümmelten sie dann alle miteinander im Salon herum und tranken, die ganze Nacht hindurch ...

Das Abteil war voll bis auf den letzten Platz. Dominique hatte einen Fensterplatz. Sie hatte einen Marinesoldaten auf Urlaub neben sich, und ein weiterer saß ihr gegenüber. Die beiden ließen beiläufig und augenzwinkernd einige Anspielungen über ihren Aufenthalt in Paris fallen, dann wechselten sie hin und wieder ein paar Worte über die Kameraden, zu denen sie jetzt zurückkehrten. Man merkte, daß sie sich gut vertrugen, daß sie wie Brüder waren. Sie waren müde und nickten auch bald ein, die Mütze in die Stirn gezogen. Der neben Dominique stieß sie manchmal an, und in den Kurven lehnte er schwer an ihrer Schulter.

Dominique saß lange gedankenverloren da und betrachtete den ihr gegenübersitzenden Marinesoldaten, dann eine Frau, die ihr Kind stillte, und sie fand die große weiße Brust abstoßend. Ein Bahnbeamter las einen Heftchenroman. Das Rattern des Zuges setzte sich langsam in ihrem Kopf fest; das rhythmische Stampfen überlagerte den Rhythmus ihrer Atemzüge und das Klopfen ihres Herzens, und sie gab sich dieser Empfindung hin. Vom Fenster her zog es ihr kalt in den Nacken; sie hatte die Füße auf die Metallplatte der Dampfheizung gestellt. Sie schloß die Augen und öffnete sie wieder. Jemand drehte am Lichtschalter, und es gab nur noch eine ganz matte blaue Beleuchtung. Es war warm, aber sie spürte den Luftzug im Nacken wie einen dünnen kalten Wasserstrahl; die Augenlider brannten.

Der Zug hielt an. In einem schwach erhellten Bahnhof liefen Leute hin und her; Lichter glitten hierhin und dorthin. Dann fuhren sie wieder.

Sie mußten schon weit sein, weiter als Dijon, als ihr bewußt wurde, daß da jemand im blassen Hof des

Mondes neben dem Zug herlief, ja, daß da jemand den Zug verfolgte.

Sie war gar nicht besonders erstaunt. »Sieh mal an«, sagte sie bloß. »Mademoiselle Augustine ...« Und ihr Lächeln war sanft und traurig. So lächeln sich Menschen zu, die über das Unglück des anderen Bescheid wissen.

Sie hatte plötzlich begriffen. Ja, seit gut acht Tagen hatte sie Mademoiselle Augustine nicht mehr an ihrem Fenster gesehen; hingegen war die Concierge zwei- oder dreimal oben in der Mansarde sichtbar geworden.

Die alte Augustine war tot, wie Tante Clémentine, und diese Augustine war froh und glücklich, daß sie tot war. Sie lief hinter dem Zug her, hatte endlich Dominiques Abteil erreicht und setzte sich zu ihr – ein wenig außer Atem, aber mit strahlendem Lächeln und nur ein klein wenig gehemmt, denn sie gehörte nicht zu denen, die sich aufdrängen.

Für Dominique war es eigenartig, sie so zu sehen – milchig, fast leuchtend, und dabei so verführerisch und schön; tatsächlich, sie war schön – und trotzdem genau zu erkennen!

»Beinahe wären Sie mir entwischt«, sagte Mademoiselle Augustine verschämt. »Ich bin zu Ihnen gekommen, so schnell ich konnte. Das Ding da auf meinem Bett war noch warm. Ich hatte mir immer vorgenommen, daß mein erster Besuch Ihnen gelten sollte. Aber Sie waren gerade weg, und da bin ich rasch zur Gare de Lyon gelaufen ...« Ihre Brüste, die zu Lebzeiten wahre Riesenquallen gewesen sein mußten, hoben sich. »Ich bin so froh, so glücklich! Ich hab mich nur noch nicht recht eingewöhnt, verstehen Sie. Die Concierge ist dort oben, und sie richtet sie her, diese andere, meine ich... Sie ist nicht gerade begeistert darüber, eine Tote waschen und fertig machen zu müssen...«

Dominique konnte sich die Concierge sehr gut vorstellen – eine magere Frau, die es auf der Brust hatte und überall im Viertel die Toten wusch und ankleidete.

»Sie hat an alle Türen geklopft und gerufen: ›Sie ist tot! Mademoiselle Augustine ist tot!‹ Und ich, ich hab mich auf Zehenspitzen weggeschlichen... Ich hatte ja so lang darauf gewartet! Ich hatte schon gedacht, das kommt nie mehr! Ich hätte zum Schluß ersticken können, mir war so heiß in dem dicken Leib. Ist Ihnen mal aufgefallen, daß ich stark geschwitzt habe? Und daß es arg nach Schweiß gerochen hat? Ich habe Ihnen von weitem zugesehen. Ich wußte, daß auch Sie mir zusehen. ›Da schau mal... Die alte Augustine ist am Fenster‹, konnten Sie in meine Richtung sagen... Und ich, ich hatte solche Lust, zu Ihnen hinüber zu fliegen, Ihnen alles zu sagen! Aber Sie hätten es nicht verstanden... Und jetzt ist es zu Ende, ich habe meine Ruhe. Ich will Sie nur noch ein Stückchen begleiten...«

Dominique fühlte, wie jemand ihr die Hand drückte; ein wunderbar warmer, lebendiger Händedruck. Es war wie die erste Berührung mit der Hand eines Geliebten, und Dominique war tief gerührt und ein wenig beschämt, denn auch sie war an so etwas ja nicht gewöhnt. Sie wandte sich ab und wurde rot.

»Sie werden zugeben«, stammelte Mademoiselle Augustine, »ich war wirklich eine gräßliche alte Jungfer...«

Dominique wollte aus Höflichkeit protestieren, aber sie begriff, daß es nicht mehr möglich war, jemand wie Augustine anzulügen.

»Doch, doch! Und ich hab darunter gelitten, glauben Sie mir...! Ich war so froh, als ich mir endlich diese Lungenentzündung geholt hatte! Sie haben mir Schröpfköpfe aufgesetzt, und ich mußte mir das gefallen lassen! Es hat Augenblicke gegeben, wo ich dachte, sie schaffen es, ich muß wieder bleiben... Aber dann hatten sie mich mal eine Stunde allein gelassen, und die hab ich dazu benutzt...« Sie lächelte wieder.

»Wissen Sie, ich habe Sie so lieb!«

Dominique war nicht schockiert; es war nichts Lächerliches an dieser Liebe; sie fand das ganz natürlich, und es war, als ob sie seit jeher gerade darauf gewartet hätte.

Sie fühlte sich nur gehemmt wegen der beiden Marinesoldaten. Sie wollte Mademoiselle Augustine, die sie vielleicht nicht gesehen hatte, auf die beiden aufmerksam machen.

Aber da war ihr Wille umnebelt, eine übernatürliche Schlaffheit ergriff Besitz von ihr; von tief innen stieg Wärme in ihr hoch, erfaßte Adern und Knochen, den ganzen Körper. Sie wurde von einem Arm umschlungen, und da waren Lippen, die sich den ihren näherten. Sie schloß die Augen, sie keuchte, sie erstarrte völlig in dieser einzigartigen Empfindung, sie hatte Angst, sie sank dahin, sie...

Dominique wurde sich nie klar darüber, ob sie tatsächlich gestöhnt hatte. In dem bläulichen Dämmerlicht des

Abteils sah sie nur die Augen des Marinesoldaten von gegenüber auf sich gerichtet. Aber vielleicht war er gerade erst aufgewacht? Oder hatte er schon lange zwischen Schlafen und Wachsein dahingedämmert?

Sie war noch völlig verwirrt. Sie schämte sich. Da hätte sich beinahe etwas in ihr ereignet, das dann aber wie abgerissen gewesen war. Etwas, das wie eine Vorahnung in ihr geschlummert hatte, das ihr Angst machte und das sie nicht näher zu benennen wagte.

Sie machte die ganze Nacht kein Auge mehr zu. Mit dem ersten fahlen Morgenlicht, als der Zug gerade Montélimar passiert hatte, trat sie auf den Gang hinaus und blieb regungslos stehen, die Stirn gegen die Scheibe gepreßt. Sie sah die ersten Olivenbäume an sich vorüberziehen, hellrote, fast flache Dächer, weiße Häuser.

Der Bahnhof Saint-Charles lag in der Sonne; sie stieg aus und nahm am Schnellimbiß eine Tasse Kaffee und ein Croissant zu sich, wobei sie ihren Zug gut im Auge behielt.

Von ihrem Platz aus konnte sie in der Ferne das Meer sehen. Es war sehr blau, mit unendlich vielen Schaumkronen: Der Mistral blies, der Himmel war blankgefegt, und die Leute auf der Straße unten hielten ihre Hüte fest.

In Toulon stieg sie in die Straßenbahn, und es war ihr trotz aller Scham noch nicht gelungen, das außerordentliche Gefühl von heute nacht völlig zu vertreiben. Es hatte in ihr, im tiefsten Innern, seine Spuren hinterlassen.

Das war ihr früher, mit sechzehn oder siebzehn, ein einziges Mal passiert – aber damals hatte sich dieses Gefühl wie eine Rakete entfaltet, war in den tiefblauen Himmel gestiegen und hatte sie stumpf und wie ausgepumpt zurückgelassen.

Also nein … In dem Taxi dort, diesem Cabrio, saß doch ihr Cousin Bernard, zusammen mit einem jungen Mädchen, das sie noch nie gesehen hatte. Sie winkte ihnen zu, aber Bernard merkte es zu spät, und die Straßenbahn war schon weit zurückgefallen.

»Nique, du Ärmste!« wurde sie dann empfangen. »Mußt du müde sein! Komm rein, mach dich erst mal frisch!«

Die Beerdigung sollte in einer Stunde sein. Das ganze Haus war voller Onkel, Tanten, Cousins und Cousinen. Sie umarmten sie alle.

»Du veränderst dich überhaupt nicht!« sagten sie zu ihr. »Um wieviel Uhr hast du das Telegramm von François bekommen? Stell dir vor, er hatte deine Adresse nicht … Ja, und jetzt ist es zu spät, *sie* ein letztes Mal zu sehen. Es ging nicht länger, verstehst du, man konnte nicht länger warten …« Und dann, ganz leise, wurde ihr mitgeteilt: »Es hat angefangen zu riechen … Ihre Beine hatten aufzuschwellen begonnen, zuletzt … Aber nein, das nicht … Sie war nicht verändert …«

Tante Clémentine habe ausgesehen, als ob sie schlafe, erfuhr Dominique weiter. Und ob sie sich daran erinnere, was der kleine Cottron eines Tages in seiner Naivität von ihr gesagt habe?

Tante Clémentine, die schmeckt so wie kandierte Früchte, hatte der Junge gesagt. Und genauso sei sie geblieben, bis zum Schluß …

»Es ist nur, daß … Aber nun geh dich erst mal frisch

machen. Wir erzählen dir das hinterher... Du wirst vielleicht Augen machen! Übrigens, hast du Onkel François gesehen? Der Ärmste! Er wollte unbedingt mitkommen, trotz allem... Tja, es steht zu befürchten, daß nächstens er an der Reihe ist, und daß wir uns bald alle in Rennes wiedersehen...«

Es waren viele Leute auf der Beerdigung. Man sah eine Menge Uniformen, und die Schleier der Frauen flatterten im Mistral.

Dominique hatte den Bahnübergang, den sie zuvor passiert hatten, kaum wiedererkannt. Sie hatte das Gefühl, das sei alles viel kleiner, als sie es in Erinnerung hatte. Auch die Villa. Und außerdem so banal, so gar nicht ungewöhnlich!

Während der Totenmesse dachte sie mehrmals an Antoinette, und sie sah sie im Geist bei jener anderen Beisetzung in Saint-Philippe-du-Roule vor sich. Später, am Friedhofsausgang, war sie dann wieder im Schoß der Familie – umringt von Onkeln und Tanten, die alte Leute geworden waren.

»Aber du, du hast dich gar nicht verändert!«

Sie dagegen hatten sich verändert. Und die Cousins und Cousinen waren gesetzte Leute geworden, die verheiratet waren und selbst Kinder hatten.

»Hier, das ist der Sohn von Jean...« Sie zeigten ihr einen etwa dreizehnjährigen Jungen.

Der Junge hatte ihr Guten Tag gesagt und sie mit ›Tante Dominique‹ angeredet.

Was sie am meisten in Erstaunen versetzte, das war, daß das Vokabular von ehedem wieder auftauchte – alle die Worte, die nur innerhalb der Familie, innerhalb des

Clans einen Sinn machten. Manchmal mußte sie sich anstrengen, alles mitzubekommen.

Es waren zwei große Tische gedeckt worden, im Eßzimmer und im Salon der Villa. Die Kinder hatte man alle an den einen Tisch gesetzt.

Neben Dominique saß ein junger Mann in Zöglingsuniform, der auf die *École Polytechnique* ging. Er hatte eine Baßstimme und redete sie laufend mit ›Tantchen‹ an.

»Der Mathepauker ist eine dufte Type ...«

»Ich bin im altsprachlichen Zweig ...«

Altvertraute Worte, ausgesprochen von jungen Leuten, die sie als Babies gekannt hatte. Oder sie wußte sogar nur aus Neujahrsbriefen, daß es sie gab.

Berthe Babarit, hatte man ihr zum Beispiel geschrieben, die letztes Jahr einen Wegebaumeister geheiratet hat und in Angoulême wohnt, hat vor kurzem ein Kind bekommen ...

Sie sah sie sich an. Sie hatte das Gefühl, daß auch die anderen sie verstohlen musterten, und sie genierte sich. Sie hätte wie die anderen sein mögen, sich als zum Clan gehörig empfinden wollen. Sie fühlten sich wohl, sie saßen ungezwungen beisammen, als wären sie nie auseinandergegangen. Manche, die in der gleichen Stadt wohnten und sich oft trafen, redeten über gemeinsame Freunde, über Berufliches, die Karriere oder über Ferien, die sie zusammen am Meer verbracht hatten.

»Und Sie, Nique? Fühlen Sie sich nicht einsam, so ganz allein in Paris? Ich hab mir schon manches Mal überlegt, warum Sie eigentlich dort in der Stadt bleiben, während ...«

»Ach, mir ist nicht langweilig.«

Nique hat sich nicht verändert! Nique hat sich überhaupt nicht verändert!

Sie bekommt das immer wieder zu hören. So, als ob sie als einzige in der Familie immer das gleiche Alter gehabt hätte, nämlich vierzig. Als ob sie immer eine alte Jungfer gewesen wäre.

Gewiß doch, sie hatten das im Gefühl gehabt, daß sie nicht heiraten würde, und sie fanden das ganz normal. Es gab niemand, der auch nur auf die Möglichkeit eines anderen Lebens, einer Eheschließung angespielt hätte.

»Ich möchte wissen«, wurde jetzt erörtert, »wie Tante Clémentine so etwas fertiggebracht hat ... Wenn sie es wenigstens nötig gehabt hätte! Aber sie hatte ja ihre Pension ... Sie hatte alles, was sie zum Leben brauchte ...«

»Wo sie doch ein so gütiger Mensch war, und so kinderlieb ...!«

»Kinder kann man nur dann wirklich lieben«, fiel eine Tante ein, »wenn man selber welche hat. Alles andere ist nur Getue, glaubt mir!«

Das wahre Opfer von Tante Clémentine war Dominique, die sich schweigend verhielt, die bemüht war, jenes etwas leidende Lächeln zu bewahren, das ein Erbteil der Familie war, und das sie immer bei ihrer Mutter und ihren Tanten gesehen hatte.

Es hatte nur einen Menschen gegeben, bei dem die Chance bestanden hatte, daß Dominique eines Tages etwas erben könnte – Tante Clémentine, die einzige, die keine Kinder gehabt hatte ... Und nun hatte sich herausgestellt, daß Tante Clémentine, ohne einem

Menschen etwas davon zu sagen, ihr Vermögen auf Leibrentenbasis verkauft hatte.

Somit blieben nur persönliche Dinge zu verteilen: Eine kleine Dose mit altem Schmuck, ein paar Nippes; die Möbel hatte die Tante testamentarisch Emma, ihrer alten Hausangestellten vermacht. Man hatte versucht, Emma mit an den Tisch zu bitten, aber sie hatte darauf bestanden, allein in der Küche zu bleiben.

»Was hättest du gern als Andenken, Nique? Ich habe vorhin Onkel François gesagt, die Kamee würde dir bestimmt Freude machen. Sie ist ein wenig antiquiert, aber sehr schön. Tante Clémentine hat sie bis zum Schluß getragen.«

Um vier Uhr wurde damit begonnen, die Sachen zu verteilen. Die Kinder waren solange in den Garten geschickt worden.

Einige Gruppen wollten noch am selben Tag mit dem Zug wieder heimfahren.

Dann kam die Sache mit den Eheringen zur Sprache. Tante Clémentine, die verwitwet gewesen war, hatte zwei Ringe getragen, und man hatte sie ihr abgenommen. Ein paar sagten, das sei nicht recht gewesen.

»Wenn wir Céline die Ohrringe geben und Jean die Uhr bekommt...«

Die Männer redeten über geschäftliche Dinge. Diejenigen, die beim Militär oder in der Verwaltung waren, unterhielten sich über die Vorteile eines Postens in den Kolonien.

»Also bei uns... Wir haben glücklicherweise eine sehr gute Oberschule. Am günstigsten wäre es, wenn meine Versetzung erst in drei Jahren kommt, wenn die

Kinder das Abitur gemacht haben. So ein Lehrerwechsel ist ja immer schlecht…«

»Nique…? Ganz ehrlich, möchtest du die Kamee?«

»Das ist doch zu viel…« murmelte sie rein automatisch, weil es so von ihr erwartet wurde.

»Aber nein! Da, nimm! Und hier, noch das Foto, wo du als Kind mit Tante Clémentine und ihrem Mann im Garten bist…«

Dem Haus gegenüber war eine Werkshalle errichtet worden, und vom Meer war daher nur noch ein winziges Stückchen zu sehen.

»Warum kommst du nicht mal für ein paar Tage zu uns nach Saint-Malo? Das würde dich auf andere Gedanken bringen…«

Hatten sie etwa gemerkt, daß sie es nötig hatte, auf andere Gedanken gebracht zu werden? Nein… Es war nur so dahingesagt, wie immer; bei jedem Zusammentreffen lud man sich ein, und dann war nie mehr die Rede davon.

»Wann fährst du zurück?«

»Morgen.«

»Hast du ein Zimmer im Hotel bestellt? Denn hier, du verstehst… Aber wir könnten alle miteinander heute abend essen gehen… François! Weißt du ein Lokal, wo's nicht so furchtbar teuer ist?«

Erneute Umarmungen. Manchmal glaubte Dominique, der Kontakt sei wieder da, sie könne wieder mit zum Clan gehören. Aber ein Unbehagen blieb.

Es schlug in Beklommenheit um, in Angst. Die vielen Gesichter drehten sich um sie, verschwammen und bekamen dann plötzlich wieder ganz harte, scharfe Konturen.

Sie war zu übermüdet für den Nachtzug. Sie fand nur mit Mühe ein Zimmer in einem ganz kleinen Hotel, in dem ein undefinierbarer, irgendwie abweisender Geruch herrschte, der sie fast die ganze Nacht am Schlafen hinderte.

Sie benutzte die nächste Tagesverbindung nach Paris; sie stahl sich mit der Kamee in der Handtasche davon.

Die Sonne fiel schräg ins Abteil, und es gab stundenlang ein geräuschvolles Hin und Her; Reisende, die jeweils nur eine kurze Strecke mitfuhren. Etwa in der Gegend von Lyon bekam der Himmel eine weißliche, später eine graue Färbung. Über Chalon-sur-Saône gingen die ersten Schneeflocken nieder.

Dominique aß die Brötchen, die sie am Bahnhof gekauft hatte, und lebte auf der Strecke bis Paris wie in einem Tunnel – die Augen halb geschlossen, abgespannt und wie gezeichnet von der Müdigkeit und dem Gefühl, das sie aus Toulon mit zurücknahm: leer zu sein, irgendwie überflüssig...

Als sie im Faubourg Saint-Honoré ankam, war zu ihrem Verdruß niemand zu Hause. Die Cailles waren ausgegangen. Und vielleicht kamen sie erst spät in der Nacht zurück... Das Zimmer war kalt, geruchlos. Sie zündete ein Scheit an, bevor sie den Mantel auszog, hielt das Streichholz über die Flamme am Gasherd.

Bei der alten Augustine waren die Läden geschlossen. Also war sie wirklich tot, denn sie hatte die Läden nie zugemacht.

In Antoinettes Wohnung herrschte völlige Dunkelheit. Es war zehn Uhr abends. Sollte sie etwa schon im Bett liegen? Nein ... Dominique hatte es im Gefühl, daß hinter den Fenstern mit den zugezogenen Vorhängen niemand war. Nur aus der oberen Wohnung kam ein schwacher gelblicher Lichtschein, der vom Eßzimmer ins Schlafzimmer hinüberwanderte und gegen elf erlosch. Antoinette war also auch nicht bei ihren Schwiegereltern.

Dominique deckte ihr Bett auf, räumte ihr Gepäck sorgfältig beiseite, betrachtete die Kamee, bevor sie sie in die Schublade mit den Erinnerungsstücken einschloß und behielt die ganze Zeit die Straße im Auge – mißmutig und gereizt bei dem Gedanken, Antoinette könne die Zeit ihrer Abwesenheit dazu benutzt haben, ein neues Leben zu beginnen.

Es war Januar. Über einen Monat hatte sich nichts mehr getan da drüben. Antoinette hatte ein- bis zweimal wöchentlich ihre Mutter in der Rue Caulaincourt besucht. Einmal waren die beiden Frauen gegen fünf zusammen ins Kino gegangen und hatten sich hinterher mit Colette in einem Café auf einem der großen Boulevards getroffen.

Damals hatte Antoinette noch zwei Wochen lang verstohlen die kleine Bar in der Rue Montaigne aufgesucht. Sie wartete nicht mehr; sie wußte, es brachte nichts. Sie trat nur ein und kam gleich wieder heraus.

»Keine Nachricht für mich?«

»Nein. Nichts, Madame.«

Sie war blaß und abgemagert, hatte erneut stundenlang im Bett gelegen, gelesen und Zigaretten geraucht.

Ihr Blick war mehrmals auf Dominique gefallen; ihre Augen hatten Dominique nicht mehr flüchtig gestreift wie irgendeinen Passanten, sondern waren an ihr hängen geblieben. Antoinette wußte, daß Dominique Bescheid wußte, und ihre Augen waren fragend geöffnet: ›Warum tun Sie das?‹

Sie konnte es nicht verstehen. Immerhin erriet sie, daß diese Unbekannte, die sich an ihre Fersen heftete, nicht nur von Neugier getrieben wurde.

Bei manchen Gelegenheiten hätte man fast glauben können, es bahne sich eine Art Zuneigung an, ein Vertrauensverhältnis. ›Wo Sie doch ohnehin schon alles über mich wissen ...‹

Aber sie kannten sich ja nicht. Sie gingen aneinander vorüber. Jede ging ihres Wegs und behielt ihre Gedanken für sich.

Antoinette war nicht krank, sie lag nicht im Bett. Daß sie heute abend einfach ins Kino gegangen sein könnte, zog Dominique nicht in Betracht.

Nein ... Die Kinovorstellungen waren inzwischen vorbei. Die Leute kamen nach Hause, Taxen kamen mit überhöhter Geschwindigkeit vorüber, die Busse fuhren ihre letzte Tour. Schneeflocken fielen langsam zu Boden, und dort, wo sie auf den kalten Stein trafen, war ein paar Sekunden später nichts mehr zu sehen, noch nicht einmal ein nasser Fleck.

Dominique sah an die zehn Mal zu den geschlossenen Läden von Augustines Mansarde hinüber, und jedesmal stieg Scham in ihr hoch. Sie konnte nicht begreifen, wie sie zu einem solchen Traum gekommen war; gleichzeitig aber wußte sie, daß das kein bloßer Zufall war. Sie wollte nicht daran denken und war doch versucht, die tieferen Zusammenhänge zu ergründen.

War sie vielleicht eine zweite Augustine? Im Geiste sah sie die Villa in Toulon wieder vor sich. Soweit sie die Familienangehörigen wirklich gekannt hatte, waren sie tot oder sehr alt. Und die, die sie als Kinder erlebt hatte, waren jetzt selbst Eltern; die jungen Mädchen von einst waren Mütter geworden, die lärmenden Schüler von ehedem Ingenieure oder Richter. Und die Babies redeten von Mathe und vom altsprachlichen Zweig, von Paukern und Abi, und sie nannten sie Tante Dominique.

Du hast dich gar nicht verändert, Nique! hatten sie gesagt, und sie hatten es ehrlich gemeint. Das kam daher, daß sich ihr Leben nicht geändert hatte, daß nichts aus ihr geworden war.

Die alte Augustine war tot. Morgen oder übermorgen würde sie beerdigt werden wie Tante Clémentine.

Dann würde es keine alte Jungfer mehr geben in der Straße – beziehungsweise, dann war Dominique an der Reihe.

Sie wehrte sich gegen diese Vorstellung. Sie ging zum Spiegel und betrachtete sich darin. Das stimmte nicht, sie war nicht alt! Es stimmte nicht, daß für sie alles aus und vorbei war... Sie war nicht ausgetrocknet; ihre Haut war zart und weiß geblieben. Da war nur eben eine ganz kleine, ziemlich tiefe Falte unter den Augen, aber sie hatte schon immer Ringe unter den Augen gehabt. Das war eben eine Sache der Veranlagung und der Konstitution. Als junges Mädchen waren ihr Stärkungsmittel verschrieben worden, und sie hatte Spritzen bekommen.

Und ihr Körper, von dem nur sie allein wußte, wie er aussah... Es war der Körper eines jungen Mädchens, frisch und straff.

Warum kam Antoinette nicht zurück? Der letzte Bus war durch, und auch für die letzte Metro war es zu spät.

Es war schon heimtückisch von Antoinette, Dominiques Abwesenheit dazu zu benutzen, ein neues Leben zu beginnen. Um so mehr, als Dominique ja nicht freiwillig weggegangen war, sondern gezwungenermaßen, und sich mit einem Blick zu den Fenstern gegenüber praktisch entschuldigt hatte.

Die Cailles kamen heim. Sie hatten Licht unter der Tür gesehen und unterhielten sich flüsternd. Sie überlegten wohl, ob sie anklopfen und ihr mitteilen sollten, daß in ihrer Abwesenheit alles in Ordnung gewesen war. Daß nur jemand gekommen sei, um das Gas zu kassieren, und daß sie nicht bezahlt hätten, weil...

»Sie hat sich vielleicht schon ausgezogen«, war Linas Stimme zu vernehmen.

Darauf trat Schweigen ein. Offenbar stellten sie sich ihre Vermieterin in ausgezogenem Zustand vor und grinsten sich an. Warum eigentlich? Mit welchem Recht? Was wußten sie von ihr?

Sie liefen hin und her und machten allen möglichen Lärm. Sie benahmen sich, als wären sie allein auf der Welt – sie und ihre Lebensfreude, ihre Unbekümmertheit, das Vergnügen, das sie verschwenderisch einander schenkten, ohne einen Gedanken an den nächsten Tag.

Sie hatten ihre Miete bezahlt. Aber wußten sie, ob sie sie auch am nächsten Monatsende aufbringen konnten?

»Heut abend nicht, Albert ... Du weißt doch, daß es nicht geht, wenn ...«

Eine Frau, die so was zu einem Mann sagte!

Jetzt, ein Taxi ... Nein, es hielt ein Stück weiter vorn. Zehn nach eins ... Eine Wagentür wurde zugeschlagen, aber es waren noch keine Schritte zu hören.

Dominique hatte sich in die äußerste Fensterecke gedrückt und konnte den Wagen gerade noch sehen. Der Chauffeur saß gleichmütig am Steuer und wartete; eine Frau beugte sich nach innen, zu einem anderen Gesicht hin.

Sie küßten sich. Das Taxi fuhr weiter in Richtung Boulevard Haussmann. Antoinette lief schnell auf das Haus zu, kramte in ihrer Handtasche nach dem Schlüssel, ging zur Straßenmitte und vergewisserte sich durch einen Blick nach oben, daß bei ihren Schwiegereltern kein Licht mehr brannte.

Sie lebte wieder, das war zu spüren; eine Aura von Verliebtheit und Lebensfreude umgab sie wie der Pelzmantel, den sie schützend enger um sich geschlagen hatte. Sie huschte in den Hausflur, zögerte kurz vor dem Aufzug und schlich dann auf Zehenspitzen die Treppe hoch.

In ihrer Wohnung knipste sie nur die Nachttischlampe mit dem rosa Licht an. Sie ließ zweifellos ihre Kleider einfach zu Boden fallen und schlüpfte ins Bett. Ein paar Minuten später ging das Licht schon aus, und es war keine Menschenseele mehr auf den Beinen ringsum.

Dominique war so allein wie die alte Augustine, die niemand hatte, der bei ihrem reglosen Körper Totenwache hielt.

Es war wie das erste Mal: Die gleiche fieberhafte Unruhe, die gleichen fahrigen Bewegungen, die gleichen Tricks, die gleiche überschäumende Fröhlichkeit und der alten Madame Rouet gegenüber die gleiche Gefügigkeit.

Antoinette war zu ihrer Schwiegermutter wieder sehr nett, sie ging zu ihr hinauf, ohne eigens gerufen worden zu sein, machte sich mit allen möglichen kleinen Arbeiten nützlich und versuchte, den beiden Alten ihre Wünsche an den Augen abzulesen.

Nur die Tage hatten gewechselt, und die Uhrzeit. Gab sie immer noch vor, sie ginge zu ihrer Mutter?

Um halb vier verließ sie das Haus. Sie lief dann bis Saint-Philippe-du-Roule, und es war ihr anzumerken, daß sie nur mit Mühe ihre Ungeduld zähmte. Dann stürzte sie sich ins erste verfügbare Taxi. »Place Blanche!«

Zwar wieder ein Geheimnis, aber von anderer Beschaffenheit... Das Taxi fuhr nicht schnell genug durch die verkehrsreichen Straßen; die behandschuhte Hand öffnete die Tür, noch ehe der Wagen zum Stehen gekommen war.

Ein riesiger Tanzpalast; in der Halle billige Goldornamente, Spiegel, rote Portièren und ein Schalter mit der Aufschrift:

Dann ein unermeßlich großer Saal, unendliche Reihen von Tischen, dazu Scheinwerfer, die stark mit der übrigen gedämpften Beleuchtung kontrastierten. Und in diesem irrealen Licht hundert, zweihundert Paare, die sich langsam drehten, während draußen, nur fünfzig Meter weit entfernt, das Stadtleben brandete – Autos und Busse, Menschen, die Pakete schleppten, die sich selbst hinterher zu jagen schienen, weiß Gott wohin ...

Eine verklärte Antoinette mit wallendem Nerzmantel; eine Antoinette, die in diese neue Welt Einzug hält. Wie im Theater bei der Schlußapotheose. Die direkt in eine bestimmte Ecke steuert, die Hand ausstreckt, jetzt ohne Handschuh. Eine andere Hand streckt sich ihr entgegen. Ein Mann steht halb vom Stuhl auf – nur halb, weil sie schon neben ihm ist. Und da streichelt er ihr auch schon das Knie unter der schwarzen Seide.

»Da bin ich ...«

Ein Orchester löst das andere ab, das Scheinwerferlicht wechselt von gelb zu violett. Die Paare stehen einen Moment unschlüssig, finden sich wieder zusammen und drehen sich in einem anderen Takt weiter, während aus den vielen dunklen Ecken und Winkeln immer neue Paare hinzuströmen.

Um fünf Uhr nachmittags gab es hier also täglich dreihundert, vielleicht auch fünfhundert Frauen, die der Wirklichkeit entflohen waren und tanzten; es gab ebenso viele Männer, fast alle jung, die lässig auf sie warteten, die sie abpaßten, die mit der Zigarette im Mund lautlos und geschmeidig hin und her glitten.

Antoinette zog ihre Lippen nach und erneuerte das Wangenrouge mit dem zarten Ockerton. Tanzen wir? sagte ihr Blick.

Und der Mann legte unter dem Pelz den Arm um sie; seine Hände lagen auf ihrem Körper, der unter dem Seidenstoff noch glatter und biegsamer, einfach noch körperlicher wirkte, noch weiblicher. Sie lächelte mit halbgeöffneten Lippen. Sie verloren sich zwischen den anderen Paaren und sahen durch die halbgeschlossenen Lider hindurch nur einer den anderen.

»Komm ...«, murmelte der Mann wie eine Beschwörungsformel.

»Nur noch einen ...«, gab Antoinette wahrscheinlich zur Antwort.

Nur noch einen Tanz – um die Lust hinauszuzögern ... Um das Verlangen noch brennender zu machen. Und vielleicht, um hier, inmitten anderer Männer und Frauen, das zu empfinden, was Dominique im Zug empfunden hatte.

»Komm ...«

»Wart noch ein wenig ...«

Und an ihren Gesichtern war abzulesen, daß sie mit der Liebe schon begonnen hatten.

»Komm ...« Er zog sie mit, und sie ließ es jetzt geschehen.

»Meine Tasche!«

Sie hätte beinahe ihre Taschen liegenlassen. Sie ließ sich zwischen den schweren roten Samtportièren hinausführen, vorbei an dem Glaskäfig der Kasse mit der Aufschrift:

Draußen die Autos und die Busse, die Lichter und die Menge; eine Art Strom, durch den man hindurch, an dem man vorbei mußte. Dann um die Straßenecke, und direkt hinter der Metzgerei die Schwelle, das schwarze Marmorschild mit den goldenen Buchstaben, der enge Korridor, in dem es nach Wäsche roch...

An diesem Tag hielt Antoinette kurz auf der Schwelle inne, und ihre Augen weiteten sich sekundenlang: sie hatte da eine dunkle Gestalt wiedererkannt, ein ihr zugewandtes blasses Gesicht, Augen, die sie verschlangen. Ihre Lippen verzogen sich zu dem triumphierenden Lächeln der Frau, die sich vom gebieterischen Arm des Mannes wegtragen läßt.

Dann war das Paar verschwunden.

Da war nur noch der Anfang des Korridors, Passanten, die vor der Metzgerei stehenblieben und das verschwommene Bild des Mannes, der Antoinette die Treppe hinauf begleitete – ein Mulatte mit einem impertinenten Ausdruck in den Augen.

4

Es passierte am 12. Februar, und man konnte sagen, daß Antoinette es schon seit mehreren Tagen darauf angelegt hatte, soviel war Dominique klar. Was sie machte, war nicht nur unvorsichtig, es war eine Provokation: Von ihrer Leidenschaft getrieben und in einen Strudel gerissen, schlitterte sie bewußt in die Katastrophe.

Allerdings ging der Eklat nicht von der Concierge aus und in der Folge von Monsieur Rouet, wie Dominique es erwartet hatte. Am vorvergangenen Abend hatte sie nämlich mitbekommen, wie die Concierge den Hausbesitzer nach kurzem Zögern angehalten hatte. Und das war zweifellos geschehen, um ihn zu informieren, daß jeden Abend ein Mann das Haus betrat und es erst morgens in aller Frühe wieder verließ. Die Concierge wußte, zu wem dieser Mann ging. Sie war sogar dafür bezahlt worden, daß sie den Mund hielt.

Antoinette hatte nämlich auch noch die Dummheit begangen, an der Loge der Concierge Halt zu machen und einen ziemlich großen Schein aus ihrer Handtasche zu ziehen. »Für Ihre Diskretion, Madame Chochoi!«

Die Sache ist nur die, daß derjenige, der von anderen Diskretion erwartet, selbst erst mal diskret und zurückhaltend sein muß und nicht den Eindruck erwekken sollte, frohgemut dem Abgrund zuzusteuern.

Doch das war genau der Eindruck, den Antoinette machte. Allein ihr strahlendes, jedoch vielsagendes und vor Glück förmlich triefendes Lächeln war eine Provokation. Ihr Lachen klang eher wie die Schreie, die sie wahrscheinlich in den Umarmungen ihres Liebhabers ausstieß, und ihre spitzen Zähne sahen aus, als suchten sie ständig ein Stück Fleisch zum Hineinbeißen. Sie konnte tragen, was sie wollte, sie wirkte unter jedem Kleid nackt.

Die Concierge hatte um ihre Stelle gebangt und Monsieur Rouet von der Sache informiert, nachdem sie sich mit ihrem Mann beraten hatte, der Nachtwächter in einer Schokoladenfabrik war.

Monsieur Rouet jedoch hatte zu Dominiques Verwunderung seiner Frau nichts gesagt. Und somit wurde Dominiques neuerlicher und dritter anonymer Brief ein Schlag ins Wasser wie die vorhergehenden auch.

Nehmen Sie sich in acht!

Sie hatte Antoinette naiv und in aller Aufrichtigkeit warnen, ihr zu verstehen geben wollen, daß Gefahr im Anzug sei.

Antoinette hatte die Nachricht kaum erhalten, da hatte sie trotz der Kälte in voller Absicht das Fenster geöffnet, den Zettel ostentativ gelesen, zusammengeknüllt und in den Kamin geworfen.

Was mochte sie wohl von Dominique denken? Sie hatte sie erkannt. Sie wußte jetzt, daß die Mieterin von gegenüber identisch war mit jener schemenhaften Gestalt aus der Rue Montaigne und dem Tanzpalast; daß diese von morgens bis abends auf sie gerichteten Augen dieselben waren, deren pathetischen Blick sie damals auf der Schwelle zu dem kleinen Hotel in der Rue Lepic, gleich neben der Metzgerei, mit einem Hohnlächeln quittiert hatte.

Eine Besessene, eine Irre... Antoinette merkte wohl, daß das den Kern der Sache nicht ganz traf, aber sie hatte schließlich noch was anderes zu tun als Rätsel zu lösen!

Am Abend des 11. Februar stand der Mulatte wie in den vergangenen Tagen in seiner Ecke unter dem Torbogen, rauchte und wartete, bis das Licht im dritten Stock ausging. Die Eltern Rouet legten sich fast immer um die gleiche Zeit schlafen. Und dann brauchte er nur noch ein paar Minuten abzuwarten.

An diesem Tag aber wurde Antoinette die Zeit zu lang. Sie konnte nicht anders – sie mußte den Schlafzimmervorhang anheben, sich im Nachthemd ans Fenster stellen und von oben ihren Liebhaber betrachten!

Endlich hatte er geklingelt; die Tür hatte sich geöffnet, und er war hinaufgegangen. Seine Bewegungen, sein Gang hatten etwas katzenhaft Geschmeidiges, eine arrogante Selbstsicherheit, die Dominique abstoßend und schockierend fand.

In dieser Nacht bereiteten die Cailles ihr Kummer, ohne daß sie es merkten. Sie waren nach dem Abendessen zusammen mit einer Freundin heimgekommen, die tagsüber schon zwei- oder dreimal zu Besuch da gewesen war. Sie hatten offenbar Champagner mitgebracht, denn man hörte die Pfropfen knallen. Sie waren sehr vergnügt, und das Grammophon lief unentwegt.

Es war deprimierend und schockierend, mitzubekommen, wie Linas Stimme schriller wurde, je mehr sie getrunken hatte. Und in fortgeschrittener Stunde lachte sie bloß noch, ein nicht endenwollendes Lachen ...

Dominique hatte nicht ein einziges Mal durchs Schlüsselloch geschaut. Die eigenartige Erregung, die zweideutige Situation wurden ihr trotzdem bewußt, und sie hörte mehrfach, wie Albert Caille mit einem flehentlichen Unterton die Freundin zum Bleiben aufforderte.

»Aber ja doch ...! Sie bleiben hier ... Es ist schon spät ... Wir rücken ein wenig zusammen ...«

Er hatte plötzlich das Licht ausgemacht, und sie hatte gehört, wie sie hin und her gingen, flüsterten, im Dunkeln aneinanderstießen. Es hatte noch Gelächter gegeben und den einen oder anderen lahmen Protest.

»Haben Sie genug Platz?«

Sie lagen alle drei im Bett, und es gab Bewegung. Lina war als erste ruhig geworden, nachdem das Unvermeidliche geschehen war.

Dominique hatte erst später – viel später – kapiert, daß die da drüben nicht schliefen, und sie hatte aufmerksam dieses heimliche Treiben verfolgt, das gedämpft und wie erstickt zu ihr drang.

Warum war das eigentlich eine Enttäuschung für sie? Sie war schließlich eingeschlafen.

Eine blasse Sonne hatte sie zeitig am nächsten Morgen begrüßt. Die Spatzen an der Kreuzung des Boulevard Haussmann lärmten in ihrem Baum.

Im Haus gegenüber war Cécile wie jeden Tag um acht Uhr in den zweiten Stock hinuntergegangen und hatte die Vorhänge zurückgezogen – außer im Schlafzimmer, das sie nur betrat, nachdem Antoinette geläutet hatte.

Und da war es passiert.

Dominique bemerkte es im gleichen Augenblick wie Cécile. Auf dem Tischchen im Boudoir, gleich vor dem Schlafzimmer, lagen ein Herrenhut aus grauem Filz und ein Herrenmantel.

Der Liebhaber war an diesem Morgen nicht rechtzeitig aufgewacht. Das hatte früher oder später ja so kommen müssen.

Cécile stürzte nach oben, zu der alten Madame Rouet, die ihren Wachtposten im Turm noch nicht bezogen hatte.

»Da ist ein Mann im Schlafzimmer von Madame!« verkündete Cécile, und ihre kleinen Augen funkelten vor Freude.

Dominique stand unbeweglich da. Ein paar Sekunden lang hatte sie eine Rolle in einer Tragödie übernommen: Sie hatte noch Zeit, sie stürzte auf die Straße hinunter und betrat den Laden des Brennstoffhändlers, der ja Telefon hatte.

›Hallo ... Hier ist eine Freundin am Apparat ... Tut nichts zur Sache, wer ... Außerdem wissen Sie es sowieso ... Ja ... Hören Sie, das Mädchen hat den Hut und den Mantel gesehen ... Sie ist Madame Rouet Bescheid sagen gegangen ... Und die kann jeden Moment herunterkommen ...‹

All das passierte aber nur in Dominiques Vorstellung; sie blieb unbeweglich auf einem Fleck stehen.

Madame Rouet und ihr Mann saßen oben im dritten

Stock beim Frühstück. Wahrscheinlich besprachen sie, wer von beiden hinunter sollte.

Sie war es, die die Angelegenheit in die Hand nahm. Ihr Mann blieb in der Wohnung; an diesem Morgen verließ er das Haus nicht, um wie sonst gemessenen Schrittes in die Rue Coquillière zu gehen.

»Besser, du bleibst hier... Falls es je...«

Und Dominique sah, wie Madame Rouet, auf ihren Krückstock gestützt, das Boudoir betrat, verächtlich Hut und Mantel streifte und sich in dem Sessel niederließ, den Cécile nähergerückt hatte.

Schliefen die da drin immer noch, oder hatten sie etwas gehört?

Noch nie war Madame Rouet so unbeweglich und so bedrohlich gewesen. Ihre Ruhe war monumental. Offenbar war das nun endlich die Stunde, auf die sie sich jahrelang vorbereitet hatte, und sie wollte sie bis zum Letzten auskosten.

Sie hatte gewartet; sie war sicher gewesen, daß diese Stunde kommen würde. In den letzten Monaten hatte sie Antoinette Tag für Tag – jedesmal, wenn sie mit ihnen bei Tisch saß, jedesmal, wenn sie zu ihr hinauf kam – prüfend gemustert, wie um sich zu vergewissern, daß die Zeit bald reif sei.

Um halb neun hatte sich noch nichts gerührt, um Viertel vor neun auch nicht. Um zehn vor neun bewegte sich der Vorhang sachte, dann wurde er ganz zurückgezogen, und Dominique erblickte Antoinette, die begriffen hatte, daß sie in der Falle saß.

Sie hatte es nicht gewagt, dem Mädchen zu läuten. Sie wagte auch nicht, die Tür zum Boudoir zu öffnen. Sie spähte durchs Schlüsselloch, konnte aus dieser Perspektive jedoch den Sessel nicht sehen, in dem ihre Schwiegermutter Wache hielt.

Der Mann saß auf dem Bettrand; er hatte vielleicht auch Angst, aber die arrogante Haltung war geblieben.

»So zieh dich doch an!« forderte sie ihn nervös auf. »Worauf wartest du?«

Er zog sich an und rauchte dabei die erste Zigarette.

»Bleib da... Rühr dich nicht vom Fleck... Oder nein... Geh lieber ins Badezimmer... Und bleib ganz ruhig...«

Antoinette stand in ihrem Morgenmantel mit den weiten wehenden Ärmeln da, die Füße steckten in blauen Satinpantöffelchen. Sie holte tief Luft und machte endlich die Tür auf.

Sie hatte ihre Schwiegermutter vor sich.

Die alte Madame Rouet rührte sich nicht, sah ihre Schwiegertochter nicht an, sondern blickte starr auf das Tischchen mit dem Hut und dem Mantel.

Antoinette ging übergangslos, ohne sich Zeit zum Nachdenken zu lassen, zu einer heftigen Attacke über. Sie war von dieser ersten Sekunde an entfesselt, sie tobte, und dieses Toben erreichte alsbald seinen Höhepunkt.

»Was machen Sie hier?« schrie sie. »Antworten Sie! Wissen Sie nicht, daß das meine Wohnung ist? Ja, auch wenn Sie's nicht glauben wollen! Gehen Sie! Ich befehle es Ihnen, haben Sie gehört? Ich bin hier in meiner Wohnung, *bei mir zu Hause*, und ich kann hier machen, was ich will...«

Vor ihr ein Marmorblock. Eine Statue, die auf einen

Krückstock mit Gummistopfen gestützt war. Ein eisiger Blick.

Antoinette, die unfähig war, auf einem Fleck stehenzubleiben, lief mit wehenden Morgenrockzipfeln hin und her und mußte an sich halten, nicht den nächsten besten Gegenstand zu zertrümmern oder sich auf ihre Feindin zu stürzen.

»Gehen Sie endlich! Haben Sie keine Ohren? Ich hab die Nase voll! Ja, ich hab die Nase voll von Ihnen, Ihrem ganzen Getue, Ihrer Familie, Ihrem Haus! Mir reicht's jetzt ...«

Der Mann hatte die Badezimmertür offen gelassen, und Dominique sah, wie er sich diesen Ausbruch anhörte und immer noch rauchte.

Madame Rouets Lippen hatten sich nicht eine Sekunde lang bewegt. Sie hatte nichts zu sagen, das war nicht nötig. Nur ihre Mundwinkel verzogen sich zum Zeichen des Abscheus und der tiefsten Verachtung weiter nach unten, je ausfallender Antoinette in ihrer Erbitterung wurde.

Brauchte man da noch Worte zu verstehen? Ihre Gesten, ihre Haltung, das wehende Haar und der wogende Busen, das alles war beredt genug.

»Warum sind Sie noch hier? Um zu erfahren, ob ich einen Liebhaber habe? Also bitte schön – ja, ich habe einen! Einen Mann, einen richtigen ... Nicht so einen Trauerkloß wie Ihren Sohn ... Wollen Sie ihn sehen ...? Ist es das, worauf Sie warten? Also bitte ... Pierre! Pierre ...!«

Der Mann rührte sich nicht.

»Komm doch, Pierre, damit meine Schwiegermutter

dich ansehen kann...! Sind Sie jetzt zufrieden? Wenn Sie meinen, ich weiß nicht, was Sie mir sagen wollen! Daß ich hier keine Rechte habe, daß Sie der Hauseigentümer sind... Und wovon sind Sie eigentlich nicht Eigentümer, frag ich Sie?! Aber bitte, ich gehe. Nur, daß ich vorher noch ein paar Sachen ausspucken muß... Ich habe einen Liebhaber, jawohl! Aber Sie und Ihre Familie, Ihre fürchterliche Familie, Sie sind...«

Dominique war blaß. Bei dem turbulenten Hin und Her war Antoinettes Blick einen Moment auf die andere Straßenseite, auf Dominique gefallen; sie hatte eine Sekunde innegehalten, offenbar befriedigt, daß auch diese Szene festgehalten wurde. Sie stieß ein Hohnlachen aus und schrie dann um so lauter weiter, während ihr Liebhaber an der Tür sichtbar wurde und Madame Rouet immer noch reglos dasaß und darauf wartete, daß alles vorüber war, daß das Haus endlich geräumt war.

Eine volle halbe Stunde lang lief Antoinette in hektischer Geschäftigkeit umher, zog sich an, ging ins Schlafzimmer, kam wieder heraus und redete bald auf den Mann ein, bald auf ihre Schwiegermutter.

»Ich gehe, ja, aber...«

Dann endlich war sie fertig. Sie hatte ihren Nerzmantel angezogen, der in seiner Eleganz schlecht zu ihrem absichtlich unverschämten Benehmen paßte. Sie ging zur Tür, schrie noch einmal eine Beleidigung über die Schulter, hakte sich bei ihrem Liebhaber unter, machte dann aber kehrt, weil sie Cécile vergessen hatte, die unter der Tür zum Bedienstetenraum stand, und weil sie auch ihr noch eine ordinäre Bemerkung an den Kopf werfen mußte.

Die Straße war ruhig, in zartes Licht getaucht. Dominique blickte nach unten und sah die beiden aus dem Haus kommen. Sie sahen sich nach einem Taxi um; Antoinette hatte die Führung übernommen und zog ihren Freund mit.

Madame Rouet hatte sich indessen zu Cécile gewandt: »Schließen Sie die Tür... Oder nein... Holen Sie zuerst Monsieur...«

Er kam herunter und wurde in zwei Sätzen ins Bild gesetzt. Mehr nicht.

Madame Rouet erhob sich mühsam aus dem Sessel und inspizierte fast eine Stunde lang die Möbel, die Schubladen, während Cécile das Treppenhaus im Auge behielt. Sie nahm Verschiedenes an sich, das ihrem Sohn gehört hatte – zum Beispiel eine an einer Kette befestigte Uhr, diverse Fotos, Manschettenknöpfe, kleine und wertlose Dinge, aber auch einen silbernen Füllfederhalter. Sie gab die Ausbeute an ihren Mann weiter.

»Da, nimm... Sie kommt bestimmt wieder. So, wie ich sie kenne, ist sie zu ihrer Mutter gegangen. Und die denkt sofort ans Praktische. Sie werden bald hier sein und alles abholen...«

Es stimmte. Das Taxi hielt an der Place Blanche, der Liebhaber stieg aus. Er fühlte sich in der vertrauten Szenerie sichtlich wohler und ging gemächlich zur nächsten Brasserie.

»Ich ruf dich dann an...«

Das Taxi fuhr die Rue Caulaincourt hoch.

Antoinettes Mutter hatte ein Kopftuch um ihr er-

grautes Haar gebunden und war dabei, in einer Wolke aus feinen leuchtenden Staubteilchen ihr Schlafzimmer zu putzen.

»Jetzt ist's passiert!«

Bestürzung. Besorgnis. »Aber... Wie konntest du...«

»Also ich bitte dich, Mama! Jetzt bitte keine Moralpredigt! Ich hatte genug! Mir hat's gestunken!«

»Hast du deine Schwester nicht angerufen? Du solltest sie vielleicht um Rat fragen.«

Die junge Colette mit dem kindlich offenstehenden Mund, mit dem unschuldigen und doch eiskalten Lächeln war nämlich in geschäftlichen Dingen die Expertin der Familie.

»Hallo... Ja... Was hast du gesagt? Ach, meinst du? Ja, die wären imstande und würden... Und, kennst du einen? Moment, muß ich mir aufschreiben. Hast du mal einen Bleistift, Mama... Also, Pa-pin... pin, hab ich, ja. Gerichtsvollzieher... Welche Straße war das noch? Gut, habe ich... Danke... Ich weiß noch nicht, um wieviel Uhr... Nein, bei Mama nicht... Hier ist ja sowieso kein Platz. Und dann... Ja, okay... Gut... Im Moment hab ich sowieso keine andere Wahl...«

Bei den Cailles war schallendes Gelächter ausgebrochen, weil Lina einen Kater hatte, stöhnte und dachte, sie sei krank.

»Ihr macht euch lustig über mich«, sagte sie böse. »Ich weiß genau, daß ihr euch über mich lustig macht. Die ganze Nacht war mir zu heiß... Und ihr beide habt andauernd herumgemacht...«

Auf der anderen Straßenseite hatte Cécile alle Fenster geöffnet, als ob die Wohnung schon leer sei.

Um elf Uhr fuhr ein Taxi vor. Die Wagentür ging auf, und Antoinette stieg aus, in Begleitung ihrer Mutter und eines Mannes in düsterer Aufmachung, der das Haus von oben bis unten musterte, als gelte es, Inventur zu machen. Hinter ihnen hielt ein grellgelber Umzugswagen.

Von Mittagessen konnte keine Rede sein. Drei Stunden lang herrschte in den Zimmern gegenüber ein wildes Durcheinander. Die Wohnung schien nur noch aus einem einzigen großen Raum zu bestehen. Die Möbel wurden abgeschlagen, und der Gerichtsvollzieher notierte alles, was die Schwelle passierte. Antoinette schien es insgeheim Freude zu machen, zu sehen, wie das Mobiliar stückweise abtransportiert wurde, die Vorhänge von den Fenstern verschwanden, die Stellen, wo die Teppiche gelegen hatten, als dunklere Flächen auf dem Parkett sichtbar wurden.

Sie spähte in alle Ecken und vergewisserte sich, daß nichts zurückgeblieben war. Sie dachte auch an den Wein, der von ihrem Einzug her noch da war, und ging in den Keller hinunter. Und sie hatte auch gemerkt, daß bestimmte Dinge abhanden gekommen waren; sie rief den Gerichtsvollzieher herbei, diktierte ihm, was fehlte und wies anklagend zur Decke, zu ihrer Schwiegermutter hinauf.

Ein ganzes Leben wurde hier an einem einzigen Vormittag mit sadistischer Freude zertrampelt und verwüstet, mit weitausholenden munteren Hammerschlägen zerstört ...

Antoinette war mit einer solchen Verbissenheit am Werk, daß sogar ihre Mutter, die überall im Weg war, sich darüber entsetzte, und daß es Dominique an ihrem Fensterplatz direkt weh tat.

Dominique aß nichts. Sie hatte keinen Hunger und konnte sich auch nicht entschließen, einkaufen zu gehen.

Die Cailles waren ausgegangen. Das bißchen Sonne hatte bei Lina Frühlingsgedanken geweckt; sie hatte ein helles Kostüm angezogen und einen kleinen roten Hut aufgesetzt. Albert marschierte glücklich und voller Stolz zwischen ihr und der neuen Freundin einher, die die Nacht im gemeinsamen Bett verbracht hatte.

Das Zimmer von Mademoiselle Augustine war noch nicht wieder vermietet. Es war nur ein Dienstmädchenzimmer, das zu keiner Wohnung mehr gehörte. Man mußte erst eine andere alte Jungfer finden, die da einziehen wollte, und man hatte sich bisher nicht die Mühe gemacht, das Namensschild zu entfernen. Die Concierge hatte es dabei bewenden lassen, in den umliegenden Geschäften Bescheid zu geben.

Unten parkte jetzt ein zweiter Möbelwagen am Straßenrand. Madame Rouet saß in ihrem Turm und hörte den Lärm, der ein Stock tiefer veranstaltet wurde. Nachher, wenn dann endlich alles leer war, wenn nichts mehr da war – kein Möbelstück, kein Vorhang, kein Teppich und vor allem kein menschliches Wesen –, dann würde sie hinuntergehen und mit Siegermiene das Schlachtfeld inspizieren.

Um zwei Uhr stieg Colette aus einem Taxi, umarmte Mutter und Schwester, hielt sich aber nicht auf und gab auch keinen Kommentar ab. Sie wies bloß auf eine Stehlampe mit verchromtem Metallfuß.

Antoinette zuckte die Achseln. »Nimm sie, wenn du willst!«

Colette ließ die Lampe ins Taxi schaffen und fuhr wieder davon.

Ob Antoinette es so angeordnet hatte? Oder hatten die Packer die Blumentöpfe einfach mit den übrigen Dingen weggetragen, die ebenfalls im hinteren Zimmer abgestellt waren? Jedenfalls sah Dominique unten auf dem Trottoir einen Mann von der Speditionsfirma, der die beiden Grünpflanzen wegtrug und sie in dem Möbelwagen verschwinden ließ.

Dann passierte ein Versehen. Ein dunkelgrüner Mantel war mit einem ganzen Schwung anderer Kleidungsstücke nach unten geschafft worden. Er gehörte aber Cécile, und sie ging hinunter und holte ihn wieder ab. Offenbar hatte sie aus einem Fenster im dritten Stock gesehen, wie einer der Männer ihn weggetragen hatte, oder aber sie hielt auf dem Vorplatz Wache.

Um fünf Uhr war es soweit. Antoinette hatte mehrmals telefoniert. Sie hatte sich von dem Wein der Umzugsfirma eingeschenkt, und sie hatte ein Glas der Umzugsleute benutzt, das sie vorher ausgespült hatte.

Als alle weg waren, standen nur noch die schmutzigen Gläser und die Flaschen auf dem Boden herum, eine davon halbvoll.

Antoinette hatte ihre Nachbarin von gegenüber vergessen. Nicht ein Blick zum Abschied... Erst unten, auf dem Trottoir, fiel Dominique ihr wieder ein. Sie sah nach oben und lächelte spöttisch zu ihr hinauf. ›Adieu, mach's gut, Alte ... Ich hau hier ab!‹

Der Gerichtsvollzieher war mit seinen Unterlagen fortgegangen. Er war im Taxi gekommen, benutzte für den Rückweg aber den Bus, auf den er lange am Boulevard Haussmann oben warten mußte, in der Nähe des Vogelbaums.

»Hast du keinen Hunger?« fragte Antoinettes Mutter im Wagen.

Sie selber hatte nämlich immer Hunger; sie schätzte alles Eßbare – vor allem aber Langusten, Gänseleber und überhaupt alles, was teuer war. Und Kuchen.

Und jetzt, war das nicht *die* Gelegenheit zum Feiern?

»Nein, Mama ... Also ich, ich muß jetzt ...«

Sie brachte ihre Mutter nicht bis nach Hause, sondern ließ sie an der Place Clichy aussteigen. Zum Trost drückte sie ihr einen Schein in die Hand. »Sei nicht böse ... Aber ja, ich komm morgen mal bei dir vorbei ... Vormittags nicht, nein ... Ja hast du denn gar nichts kapiert ...? ›Chez Graff‹, Chauffeur ...« Sie ließ sich herab, vom Wagenfenster aus ihrer Mutter zuzuwinken.

›Chez Graff‹ hatte sie ihren Liebhaber sofort erspäht. Er saß wartend vor einem Portwein.

»Jetzt gehen wir erst mal gut essen ... Du meine Güte, ich spür meine Beine überhaupt nicht mehr ... Das war vielleicht ein Tag! Und, freust du dich? Sag mal ... Was hast du? Bist du ärgerlich ...? Mama wollte, daß ich einstweilen zu ihr ziehe, bis ich eine kleine Wohnung gefunden habe. Ich hab erst mal alles einlagern lassen ... Ober, einen Portwein! Nur meinen Koffer, den hab ich zu dir ins Hotel schaffen lassen ...«

Sie aßen in einem italienischen Restaurant auf dem Boulevard Rochechouart. Die plötzliche Ruhe, die sie umgebende Stille behagten Antoinette nicht; es lag mehrmals eine gewisse Angst, vielleicht sogar eine Vorahnung in den Blicken, die sie ihrem Liebhaber insgeheim zuwarf.

»Hör mal, heute abend würde ich gern ... Meine Freiheit muß ja schließlich gefeiert werden ...«

Sie feierten sie, indem sie von einem Tanzlokal ins andere zogen. Und je mehr Champagner Antoinette trank, desto aufgekratzter wurde sie. Ihre Stimme bekam einen schrillen Klang. Sie mußte sich in der Bewegung entspannen; sobald sie einen Moment ruhig saß, spielten ihre Nerven ihr einen Streich, eine wahnsinnige Angst stieg in ihr hoch. Sie lachte, tanzte, redete sehr laut und hatte das Bedürfnis, im Zentrum des allgemeinen Interesses zu stehen, wobei sie absichtlich über drei Tische hinweg ›den Skandal‹ kommentierte.

Um vier Uhr früh waren sie noch als letzte in einer kleinen Bar in der Rue Fontaine. Sie lehnte wie ein kleines Mädchen an der Schulter des Mulatten, wimmerte und bemitleidete sich selbst und ihn.

»Verstehst du es wenigstens?« bettelte sie kläglich. »Sag mir, daß du mich verstehst ... Siehst du, jetzt gibt es nur noch uns beide ... Da ist nichts anderes mehr ... Sag mir, daß es außer uns nichts gibt, und küß mich, drück mich, ganz fest ...«

»Der Kellner schaut zu uns rüber ...«

Sie wollte um jeden Preis noch eine Flasche trinken,

die sie dann aber umwarf. Sie bekam unsanft ihren Nerzmantel umgehängt; draußen stolperte sie über den Randstein. Der Mann hatte ihr den Arm um die Taille geschlungen und stützte sie.

Am Fuß einer Gaslaterne beugte sie sich plötzlich nach vorn und erbrach sich. Das Wasser schoß ihr aus den Augen, obwohl sie nicht weinte. Sie versuchte sogar zu lachen und sagte immer wieder: »Es ist nichts ... Es hat nichts zu bedeuten ...«

Sie klammerte sich wieder an ihren Liebhaber, der sich abzuwenden versuchte.

»Ich bin dir doch nicht zuwider, nein? Schwör mir, daß ich dir nicht zuwider bin, jetzt nicht und überhaupt nie! Weil, also wie es jetzt ist, verstehst du ...«

Im ›Hôtel Beauséjour‹ in der Rue Notre-Dame-de-Lorette, wo er wochenweise ein Zimmer mit Bad gemietet hatte, führte er sie Stufe um Stufe die Treppe hinauf.

In der leeren Wohnung in der Rue du Faubourg Saint-Honoré standen die Fenster die ganze Nacht offen, und als Dominique am nächsten Morgen erwachte, hatte sie als erstes dieses Gefühl der Leere da gegenüber, der sie von nun an ausgesetzt war.

Da fiel ihr wieder etwas ein, das sie ganz vergessen hatte. Eine Erinnerung aus der Kinderzeit, aus der Zeit mit Mama und Papa, dem General ... Wenn sie damals umgezogen waren, in eine andere Garnison – und das kam oft vor –, dann hatte Dominique jedesmal panische Angst bekommen, wenn sie sah, wie das Haus sich leerte. Und sie hatte sich aus Angst, sie könne vergessen werden, immer ganz dicht an der Haustür aufgehalten.

Und Antoinette ... Die hatte sie nicht vergessen; sie hatte beim Weggehen ja zu ihr heraufgesehen. Sie war fortgegangen; sie hatte sie wissentlich zurückgelassen.

Dominique zündete mechanisch das Gas an und wärmte sich etwas Kaffee. Sie dachte an die alte Augustine, die auch fortgegangen und hinter dem Zug hergelaufen war, um ihr das zu sagen; die noch ganz außer Atem gewesen war vor Freude, jetzt frei zu sein.

5

Der Tag begann wie jeder andere; nichts legte die Vermutung nahe, daß er Außergewöhnliches bringen würde. Im Gegenteil... Da war so eine Leichtigkeit in der Luft und auch in Dominique selbst; eine wohlige Mattheit, die wie der Vorbote einer Genesung war.

Es war der 3. März. Sie hatte es nicht gleich gemerkt, weil sie vergessen hatte, das Kalenderblatt abzureißen. Es war noch nicht Frühling, aber sie machte morgens, wenn anderswo noch die Läden geschlossen waren, ihr Fenster schon ganz weit auf, hörte dem Gesang der Vögel zu und dem Plätschern des Springbrunnens im Hof des benachbarten Patrizierhauses. In der kühlen, etwas feuchten Luft lag ein Geruch nach frischem Gemüse, ja, Gemüse auf einem Kleinstadtmarkt. Und ein Aroma, das Lust machte auf frisches Obst.

Sie dachte wirklich an Obst an diesem Morgen, genauer gesagt an Zwetschgen. Das war eine Erinnerung aus ihrer Kinderzeit. Die Erinnerung an eine Stadt, in der sie gewohnt hatten – welche, das wußte sie nicht mehr –, und an einen Markt, über den sie mit ihrem Vater gegangen war. Sie war sonntäglich herausgeputzt und steckte in einem weißen, steif gestärkten Kleidchen. Ihr Vater war in großer Paradeuniform und führte sie an der Hand; sie sah, wie sein Säbel in der

Sonne blitzte. Rechts und links von ihnen zogen sich geradezu Mauern aus Zwetschgen hin; es roch so stark nach Zwetschgen, daß der Geruch sie noch in dem großen Kirchenschiff verfolgte, wo sie einem *Te Deum* beiwohnten. Die Kirchentüren waren offen geblieben, es gab viele Fahnen und Männer in Zivil mit Armbinden.

Es war eigenartig. Immer wieder kamen ihr jetzt solche Kindheitserinnerungen in den Sinn, und sie fand großen Gefallen daran. Es kam sogar vor, wie gerade heute morgen wieder, daß sie die gleichen Überlegungen anstellte wie damals, als kleines Mädchen.

So ging die Sonne zum Beispiel jeden Tag ein wenig früher auf, und jeden Abend wurden die Lampen etwas später angemacht. Und Dominique sagte sich, als ob das ausgemachte Sache sei: Wenn man zum Abendessen kein Licht mehr anzumachen braucht, dann bin ich gerettet!

Das war früher einmal ihre Vorstellung vom Jahresablauf gewesen. Es gab Monate, so lang und dunkel wie ein Tunnel, in denen man sich unter der brennenden Lampe zu Tisch setzte, und es gab die, in denen man nach dem Abendessen noch im Garten spazierengehen konnte.

Ihre Mutter, die ja geglaubt hatte, daß jeder Winter ihr letzter sei, hatte nicht ganz genauso gerechnet; für sie war der Mai entscheidend. ›Bald ist Mai, dann wird alles besser!‹

So lebte Dominique an diesem Morgen, wie schon öfter, halb in der realen Gegenwart, halb in der Bilderwelt von früher. Sie sah die leere, noch nicht vermietete Wohnung gegenüber, sie sah einen rosa Schimmer auf den Fassaden, einen vergessenen Geranientopf auf dem Fenstersims von Mademoiselle Augustine; sie hörte die ersten Geräusche aus der Straße und roch die Kaffeedüfte. Gleichzeitig aber glaubte sie die Clairons zu hören und den Lärm, den ihr Vater immer morgens nach dem Aufstehen gemacht hatte: das Klirren seiner Sporen im Flur, das Zufallen der Haustür – er hatte es sich nie angewöhnen können, sie leise zuzumachen... Die Ordonnanz hatte das Pferd eine Viertelstunde vor seinem Aufbruch vorgeführt, und man hörte es in der Auffahrt mit den Hufen scharren.

Das alles stimmte sie melancholisch, weil die Erinnerungen, die so in ihr aufstiegen, alle schon so lang zurücklagen und ausnahmslos in die Zeit vor ihrem siebzehnten Lebensjahr fielen. So, als ob allein die frühesten Jahre zählten, als ob alles Übrige nur noch eine endlose Folge von öden Tagen gewesen sei, von denen nichts geblieben war.

War es das, das Leben? Das bißchen unbewußt erlebte Kindheit, ein paar Jugendjahre und dann Leere... Ein Geflecht von Sorgen, Scherereien, allem möglichen Kleinkram und dann, schon mit Vierzig, das Gefühl, alt und auf einer freudlosen Talfahrt zu sein?

Die Cailles würden sie verlassen. Sie wollten am 15. März ausziehen. Sie hatte das nicht von Albert Caille erfahren; er hatte Lina vorgeschickt. Er hatte gewußt, daß ihr das Kummer machen würde, und er brachte es nicht über sich, jemand Kummer zu machen – er war aus Gutmütigkeit feige und drückte sich. Wie immer bei solchen Gelegenheiten hatten sie zuerst geflüstert, dann hatte er sie zur Tür geschoben. Und als

Lina dann eintrat, sah sie mehr denn je aus wie eine rosige Puppe, die sprechen kann. Oder wie eine Schülerin, die ihren Vers vergessen hat.

»Ich muß Ihnen sagen, Mademoiselle Salès ... Jetzt, wo mein Mann regelmäßig für eine Zeitung arbeitet ... Also, da wird er ein Arbeitszimmer brauchen, vielleicht eine Stenotypistin ... Wir haben eine Wohnung gesucht und jetzt eine gefunden. Am Quai Voltaire, mit Blick auf die Seine ... Wir wollen am 15. März einziehen. Wir denken bestimmt immer gern an die Zeit bei Ihnen zurück, an alles, was Sie uns Gutes getan haben ...«

Sie standen jetzt früher auf, klapperten die Stadt ab, waren fieberhaft und strahlend beim Einrichten und kamen nur noch zum Schlafen her wie in ein Hotelzimmer. Manchmal kamen sie sogar überhaupt nicht; offenbar hatten sie in ihrer neuen Wohnung eine Matratze, auf der sie sich ausstreckten.

Dominique lief hin und her, verrichtete nacheinander die ewig gleichen Handgriffe etwa so, wie man einen Strang Wolle zum Knäuel aufwickelt. Die Zeit der täglichen Routine, in der sie von ihrem eigenen, altgewohnten Rhythmus getragen wurde, war für sie praktisch die beste Tageszeit.

Sie sah auf die kleine Uhr in dem Seidenpantöffelchen, die mit Brillantsplittern verzierte goldene Uhr ihrer Mutter. Dabei fiel ihr der Kalender ein, sie riß das Blatt vom Vortag ab und hatte eine dicke schwarze Drei vor sich.

Der 3. März – der Todestag ihrer Mutter. Auch damals, kurz vor ihrem Tod, hatte sie wie in den vorangegangenen Jahren vom Mai wie von dem rettenden Hafen gesprochen, den sie zu erreichen hoffte. Aber dann hatte sie, am Abend eines feuchtkalten Tages, ihre Erstickungsanfälle nicht überlebt.

Dominique konnte jetzt ohne Trauer an ihre Mutter zurückdenken. Sie sah sie ziemlich deutlich vor sich, wenn auch nicht im Detail. Was sie sah, war vor allem die zerbrechliche Gestalt, das längliche, stets leicht geneigte Gesicht; ein Wesen, wie nicht ganz von dieser Welt... Dominique war bei dem Gedanken an sie jetzt kühl und ungerührt und empfand höchstens sogar etwas Groll. Weil sie es ihrer Mutter zuzuschreiben hatte, was heute aus ihr, Dominique, geworden war. Weil der Ursprung von Dominiques Hilflosigkeit und Lebensuntüchtigkeit – o ja, sie wußte, daß sie dem Leben irgendwie hilflos gegenüberstand – bei ihrer Mutter zu suchen war; bei allem, was sie als Kind von ihr beigebracht bekommen hatte: Die vornehme Zurückhaltung, diese edle Art der Resignation... Und all die anderen kleinen Dinge, die nur darauf abzielten, die Einsamkeit zu hegen und zu pflegen, sich darin häuslich einzurichten.

Sie sah Monsieur Rouet das Haus verlassen und blickte zum Himmel. Hell und klar; aber sie hatte das Gefühl, daß der Schein trog.

Das schöne Wetter würde nicht den ganzen Tag über anhalten. Die Sonne war blaßgelb, das Blau nicht leuchtend, und die weißen Wolken waren regenträchtig. Gegen Mittag würde sich der Himmel vermutlich völlig zuziehen, und dann würde sich lange vor dem Abendessen diese beklemmende Dämmerung auf die Stadt herabsenken, die wie ein mysteriöser Staub in den Straßen hing.

Sie war, warum auch immer, nervös und unruhig und hatte das Bedürfnis, Großputz zu machen. Sie verbrachte einen großen Teil des Tages umgeben von Wassereimern, Bürsten und Scheuertüchern. Um drei Uhr war sie dabei, die letzten Möbel zu polieren.

Sie wußte schon, was jetzt gleich, oder doch in Kürze kommen würde. Sobald sie nämlich nichts mehr zu tun hatte, sobald sie einem gewohnten Ritual zufolge den Strumpfkorb auf den Tisch stellte und das Licht bleiern zu werden begann, würde diese furchtbare Angst und Unruhe über sie herfallen, die sie inzwischen so gut kannte.

Ob es Monsieur Rouet nicht ganz ähnlich erging, dort in seinem eigenartigen Büro in der Rue Coquillière? An Regentagen, wenn es früher dunkel wurde und undefinierbare Reflexe der Straße ein anderes Gesicht gaben, wurde dieser innere Ruf, dieser Zwang noch gebieterischer.

Monsieur Rouet setzte sich dann wahrscheinlich ebenfalls zur Wehr, wie Dominique. Er schlug unruhig die Beine übereinander und versuchte über das Kribbeln in den Fingern Herr zu werden. Auch er war sicherlich voller Scham, wenn er aufstand und mit einer ihm selbst fremden Stimme sagte:

»Ich muß eben mal zur Bank, Bronstein. Falls meine Frau anrufen sollte ...«

Er schlich das Treppenhaus hinunter, ein Taumel hatte ihn ergriffen, er lief auf die engsten, die schmutzigsten Straßen zu, die Straßen mit dem Geruch nach

Sünde und Laster in den Ecken und Winkeln, und er strich an den feuchten Hauswänden entlang.

Dominique schenkte sich eine Tasse Kaffee ein und bestrich sich ein Brot mit Butter. Als ob sie durch so etwas aufzuhalten gewesen wäre! Sie hatte sich gerade hingesetzt und ließ das lackierte hölzerne Stopfei in einen Strumpf gleiten, als dieser Zwang übergroß wurde. Sie stand auf und zog sich an, vermied es aber, in den Spiegel zu schauen.

Auf der Treppe überlegte sie, ob sie nicht vergessen hatte, die Wohnungstür abzuschließen. An jedem anderen Tag wäre sie beim geringsten Zweifel nochmals nachsehen gegangen. Warum eigentlich diesmal nicht?

Sie wartete auf den Bus, blieb inmitten von nach Tabak riechenden Arbeitern auf der Plattform stehen – aber *es* fing noch nicht an; nach bereits feststehenden Regeln fing *es* immer erst später an, wenn sie weiter weg war.

Sie stieg an der Haltestelle Place Clichy aus. Es regnete nicht, und dennoch hing ein Schleier um die Gaslaternen und vor den erleuchteten Schaufenstern.

Sie trat schlagartig in ein neues Leben ein, in eine Welt voller bunter Leuchtreklame.

Sie war bisher ein dutzendmal oder öfter so gekommen, schmächtig, verkrampft ... Und jedesmal war sie auf die gleiche Art vorgegangen: Sie lief sehr schnell, ohne zu wissen, wohin; sie wäre vor lauter Scham am liebsten stehengeblieben oder umgekehrt. Sie tat so, als sehe sie nicht, was um sie herum vorging, und doch stahl sie sich wie eine Diebin ein Stück von dem Leben, das rechts und links an ihr vorbeiglitt.

Ein dutzendmal war sie ihrem Zimmer um diese Tageszeit entflohen: Wenn es so ruhig war, daß die Ruhe zur Beklemmung wurde. Zwei- oder dreimal war sie mit ihren hastigen Schritten in das Viertel hinter den *Halles* gegangen, wohin sie Monsieur Rouet gefolgt war; meist aber war es, wie heute, die Gegend hinter der Place Clichy, die sie mit dem gierigen Blick einer Bettlerin durchstreifte.

Verstohlen und im Bewußtsein ihrer Verkommenheit tauchte sie in der Menge unter, sog deren Geruch in sich ein. Es hatten sich wie von selbst bereits Riten herausgebildet: Sie überquerte den Platz immer an der gleichen Stelle, bog um eine bestimmte Straßenecke, erkannte diese oder jene kleine Bar, diesen oder jenen Laden bereits am Geruch und verlangsamte ihren Schritt an bestimmten Kreuzungen, von deren Hauch sie besonders stark erfaßt wurde.

Sie fühlte sich so elend, daß sie am liebsten im Laufen vor sich hin geweint hätte.

Was würde zum Beispiel passieren, wenn sie über den Randstein strauchelte und stürzte? Irgendein Passant würde über sie stolpern; ein paar Leute würden stehenbleiben, man würde sie in die nächste Apotheke tragen, die Polizei verständigen.

Wie heißt die Frau? würde der Beamte fragen und sein Notizbuch zücken. Und niemand würde ihm darauf eine Antwort geben können.

Ob sie heute wieder Antoinette zu sehen bekam? Sie hatte sie endlich wiedergefunden. Deswegen war sie ursprünglich ja überhaupt in diesem Viertel umhergeirrt.

Warum aber wurde ihr Blick so angezogen von diesen warmen, offenstehenden Mündern der Hoteleingänge? Neben manchen Türen standen Frauen und warteten. Dominique hätte an ihnen vorbeisehen wollen, aber sie brachte es nicht fertig, sie mußte sie anschauen. Manchen war anzumerken, daß sie genug hatten, daß sie kaputt waren; andere wiederum starrten zurück, als ob sie sagen wollten: Was will denn die von mir?

Dominique hatte das Gefühl, daß sie die Männer am Schritt erkannte, die von ihrem Verlangen in einen dieser Eingänge getrieben wurden; am Schritt und an der Haltung – irgendwie verstohlen, gehemmt... Auch an ihr gingen sie dicht vorbei. Es war mehrmals vorgekommen, daß sich jemand in dem dunklen Abschnitt zwischen zwei Schaufenstern oder zwei Laternen zu ihr heruntergebeugt hatte, um ihr Gesicht zu sehen. Und sie hatte sich nicht entrüstet; sie war zusammengeschauert und dann eine ganze Weile wie mit verbundenen Augen weitergelaufen, ohne etwas zu sehen.

Sie war allein. Antoinette machte sich über sie lustig. Einmal war es schon passiert, und es passierte heute vielleicht wieder.

Dominique hatte sie schon ein paar Mal entdeckt, wie sie ganz allein in einer Brasserie an der Place Blanche saß und jedesmal zusammenfuhr, wenn die Tür aufging oder das Telefon läutete.

Er kam nicht. Er ließ sie stundenlang warten. Sie kaufte sich eine Abendzeitung, zog Lippenstift und Puderdose aus ihrer Tasche... Ihre Augen hatten einen anderen Ausdruck bekommen. Zwar immer noch fieberhaft, hungrig, aber gepaart mit Unruhe, mit Überdruß, mit Resignation.

Heute aber war er da. Sie saßen zu viert an einem der Tische, zwei Männer und zwei Frauen. Genau wie damals, an dem Abend, an dem Antoinette ihren Liebhaber am Ellbogen angestoßen und mit dem Kinn auf die Scheibe gewiesen hatte. ›Da, schau ...‹ Sie hatte die anderen aufgefordert, sich Dominique anzusehen, die mit dem Gesicht förmlich an der Scheibe klebte und dann rasch in die Dunkelheit der Straße zurückgetreten war.

Warum brach Antoinette jetzt so oft in ein Gelächter aus, das so ordinär, so gewollt herausfordernd war? Und dann noch diese Angst, oder vielmehr das Entsetzen in ihren Augen, wenn sie den Mann, ihren Liebhaber ansah, der so offensichtlich nur lässig mit ihr spielte ...

Hatte er schon gedroht, sie zu verlassen? War er hinter anderen Frauen her? Hatte er sie etwa nächtelang allein gelassen in dem Hotelzimmer im ›Beauséjour‹?

Dominique erriet all das, sie spürte es und war von dem Bedürfnis getrieben, daran Anteil zu nehmen.

War Antoinette etwa nicht schon vor ihm in die Knie gegangen, hatte sich ihm halbnackt zu Füßen geworfen? Und hatte sie ihm nicht schon schäumend vor Wut gedroht, sie werde ihn umbringen?

Und er ... Er herrschte über sie, selbstsicher, verächtlich, ironisch. Das trat in jeder seiner Gebärden, in seinen Blicken zutage, das sprang einen direkt an ... Am meisten, wenn er auf die Uhr schaute – eine neue

Armbanduhr, die sie ihm geschenkt hatte –, und wenn er dann aufstand und sorgfältig den grauen Filzhut auf das Kraushaar setzte.

»Bis nachher dann, du weißt schon, wo ...«

»Du bleibst doch nicht so lang, oder?«

Er tippte seinem Kumpel mit den Fingerspitzen auf die Hand, und die beiden Männer zwinkerten sich zu. Er tätschelte der Freundin die Schulter. Antoinette schickte ihm einen wehmütigen Blick nach, während er zur Tür ging; dann griff sie wieder zu Puder und Lippenstift, um ihre Bestürzung zu verbergen.

Das würde nicht von Dauer sein ... Es würde noch nicht einmal ein paar Jahre halten. Vielleicht noch ein paar Monate.

Umbringen würde sie ihn vielleicht nicht ...

Dann würde sie ihren Schmerz und ihren Haß in die Welt hinausschreien, sie würde wie rasend hinter ihm her sein, in Cafés und Tanzlokalen nach ihm suchen und von Portiers und Kellnern abgewiesen werden, die entsprechend instruiert waren.

Ob sie Dominique gesehen hatte heute abend?

Der andere, der jetzt noch mit ihr am Tisch saß, schlug ihr eine Partie Belote vor, um ihr in der Abwesenheit des Liebhabers die Zeit zu vertreiben. Er bat den Kellner, ihm die Unterlage und Spielkarten zu bringen und schob die mit grünlichem Aperitif gefüllten Gläser auf der marmornen Tischplatte beiseite.

Dominique war dicht an den Häuserreihen weitergegangen, drängte die wieder aufsteigende Erinnerung an zwei Mauern von Zwetschgenkörben und an die weit geöffneten Türen einer Kathedrale zurück, aus denen das *Te Deum* scholl.

In ihrer Wohnung im Faubourg Saint-Honoré war Leere, absolute Leere. Das einzige Scheit war seit langem erloschen ... Nichts und niemand würde zu ihrem Empfang da sein, wenn sie nach Hause kam. Nichts außer der ausgekühlten Luft.

Selbst die Frauen, die sie hier neben den Hoteleingängen stehen sah, waren wohl nicht so einsam wie sie; selbst diese Männer nicht, die unschlüssig waren, ob sie eine von ihnen ansprechen sollten.

Um sie herum *lebte* alles; nur ihr Herz schlug im Leeren, klopfte wie ein in einem Gepäckstück vergessener Wecker.

Noch ein paar Wochen ... Dann schien um diese Zeit die Sonne. Dann wurde es erst nach dem Abendessen dunkel, und die Nächte waren erholsam ...

Wo bin ich? Ein Stück weiter vorn hatte sie die Fenster des ›Hôtel Beauséjour‹ erkannt. Jetzt ging sie eine abschüssige und sehr dunkle Straße hinunter, durch die weder Autos noch Busse fuhren. Sie warf einen Blick in eine Schusterwerkstatt, sie streifte eine schattenhafte Gestalt, die sie nicht gesehen hatte; es wurde ihr schwindlig, sie bekam Angst, ihre Angst wurde plötzlich so stark, daß sie am liebsten geschrien hätte. Da war jemand auf sie zugetreten, ein Schatten. Jemand, den sie nicht sehen konnte, lief neben ihr her, berührte sie. Eine Hand, eine Männerhand, legte sich auf ihren Arm, jemand sagte etwas zu ihr, sie konnte die Worte nicht verstehen. Ihr Blut stockte, sie war wehrlos, sie konnte nicht reagieren. Sie merkte, was ihr passierte – es kam ihr ganz klar zu Bewußtsein, und das Eigenartigste war, daß sie es von vornherein akzeptierte.

Hatte sie es etwa seit jeher so kommen sehen, daß sie eines Tages in der Dunkelheit einer Straße neben einem Unbekannten her gehen würde? Hatte sie das im Traum erlebt? Oder kam es nur daher, daß sie so etwas gesehen hatte, daß sie Antoinette gefolgt war, daß sie so unverwandt hingesehen hatte in dem Moment, als zwei Gestalten gleichsam synchron in das diffuse Licht eines Hausflurs getaucht waren?

Sie wunderte sich nicht. Sie ließ es über sich ergehen. Sie wagte den Mann nicht anzuschauen, nahm aber den intensiven Geruch nach kaltem Zigarrenrauch wahr.

Sie hatte bereits eine Türschwelle überschritten. Da war rechts eine Kabine mit einem verglasten Rundfenster und dahinter jemand in Hemdsärmeln, und auf einem Gasherd stand eine blaue Kaffeekanne.

Was hatte er gesagt? Er hatte den behaarten Arm herausgestreckt und ihr einen Schlüssel hingehalten, den sie nicht genommen hatte.

Und doch war sie jetzt auf der Treppe, sie stieg nach oben, ihr Atem mußte ausgesetzt haben, ihr Herz schlug nicht mehr, sie stieg immer noch hinauf, da war eine schwache Lichtquelle und ein Teppich. Sie spürte einen warmen Atem im Rücken; eine Hand, *die* Hand, berührte sie wieder, fuhr an ihrem Bein, ihrem Schenkel hinauf, hatte die Stelle erreicht, wo der Strumpf zu Ende ist.

Das Obergeschoß. Sie schnappte nach Luft und fuhr herum, sah zuerst seinen Hut, eine Melone, dann das nichtssagende Gesicht eines Mannes in mittlerem Alter. Er lächelte. Er hatte einen rötlichen Schnurrbart. Dann erlosch sein Lächeln; sie merkte, daß er nicht minder erstaunt war. Sie wurde stocksteif, sie mußte ihn mit beiden Armen beiseite stoßen, weg von der Treppe, die er mit seiner massigen Gestalt versperrte.

Sie lief, sie rannte, sie glaubte wie rasend wegzurennen. Es war unendlich weit bis zur Straße. Sie glaubte, sie würde es nie mehr schaffen bis zu den breiten Trottoirs, den erleuchteten Schaufenstern und den vertrauenerweckenden großen Bussen.

Als sie Halt machte, stand sie in der Halle des Bahnhofs Saint-Lazare, und es war Hochbetrieb. Es war gerade die Zeit, zu der sich die ganzen Pendler im Laufschritt in die Vorortzüge stürzen.

Sie blickte sich mechanisch noch einmal um, aber es war niemand hinter ihr her gelaufen. Sie war allein, wirklich allein und von Schwindel erfaßt inmitten dieser hastenden Menschenmenge, von der sie hin- und hergestoßen wurde.

»Es ist vorbei«, stammelte sie halblaut.

Sie war noch nicht imstande zu sagen, was vorbei war. Sie war wie ausgehöhlt. Sie setzte sich wieder in Bewegung. Sie hatte einen Geschmack von kaltem Zigarrenrauch im Mund. Sie hatte den Geruch dieses Hotels an sich, dieser Treppe und des Flurs, auf dem sie im Dämmerlicht die weiße Schürze eines gleichgültigen Zimmermädchens erkannt hatte.

Das war es!

›Ach, du arme Nique ...!‹ Es stand ihr ganz klar vor Augen, erschreckend klar.

Aber gewiß doch, es war vorbei. Was sollte das alles noch? Sie brauchte nicht einmal mehr rascher zu gehen. Aus, vorbei... Und das sollte alles gewesen sein? Was man sich so unter dem Leben vorstellt...

›Zweites Quartal...‹ Noch so ein Wort aus ihrer Kindheit. Man redete vom zweiten Quartal als von einer endlosen Zeitspanne. Es war das Quartal vor den Osterferien...

Es gibt eine Zeit, da dauert alles viel zu lang; die Tage wollen nicht enden, die Wochen sind eine Ewigkeit mit der Sonntagssonne am hintersten Ende. Und dann ist da plötzlich nichts mehr – Monate, Jahre, Stunden, Tage – alles geht durcheinander, ist ein einziger Wust; nichts, was überdauert hätte...

Laß es gut sein! Es ist ja vorbei... Sie konnte sich selber leid tun. Es war vorbei. Vorbei, du arme Nique!

Du hast es nicht getan, du wirst es nicht tun, und du wirst aber auch nicht so eine arme alte Jungfer werden wie Mademoiselle Augustine... Schade, daß Antoinette dich heute noch nicht einmal angesehen hat.

Die vertrauten Trottoirs. Das Haus, in das sie so oft getreten war. Der Laden der Audebals, das Ledergeschäft Sutton mit den Strohkoffern für die Leute, die auf Reisen gehen.

Ein Stück weiter oben in der Straße ist ein Blumengeschäft, und Dominique geht an ihrem Haus vorbei. Es hat angefangen zu regnen, und die Tropfen bilden lange, schräge Striemen auf der Scheibe.

»Geben Sie mir...« Sie hätte gern Margeriten gehabt. Das Wort ist ihr wie von selbst auf die Lippen gekommen, aber sie kann sich umsehen, soviel sie will, da sind keine Margeriten von der Art, wie sie sie damals in einer Vase arrangiert und dabei an Jacques Améraud gedacht hat.

»Ja, bitte, Madame ...?«

Doch nicht Madame, Mademoiselle ... Jacques Améraud ... Die alte Madame Améraud, die ...

»Geben Sie mir Rosen. Viele Rosen ...«

Hoffentlich hat sie genug Geld dabei. Sie zahlt. Es ist das letzte Mal, daß sie Münzen und Scheine zählt.

Wenn die Cailles nur nicht zurück sind ... Sie nimmt es ihnen nicht übel, aber sie haben ihr weh getan. Sie sind nicht schuld, sie gehen eben ihren Weg. Sie glauben, ihr Weg führt sie irgendwohin.

Will sie die Gelegenheit wahrnehmen, nochmals mit einem menschlichen Wesen zu sprechen, als sie die Tür zur Loge der Concierge einen Spalt öffnet?

»Nichts für mich da, Madame Benoît?«

»Aber nein, Mademoiselle ...«

Sie hat nicht an die Rosen gedacht, die die Concierge erstaunt betrachtet, und Dominique lächelt ihr wie entschuldigend zu, mit dem ihr eigenen, sehr sanften Lächeln.

Sie ist von Natur aus sanft; sie hat den Charakter ihrer Mutter. Sie macht keinen Lärm im Treppenhaus. Sie ist so erzogen worden, daß sie geräuschlos die Treppe hinaufgeht, daß sie die anderen Leute nicht stört, daß sie sich im Hintergrund hält, zurücktritt ...

Zurücktreten! Ein Wort, das von weit her kommt. Ja, das ist es ... Sie ist immer zurückgetreten. Und jetzt wird sie wieder zurücktreten. Sie wird abtreten ...

Bevor sie die Vorhänge zuzieht, betrachtet sie die gegenüberliegenden Fenster ein letztes Mal, hebt ein wenig den Kopf und sieht die alte Madame Rouet in ihrem Turm.

Der Turm hält Wache...

Ihre Augen werden feucht, sie dreht den Lichtschalter, stellt sich vor den Spiegel und schaut sich an.

Sie war trotz allem noch keine alte Jungfer...

Sie hakt ihr Kleid auf. Der Spiegel ist verschwunden, weil sie die Schranktür geöffnet hat. Sie hat noch ein langes, mit Valenciennespitze verziertes Nachthemd, an dem sie seinerzeit monatelang genäht hat.

›Wenn du mal heiratest...‹

Sie hat noch ein Fläschchen bernsteinfarbenes Eau de Cologne in einer Schublade.

Ein klägliches Lächeln ist ihr auf die Lippen getreten. Sie beeilt sich ein wenig, weil sie so etwas wie Auflehnung in sich aufsteigen spürt; sie beginnt zu überlegen, ob da nicht jemand dafür verantwortlich ist, daß sie...

Das Röhrchen... Wo ist das Röhrchen?! Sie hat die Tabletten vor drei Jahren gekauft, als sie wegen ihrer Migräneanfälle nächtelang wachgelegen hat. Sie hat aber nur einmal eine genommen.

Sieh mal einer an... Da hat sie doch gerade heute morgen Großputz gemacht. Das Zimmer riecht frisch gewachst. Die Möbel sind auf Hochglanz poliert. Sie zählt die Tabletten, die sie in ein großes Wasserglas fallen läßt. Acht... Neun... Zehn... Elf...

Ob das reicht?

Wenn sie wollte, könnte sie noch... Wenn...

Nein! Jetzt nicht mehr, wo sie weiß... Lieber Gott, ich flehe dich an, mach, daß ich...

Sie hat das Glas ausgetrunken. Sie legt sich hin. Die Brust ist ihr ein wenig abgeschnürt durch den bitteren Geschmack des Medikaments. Sie hat das Eau de Cologne über dem Bett verspritzt und legt die Rosen um sich herum, nachdem sie sich ausgestreckt hat.

In ihrer Kindheit, als eines der anderen kleinen Mädchen gestorben war, da hatte man das tote Kind auch so mit Blumen umkränzt; Mütter hatten weinend an der Bahre gestanden und gesagt: Sie sieht aus wie ein Engel!

Wirkt das Medikament bereits? Sie bewegt sich nicht, sie hat keinerlei Bedürfnis, sich zu bewegen. Und das, wo es ihr doch immer zuwider war, im Bett liegenzubleiben. Sie hört alle Geräusche von der Straße her, sie horcht auf den Motorenlärm der Busse und das Quietschen der Bremsen, wenn sie am untersten Punkt der Gefällstrecke einen anderen Gang einlegen, und sie hätte gern noch einmal die Ladenglocke von Audebal gehört.

Ach, und jetzt hat sie etwas vergessen! Das Wichtigste hat sie vergessen, und nun ist es zu spät!

Antoinette wird es gar nicht erfahren.

Und dabei hätte sie sich doch so sehr gewünscht... Wie, was hätte sie sich gewünscht? Woran denkt sie? Sie ist krank... Oder nein, das ist nur die Zunge, die so dick wird, die im Mund anschwillt, aber das macht nichts, das tut nicht weh...

›Das tut nicht weh, *chérie*...‹

Wer hatte das noch gesagt? Ihre Mutter... Ja, ihre Mutter, wenn Dominique eine Schramme hatte und die Wunde mit Jod abgetupft wurde.

Nein, es tat nicht weh... Ob es Jacques Améraud weh getan hat?

Wo ist sie hingegangen? Sie ist etwas suchen gegangen, irgendwo ganz weit weg... Ja, das ist schon sehr, sehr weit... Hat sie es gefunden?

Sie weiß es nicht mehr. Wirklich dumm, daß sie es nicht mehr weiß...

Die ganze Familie wird ordentlich verdattert sein. Sie hat sie alle nicht so gemocht, das letzte Mal in Toulon... Was hatten die ihr eigentlich noch getan? Sie hat es vergessen. Vielleicht war es, weil sie abgefahren sind und sie ganz allein gelassen haben... Es war, als sähen sie sie gar nicht... Wenn sie sie gesehen hätten, dann hätten sie nicht sagen können: ›Du hast dich gar nicht verändert, Nique!‹

Wer hat sie da eben Nique genannt? Sie ist doch ganz allein. Sie ist immer ganz allein gewesen.

Vielleicht, wenn ihr jemand von der Arznei auf dem Nachttisch sechzehn Tropfen ... Warum bleibt Antoinette hinter der Tür, statt zu kommen und die Tropfen abzuzählen?

Du bist ein kleines Dummerchen, Nique! Kannst du dich nicht erinnern, daß alle immer zu dir gesagt haben, du bist ein kleines Dummerchen... Du hast dir immer alle möglichen Gedanken gemacht, und die Hauptsache hast du vergessen... Und jetzt hast du schon vergessen, daß du Antoinette nicht Bescheid gegeben hast... Sie ist dort, weiter oben, im Café... Sie spielt eine Partie Belote...

Zudem hast du nicht mal dran gedacht, daß die Rosen bald einen schlechten Geruch haben. In einem Zimmer, in dem ein Toter liegt, haben Blumen immer einen schlechten Geruch ...

Wenn die Cailles zurückkommen ... Sie merken es gar nicht. Sie werden denken, die Wohnung ist wie immer ... Vielleicht fällt ihnen nur auf, daß man dich nicht wie gewöhnlich hin- und herhuschen hört, wie eine kleine Maus ... Aber das ist ihnen egal. Sie ziehen sich aus, sie legen sich hin, sie pressen sich aneinander, und man hört ihr Seufzen ...

Aber da ist keiner, der es hört.

Morgen früh dann ... Albert Caille wird es vielleicht unheimlich vorkommen. Die beiden werden flüstern. Geh du mal rüber, wird er zu Lina sagen und ihr einen Schubs geben.

Ein übler Streich, den sie ihnen da spielt. Wo sie doch nur noch zwölf Tage lang in der Wohnung bleiben. Sie wissen noch nicht einmal, wem sie telegrafieren müssen.

Die anderen alle ... Sie werden sich alle auf den Weg machen müssen, von Rennes, von Toulon, von Angoulême ... Wie gut, daß sie noch ihre Trauerkleidung haben!

›Also nein! So, wie sie gewirkt hat, das letzte Mal, bei der Beerdigung von Tante Clémentine ...‹

›Also ich, ich habe gefunden, sie hatte irgendwie etwas Unglückliches an sich ...‹

Wieso? Das stimmt gar nicht. Ich bin nicht unglücklich gewesen.

Sie hat ihr Versprechen gehalten, das ist alles. Jetzt muß sie sich beeilen, Antoinette Bescheid zu geben.

Alles ganz einfach ... In ein paar Minuten, in ein paar

Sekunden ist es vorbei. Dann macht sie es wie Mademoiselle Augustine; sie läuft da hinüber zu Antoinette, und sie ruft ihr bebend vor Freude entgegen:

»Da bin ich...! Ich wollte Sie als erste sehen, *Sie*, begreifen Sie? Ich konnte Ihnen vorher nichts sagen... Ich habe Ihnen von weitem zugesehen, und Sie haben es nicht begriffen... Aber jetzt, wo es vorbei ist...«

Sie wird rot. Wie, ist sie noch fähig, rot zu werden? Sie ist verwirrt. Sie wird von einem Schauder ergriffen...

Ja... Noch ein paar Sekunden – vier, drei, zwei... Noch nichts... Gleich wird sie Antoinette in die Arme schließen, sich über ihr Gesicht beugen, über ihre Lippen, die so voller Leben sind, so lebendig, so le...

»Na Kleines, da mach dir mal keine Gedanken wegen Pierre«, sagt der Kumpel, mit dem Antoinette Belote gespielt hat und steht auf. »Wenn er gesagt hat, er kommt, dann kommt er auch.«

Antoinette versucht zu lächeln. Es ist Mitternacht. Da wird sie allein in einer Ecke der Brasserie zurückgelassen. Und wenn sie sich im Spiegel sieht, dann hat sie selbst das Gefühl, da sitzt eine Frau, die auf den nächsten besten wartet.

Monsieur Rouet steht vom Sessel auf und beginnt sich auszuziehen, während seine Frau, auf den Krückstock gestützt, noch aufräumt.

Sie hat heute in der Rue Coquillière angerufen, und er war nicht da. Sie wartet, bis er eingeschlafen ist und zählt dann die Scheine in seiner Brieftasche nach. Als ob er das nicht wüßte und entsprechende Vorkehrungen trifft!

Er hat sich von Bronstein hundert Francs geliehen. Er hat sein ganzes Leben lang so viel gearbeitet, um sein Geld zu verdienen!

Er hat kein Glück gehabt vorhin. Als die Kleine sich auf einem roten Deckbett ausgezogen hatte, da hat er gesehen, wie sich eine Menge roter Pickelchen an den mageren Schenkeln hinaufzieht, und er hat Angst bekommen.

In Dominiques Zimmer tickt nur noch der Wecker. Als die Cailles endlich nach Hause kommen, merken sie nichts. Sie ziehen sich aus, sie legen sich hin, aber sie sind übermüdet, weil sie den ganzen Tag über ihre künftige Wohnung tapeziert haben.

»Heute abend nicht«, sagt Lina, und ihre Stimme dämmert bereits weg.

»Heute abend nicht ...« Er beharrt nicht darauf. Minuten verstreichen. »Ich glaube, wenn wir Ralet fragen, ob er für die tausend Francs Aufpreis ...«

Lina schläft.

Ein ganz feiner Regen geht lautlos nieder.

7. Juli 1942

Georges Simenon im Diogenes Verlag

● Biographisches

Intime Memoiren und Das Buch von Marie-Jo. Deutsch von Hans-Joachim Hartstein, Claus Sprick, Guy Montag und Linde Birk. Leinen. Auch als detebe 21216

Stammbaum. Pedigree. Autobiographischer Roman. Deutsch von Hans-Joachim Hartstein. Leinen. Auch als detebe 21217

Simenon auf der Couch. Fünf Ärzte verhören den Autor sieben Stunden lang. Deutsch von Irène Kuhn. Broschur

Briefwechsel mit André Gide. Deutsch von Stefanie Weiss. Leinen

Brief an meine Mutter. Deutsch von Trude Fein. Leinen

Ein Mensch wie jeder andere. Mein Tonband und ich. Deutsch von Hans Jürgen Solbrig. Leinen

Als ich alt war. Tagebücher 1960 – 1963. Deutsch von Linde Birk. Leinen

Außerdem liegen vor:

Über Simenon. Zeugnisse und Essays von Patricia Highsmith bis Alfred Andersch. Mit einem Interview, mit Chronik und Bibliographie. Herausgegeben von Claudia Schmölders und Christian Strich. detebe 20499

Das Georges Simenon Lesebuch. Ein Querschnitt durch das Gesamtwerk. Herausgegeben von Daniel Keel. detebe 20500

● Reportagen

Die Pfeife Kleopatras. Reportagen aus aller Welt. Deutsch von Guy Montag. detebe 21223

Zahltag in einer Bank. Reportagen aus Frankreich. Deutsch von Guy Montag detebe 21224

● Erzählungen

Der kleine Doktor. Erzählungen. Deutsch von Hansjürgen Wille und Barbara Klau detebe 21025

Emil und sein Schiff. Erzählungen Deutsch von Angela von Hagen. detebe 21318

Die schwanzlosen Schweinchen. Erzählungen Deutsch von Linde Birk. detebe 21284

Exotische Novellen. Deutsch von Annerose Melter. detebe 21285

● Romane

Brief an meinen Richter. Roman. Deutsch von Hansjürgen Wille und Barbara Klau detebe 20371

Der Schnee war schmutzig. Roman. Deutsch von Willi A. Koch. detebe 20372

Die grünen Fensterläden. Roman. Deutsch von Alfred Günther. detebe 20373

Im Falle eines Unfalls. Roman. Deutsch von Hansjürgen Wille und Barbara Klau. detebe 20374

Sonntag. Roman. Deutsch von Hansjürgen Wille und Barbara Klau. detebe 20375

Bellas Tod. Roman. Deutsch von Elisabeth Serelmann-Küchler. detebe 20376

Der Mann mit dem kleinen Hund. Roman. Deutsch von Stefanie Weiss. detebe 20377

Drei Zimmer in Manhattan. Roman. Deutsch von Linde Birk. detebe 20378

Die Großmutter. Roman. Deutsch von Linde Birk. detebe 20379

Der kleine Mann von Archangelsk. Roman. Deutsch von Alfred Kuoni. detebe 20584

Der große Bob. Roman. Deutsch von Linde Birk. detebe 20585

Die Wahrheit über Bébé Donge. Roman. Deutsch von Renate Nickel. detebe 20586

Tropenkoller. Roman. Deutsch von Annerose Melter. detebe 20673

Ankunft Allerheiligen. Roman. Deutsch von Eugen Helmlé. detebe 20674

Der Präsident. Roman. Deutsch von Renate Nickel. detebe 20675

Der kleine Heilige. Roman. Deutsch von Trude Fein. detebe 20676

Der Outlaw. Roman. Deutsch von Liselotte Julius. detebe 20677

Der Verdächtige. Roman. Deutsch von Eugen Helmlé. detebe 20679

Die Verlobung des Monsieur Hire. Roman. Deutsch von Linde Birk. detebe 20681

Der Mörder. Roman. Deutsch von Lothar Baier. detebe 20682

Die Zeugen. Roman. Deutsch von Anneliese Botond. detebe 20683

Die Komplizen. Roman. Deutsch von Stefanie Weiss. detebe 20684

Die Unbekannten im eigenen Haus. Roman. Deutsch von Gerda Scheffel. detebe 20685

Der Ausbrecher. Roman. Deutsch von Erika Tophoven-Schöningh. detebe 20686

Wellenschlag. Roman. Deutsch von Eugen Helmlé. detebe 20687

Der Mann aus London. Roman. Deutsch von Stefanie Weiss. detebe 20813

Die Überlebenden der Télémaque. Roman. Deutsch von Hainer Kober. detebe 20814

Der Mann, der den Zügen nachsah. Roman. Deutsch von Walter Schürenberg. detebe 20815
Zum Weißen Roß. Roman. Deutsch von Trude Fein. detebe 20986
Der Tod des Auguste Mature. Roman. Deutsch von Anneliese Botond detebe 20987
Die Fantome des Hutmachers. Roman Deutsch von Eugen Helmlé. detebe 21001
Die Witwe Couderc. Roman. Deutsch von Hanns Grössel. detebe 21002
Schlußlichter. Roman. Deutsch von Stefanie Weiss. detebe 21010
Die schwarze Kugel. Roman. Deutsch von Renate Nickel. detebe 21011
Die Brüder Rico. Roman. Deutsch von Angela von Hagen. detebe 21020
Antoine und Julie. Roman. Deutsch von Eugen Helmlé. detebe 21047
Betty. Roman. Deutsch von Raymond Regh. detebe 21057
Der Neger. Roman. Deutsch von Linde Birk. detebe 21118
Die Tür. Roman. Deutsch von Linde Birk detebe 21114
Das blaue Zimmer. Roman. Deutsch von Angela von Hagen. detebe 21121
Der Bürgermeister von Furnes. Roman Deutsch von Hans Grössel. detebe 21209
Es gibt noch Haselnußsträucher. Roman Deutsch von Angela von Hagen. detebe 21192
Die Glocken von Bicêtre. Roman. Neu übersetzt von Angela von Hagen. detebe 20678
Das Testament Donadieu. Roman. Deutsch von Eugen Helmlé. detebe 21256
Der Untermieter. Roman. Deutsch von Ralph Eue. detebe 21255
Die Leute gegenüber. Roman. Deutsch von Hans-Joachim Hartstein. detebe 21273
Die Katze. Roman. Deutsch von Angela von Hagen. detebe 21378
Weder ein noch aus. Roman. Deutsch von Elfriede Riegler. detebe 21304
Auf großer Fahrt. Deutsch von Angela von Hagen. detebe 21327
Der Bericht des Polizisten. Deutsch von Markus Jakob. detebe 21328
Die Zeit mit Anaïs. Deutsch von Ursula Vogel. detebe 21329
Der Passagier der Polarlys. Roman. Deutsch von Stephanie Weiss. detebe 21377
Die Schwarze von Panama. Roman. Deutsch von Ursula Vogel. detebe 21424
Das Gasthaus im Elsaß. Roman. Deutsch von Angela von Hagen. detebe 21425
Das Haus am Kanal. Roman. Deutsch von Ursula Vogel. detebe 21426
Der Zug. Roman. Deutsch von Trude Fein detebe 21480
Striptease. Roman. Deutsch von Angela von Hagen. detebe 21481
45° im Schatten. Roman. Deutsch von Angela von Hagen. detebe 21482
Die Eisentreppe. Roman. Deutsch von Angela von Hagen. detebe 21557
Das Fenster der Rouets. Roman. Deutsch von Stephanie Weiss. detebe 21558
Die bösen Schwestern von Concarneau Roman. Deutsch von Ingrid Altrichter detebe 21559

● Maigret-Romane und -Erzählungen

Weihnachten mit Maigret. Zwei Romane und eine Erzählung. Leinen
Maigrets erste Untersuchung. Roman Deutsch von Roswitha Plancherel detebe 20501
Maigret und Pietr der Lette. Roman. Deutsch von Wolfram Schäfer. detebe 20502
Maigret und die alte Dame. Roman. Deutsch von Renate Nickel. detebe 20503
Maigret und der Mann auf der Bank. Roman. Deutsch von Annerose Melter detebe 20504
Maigret und der Minister. Roman. Deutsch von Annerose Melter. detebe 20505
Mein Freund Maigret. Roman. Deutsch von Annerose Melter. detebe 20506
Maigrets Memoiren. Roman. Deutsch von Roswitha Plancherel. detebe 20507
Maigret und die junge Tote. Roman. Deutsch von Raymond Regh. detebe 20508
Maigret amüsiert sich. Roman. Deutsch von Renate Nickel. detebe 20509
Hier irrt Maigret. Roman. Deutsch von Elfriede Riegler. detebe 20690
Maigret und der gelbe Hund. Roman Deutsch von Raymond Regh. detebe 20691
Maigret vor dem Schwurgericht. Roman. Deutsch von Wolfram Schäfer detebe 20692
Maigret als möblierter Herr. Roman Deutsch von Wolfram Schäfer. detebe 20693
Madame Maigrets Freundin. Roman Deutsch von Roswitha Plancherel detebe 20713
Maigret kämpft um den Kopf eines Mannes. Roman. Deutsch von Roswitha Plancherel. detebe 20714
Maigret und die kopflose Leiche. Roman. Deutsch von Wolfram Schäfer. detebe 20715
Maigret und die widerspenstigen Zeugen Roman. Deutsch von Wolfram Schäfer detebe 20716

Maigret am Treffen der Neufundlandfahrer
Roman. Deutsch von Annerose Melter
detebe 20717
Maigret bei den Flamen. Roman. Deutsch
von Claus Sprick. detebe 20718
Maigret und die Bohnenstange. Roman
Deutsch von Guy Montag. detebe 20808
Maigret und das Verbrechen in Holland.
Roman. Deutsch von Renate Nickel.
detebe 20809
Maigret und sein Toter. Roman. Deutsch von
Elfriede Riegler. detebe 20810
Maigret beim Coroner. Roman. Deutsch von
Wolfram Schäfer. detebe 20811
Maigret, Lognon und die Gangster. Roman.
Deutsch von Wolfram Schäfer. detebe 20812
Maigret und der Gehängte von Saint-Pholien. Roman. Deutsch von Sibylle
Powell. detebe 20816
Maigret und der verstorbene Monsieur Gallet. Roman. Deutsch von Roswitha
Plancherel. detebe 20817
Maigret regt sich auf. Roman. Deutsch von
Wolfram Schäfer. detebe 20820
Maigret und das Schattenspiel. Roman.
Deutsch von Claus Sprick. detebe 20734
Maigret und die Keller des Majestic. Roman.
Deutsch von Linde Birk. detebe 20735
Maigret contra Picpus. Roman. Deutsch von
Hainer Kober. detebe 20736
Maigret läßt sich Zeit. Roman. Deutsch von
Sibylle Powell. detebe 20755
Maigrets Geständnis. Roman. Deutsch von
Roswitha Plancherel. detebe 20756
Maigret zögert. Roman. Deutsch von Annerose Melter. detebe 20757
Maigret und der Treidler der »Providence«.
Roman. Deutsch von Claus Sprick
detebe 21029
Maigrets Nacht an der Kreuzung. Roman
Deutsch von Annerose Melter
detebe 21050
Maigret hat Angst. Roman. Deutsch von
Elfriede Riegler. detebe 21062
Maigret erlebt eine Niederlage. Roman.
Deutsch von Elfriede Riegler
detebe 21120
Maigret gerät in Wut. Roman. Deutsch von
Wolfram Schäfer. detebe 21113
Maigret verteidigt sich. Roman. Deutsch von
Wolfram Schäfer. detebe 21117
Maigret und der geheimnisvolle Kapitän
Roman. Deutsch von Annerose Melter
detebe 21180
Maigret und die alten Leute. Roman
Deutsch von Annerose Melter. detebe 21200
Maigret und das Dienstmädchen. Roman
Deutsch von Hainer Kober. detebe 21220
Maigret und der Fall Nahour. Roman
Deutsch von Sibylle Powell. detebe 21250
Maigret im Haus des Richters. Roman
Deutsch von Liselotte Julius. detebe 21238
Maigret und der Samstagsklient. Roman
Deutsch von Angelika Hildebrandt-Essig
detebe 21295
Maigret in New York. Roman. Deutsch von
Bernhard Jolles. detebe 21308
Maigret und die Affäre Saint-Fiacre. Roman
Deutsch von Werner De Haas. detebe 21373
Maigret stellt eine Falle. Roman. Deutsch
von Angela von Hagen. detebe 21374
Sechs neue Fälle für Maigret. Erzählungen
Deutsch von Elfriede Riegler. detebe 21375
Maigret in der Liberty Bar. Roman. Deutsch
von Angela von Hagen. detebe 21376
Maigret und der Spion. Roman. Deutsch von
Hainer Kober. detebe 21427
Maigret und die kleine Landkneipe. Roman
Deutsch von Bernhard Jolles und Heide
Bideau. detebe 21428
Maigret und der Verrückte von Bergerac
Roman. Deutsch von Hainer Kober
detebe 21429
Maigret, die Tänzerin und die Gräfin. Roman
Deutsch von Hainer Kober. detebe 21484
Maigret macht Ferien. Roman. Deutsch von
Markus Jakob. detebe 21485
Maigret und der hartnäckigste Gast der Welt
Erzählungen. Deutsch von Linde Birk und
Ingrid Altrichter. detebe 21486
Maigret verliert eine Verehrerin. Roman
Deutsch von Ingrid Altrichter. detebe 21521
Maigret in Nöten. Roman. Deutsch von
Markus Jakob. detebe 21522
Maigret und sein Rivale. Roman. Deutsch
von Ingrid Altrichter. detebe 21523
Maigret und die schrecklichen Kinder. Roman
Deutsch von Paul Celan. detebe 21574
Maigret und sein Jugendfreund. Roman
Deutsch von Ingrid Altrichter. detebe 21575
Maigret und sein Revolver. Roman. Deutsch
von Markus Jakob. detebe 21576

Literarische Thriller im Diogenes Verlag

● Margery Allingham

Die Handschuhe des Franzosen. Kriminalgeschichten. Aus dem Englischen von Peter Naujack. Zeichnungen von Georges Eckert detebe 20929
Trau keiner Lady. Roman. Deutsch von Gerd van Bebber. detebe 21567
Gefährliches Landleben. Roman. Deutsch von Brigitte Mentz. detebe 21568
Süße Gefahr. Roman. Deutsch von Peter Fischer. detebe 21569
Judaslohn. Roman. Deutsch von Edith Walther. detebe 21570

● Eric Ambler

Die Maske des Dimitrios. Roman. Aus dem Englischen von Mary Brand und Walter Hertenstein. detebe 20137
Der Fall Deltschev. Roman. Deutsch von Mary Brand und Walter Hertenstein detebe 20178
Eine Art von Zorn. Roman. Deutsch von Susanne Feigl und Walter Hertenstein detebe 20179
Schirmers Erbschaft. Roman. Deutsch von Harry Reuß-Löwenstein, Th. A. Knust und Rudolf Barmettler. detebe 20180
Die Angst reist mit. Roman. Deutsch von Walter Hertenstein. detebe 20181
Der Levantiner. Roman. Deutsch von Tom Knoth. detebe 20223
Waffenschmuggel. Roman. Deutsch von Tom Knoth. detebe 20364
Topkapi. Roman. Deutsch von Elsbeth Herlin. detebe 20536
Schmutzige Geschichte. Roman. Deutsch von Günter Eichel. detebe 20537
Das Intercom-Komplott. Roman. Deutsch von Dietrich Stössel. detebe 20538
Besuch bei Nacht. Roman. Deutsch von Wulf Teichmann. detebe 20539
Der dunkle Grenzbezirk. Roman. Deutsch von Walter Hertenstein und Ute Haffmans. detebe 20602
Ungewöhnliche Gefahr. Roman. Deutsch von Walter Hertenstein und Werner Morlang detebe 20603
Anlaß zur Unruhe. Roman. Deutsch von Franz Cavigelli. detebe 20604
Nachruf auf einen Spion. Roman. Deutsch von Peter Fischer. detebe 20605
Doktor Frigo. Roman. Deutsch von Tom Knoth. detebe 20606
Bitte keine Rosen mehr. Roman. Deutsch von Tom Knoth. detebe 20887
Mit der Zeit. Roman. Deutsch von Hans Hermann. detebe 21054

● Gavin Black

Ein Drachen zum Fest. Roman. Aus dem Englischen von Matthias Fienbork. detebe 21560

● Peter Bradatsch

Waschen, Schneiden, Umlegen. Ein Dutzend Kriminalgeschichten. detebe 21272

● John Buchan

Die neununddreißig Stufen. Roman. Aus dem Englischen von Marta Hackel. Mit Zeichnungen von Edward Gorey detebe 20210
Grünmantel. Roman. Deutsch von Marta Hackel. Mit Zeichnungen von Topor detebe 20771
Mr. Standfast oder Im Westen was Neues Roman. Deutsch von Marta Hackel. Mit Zeichnungen von Topor. detebe 20772
Die drei Geiseln. Roman. Deutsch von Marta Hackel. Mit Zeichnungen von Tatjana Hauptmann. detebe 20773
Basilissa. Roman. Deutsch von Otto Bayer detebe 21249

● W. R. Burnett

Little Caesar. Roman. Aus dem Amerikanischen von Georg Kahn-Ackermann detebe 21061
High Sierra. Roman. Deutsch von Armgard Seegers und Hellmuth Karasek. detebe 21208
Asphalt-Dschungel. Roman. Deutsch von Walle Bengs. detebe 21417

● Anton Čechov

Das Drama auf der Jagd. Eine wahre Begebenheit. Aus dem Russischen von Peter Urban detebe 21379

● Raymond Chandler

Die besten Detektivstories. Neu aus dem Amerikanischen übersetzt von Hans Wollschläger. Diogenes Evergreens
Der große Schlaf. Roman. Neu übersetzt von Gunar Ortlepp. detebe 20132
Die kleine Schwester. Roman. Neu übersetzt von W. E. Richartz. detebe 20206
Das hohe Fenster. Roman. Neu übersetzt von Urs Widmer. detebe 20208

Der lange Abschied. Roman. Neu übersetzt von Hans Wollschläger. detebe 20207
Die simple Kunst des Mordes. Briefe, Essays, Fragmente. Herausgegeben von Dorothy Gardiner und Kathrine Sorley Walker. Neu übersetzt von Hans Wollschläger
detebe 20209
Die Tote im See. Roman. Neu übersetzt von Hellmuth Karasek. detebe 20311
Lebwohl, mein Liebling. Roman. Neu übersetzt von Wulf Teichmann. detebe 20312
Playback. Roman. Neu übersetzt von Wulf Teichmann. detebe 20313
Mord im Regen. Frühe Stories. Vorwort von Prof. Philip Durham. Neu übersetzt von Hans Wollschläger. detebe 20314
Erpresser schießen nicht. Detektivstories I. Neu übersetzt von Hans Wollschläger
detebe 20751
Der König in Gelb. Detektivstories II. Neu übersetzt von Hans Wollschläger
detebe 20752
Gefahr ist mein Geschäft. Detektivstories III. Neu übersetzt von Hans Wollschläger
detebe 20753
Englischer Sommer. Geschichten, Parodien, Aufsätze. Mit einer Erinnerung von John Houseman, einem Vorwort von Patricia Highsmith und Zeichnungen von Edward Gorey. Diverse Übersetzer. detebe 20754

● Agatha Christie
Die besten Geschichten von Agatha Christie
Aus dem Englischen von Maria Meinert, Marfa Berger und Ingrid Jacob
Diogenes Evergreens
Villa Nachtigall. Geschichten. Deutsch von Peter Naujack und Günter Eichel
detebe 20825
Der Fall der enttäuschten Hausfrau
Geschichten. Deutsch von Günter Eichel
detebe 20826

● Friedrich Dürrenmatt
Das Versprechen / Aufenthalt in einer kleinen Stadt. Erzählungen. detebe 20852
Der Richter und sein Henker. Kriminalroman. Mit einer biographischen Skizze des Autors
detebe 21435
Der Verdacht. Kriminalroman. Mit einer biographischen Skizze des Autors. detebe 21436
Justiz. Roman. detebe 21540

● William Faulkner
Die Spitzbuben. Roman. Aus dem Amerikanischen von Elisabeth Schnack. detebe 20989
Der Springer greift an. Kriminalgeschichten. Deutsch von Elisabeth Schnack. detebe 20152
Die Freistatt. Roman. Deutsch von Hans Wollschläger, Vorwort von André Malraux
detebe 20802

● Celia Fremlin
Klimax. Roman. Aus dem Englischen von Dietrich Stössel. detebe 20916
Wer hat Angst vorm schwarzen Mann?
Roman. Deutsch von Otto Bayer
detebe 21302
Die Stunden vor Morgengrauen
Roman. Deutsch von Isabella Nadolny
detebe 21515

● Der goldene Gelbe 86
Sonderausgabe. Enthält folgende Romane: Raymond Chandler, Der große Schlaf / Patricia Highsmith, Zwei Femde im Zug / Eric Ambler, Die Maske des Dimitrios
detebe 21412

● Der goldene Gelbe 87
Sonderausgabe. Enthält folgende Romane: Dashiell Hammett, Der dünne Mann/Margaret Millar, Liebe Mutter, es geht mir gut/Ross Macdonald, Unter Wasser stirbt man nicht
detebe 21524

● Robert van Gulik
Mord im Labyrinth. Roman. Deutsch von Roland Schacht. detebe 21381
Tod im Roten Pavillon. Roman. Deutsch von Gretel und Kurt Kuhn. detebe 21383
Wunder in Pu-yang? Roman. Deutsch von Roland Schacht. detebe 21382
Halskette und Kalebasse. Roman. Deutsch von Klaus Schomburg. detebe 21519

● Henry Rider Haggard
Sie. Abenteuerroman. Aus dem Englischen von Helmut Degner. detebe 20236
König Salomons Schatzkammer. Roman. Deutsch von V. H. Schmied. detebe 20920

● Dashiell Hammett
Der Malteser Falke. Roman. Neu aus dem Amerikanischen übersetzt von Peter Naujack
detebe 20131
Rote Ernte. Roman. Neu übersetzt von Gunar Ortlepp. detebe 20292
Der Fluch des Hauses Dain. Roman. Neu übersetzt von Wulf Teichmann
detebe 20293
Der gläserne Schlüssel. Roman. Neu übersetzt von Hans Wollschläger. detebe 20294
Der dünne Mann. Roman. Neu übersetzt von Tom Knoth. detebe 20295

Fliegenpapier. 5 Stories. Deutsch von Harry Rowohlt, Helmut Kossodo, Helmut Degner, Peter Naujack und Elizabeth Gilbert. Vorwort von Lillian Hellman. detebe 20911
Fracht für China. 3 Stories. Deutsch von Elizabeth Gilbert, Antje Friedrichs und Walter E. Richartz. detebe 20912
Das große Umlegen. 3 Stories. Deutsch von Walter E. Richartz, Hellmuth Karasek und Wulf Teichmann. detebe 20913
Das Haus in der Turk Street. 3 Stories. Deutsch von Wulf Teichmann detebe 20914
Das Dingsbums Küken. 3 Stories. Deutsch von Wulf Teichmann. Nachwort von Steven Marcus. detebe 20915

● E.W. Heine

Kuck Kuck. Noch mehr Kille Kille Geschichten. Leinen
Kille Kille. Makabre Geschichten detebe 21053
Hackepeter. Neue Kille Kille Geschichten detebe 21219
Wer ermordete Mozart? Wer enthauptete Haydn? Mordgeschichten für Musikfreunde detebe 21437
Wie starb Wagner? Was geschah mit Glenn Miller? Neue Geschichten für Musikfreunde detebe 21514

● Patricia Highsmith

Elsie's Lebenslust. Roman. Aus dem Amerikanischen von Otto Bayer. Leinen
Der Stümper. Roman. Deutsch von Barbara Bortfeldt. detebe 20136
Zwei Fremde im Zug. Roman. Deutsch von Anne Uhde. detebe 20173
Der Geschichtenerzähler. Roman. Deutsch von Anne Uhde. detebe 20174
Der süße Wahn. Roman. Deutsch von Christian Spiel. detebe 20175
Die zwei Gesichter des Januars. Roman Deutsch von Anne Uhde. detebe 20176
Der Schrei der Eule. Roman. Deutsch von Gisela Stege. detebe 20341
Tiefe Wasser. Roman. Deutsch von Eva Gärtner und Anne Uhde. detebe 20342
Die gläserne Zelle. Roman. Deutsch von Gisela Stege und Anne Uhde. detebe 20343
Das Zittern des Fälschers. Roman. Deutsch von Anne Uhde. detebe 20344
Lösegeld für einen Hund. Roman. Deutsch von Anne Uhde. detebe 20345
Der talentierte Mr. Ripley. Roman. Deutsch von Barbara Bortfeldt. detebe 20481
Ripley Under Ground. Roman. Deutsch von Anne Uhde. detebe 20482
Ripley's Game. Roman. Deutsch von Anne Uhde. detebe 20346
Der Schneckenforscher. Vorwort von Graham Greene. Deutsch von Anne Uhde detebe 20347
Ein Spiel für die Lebenden. Roman. Deutsch von Anne Uhde. detebe 20348
Kleine Geschichten für Weiberfeinde Deutsch von W. E. Richartz. Mit Zeichnungen von Roland Topor. detebe 20349
Kleine Mordgeschichten für Tierfreunde. Deutsch von Anne Uhde. detebe 20483
Venedig kann sehr kalt sein. Roman Deutsch von Anne Uhde. detebe 20484
Ediths Tagebuch. Roman. Deutsch von Anne Uhde. detebe 20485
Der Junge, der Ripley folgte. Roman Deutsch von Anne Uhde. detebe 20649
Leise, leise im Wind. Erzählungen. Deutsch von Anne Uhde. detebe 21012
Keiner von uns. Erzählungen. Deutsch von Anne Uhde. detebe 21179
Leute, die an die Tür klopfen. Roman. Deutsch von Anne Uhde. detebe 21349
Nixen auf dem Golfplatz. Erzählungen Deutsch von Anne Uhde. detebe 21517

● Hans Werner Kettenbach

Minnie oder Ein Fall von Geringfügigkeit Roman. detebe 21218

● Maurice Leblanc

Arsène Lupin – Der Gentleman-Gauner Roman. Deutsch von Erika Gebühr detebe 20127
Die hohle Nadel oder Die Konkurrenten des Arsène Lupin. Deutsch von Erika Gebühr detebe 20239
813 – Das Doppelleben des Arsène Lupin Roman. Deutsch von Erika Gebühr detebe 20931
Der Kristallstöpsel oder Die Mißgeschicke des Arsène Lupin. Roman. Deutsch von Erika Gebühr. detebe 20932
Die Gräfin von Cagliostro oder Die Jugend des Arsène Lupin. Roman. Deutsch von Erika Gebühr. detebe 20933
Arsène Lupin kontra Herlock Sholmes Roman. Deutsch von Erika Gebühr detebe 21026
Die Insel der 30 Särge. Roman. Deutsch von Lothar Schmidt und Ulrike Simon detebe 21198
Die Uhr schlägt achtmal. Roman. Deutsch von Erika Gebühr. detebe 21254

● Gaston Leroux

Das Geheimnis des gelben Zimmers. Roman. Aus dem Französischen von Klaus Walther detebe 20924

● Marie Belloc Lowndes

Jack the Ripper oder der Untermieter Roman. Aus dem Englischen von Wulf Teichmann. detebe 20130

● Ross Macdonald

Dornröschen war ein schönes Kind. Roman. Aus dem Amerikanischen von Wulf Teichmann. detebe 20227
Unter Wasser stirbt man nicht. Roman Deutsch von Hubert Deymann. detebe 20322
Ein Grinsen aus Elfenbein. Roman. Deutsch von Charlotte Hamberger. detebe 20323
Die Küste der Barbaren. Roman. Deutsch von Marianne Lipcowitz. detebe 20324
Der Fall Galton. Roman. Deutsch von Egon Lothar Wensk. detebe 20325
Gänsehaut. Roman. Deutsch von Gretel Friedmann. detebe 20326
Der blaue Hammer. Roman. Deutsch von Peter Naujack. detebe 20541
Durchgebrannt. Roman. Deutsch von Helmut Degner. detebe 20868
Geld kostet zuviel. Roman. Deutsch von Günter Eichel. detebe 20869
Die Kehrseite des Dollars. Roman. Deutsch von Günter Eichel. detebe 20877
Der Untergrundmann. Roman. Deutsch von Hubert Deymann. detebe 20877
Der Drahtzieher. Sämtliche Detektivstories um Lew Archer I. Mit einem Vorwort des Autors. Deutsch von Hubert Deymann und Peter Naujack. detebe 21018
Einer lügt immer. Sämtliche Detektivstories um Lew Archer II. Deutsch von Hubert Deymann und Peter Naujack. detebe 21019
Sanftes Unheil. Roman. Deutsch von Monika Schoenenberger. detebe 21178
Blue City. Roman. Deutsch von Christina Sieg-Welti und Christa Hotz. detebe 21317
Der Mörder im Spiegel. Roman. Deutsch von Dietlind Bindheim. detebe 21303

● Ian McEwan

Der Trost von Fremden. Roman. Aus dem Englischen von Michael Walter. detebe 21266

● Margaret Millar

Banshee, die Todesfee. Roman. Aus dem Amerikanischen von Renate Orth-Guttmann Leinen
Liebe Mutter, es geht mir gut . . . Roman Deutsch von Elizabeth Gilbert. detebe 20226
Die Feindin. Roman. Deutsch von Elizabeth Gilbert. detebe 20276
Fragt morgen nach mir. Roman. Deutsch von Anne Uhde. detebe 20542
Ein Fremder liegt in meinem Grab. Roman. Deutsch von Elizabeth Gilbert. detebe 20646
Die Süßholzraspler. Roman. Deutsch von Georg Kahn-Ackermann und Susanne Feigl detebe 20926
Von hier an wird's gefährlich. Roman Deutsch von Fritz Güttinger. detebe 20927
Der Mord von Miranda. Roman. Deutsch von Hans Hermann. detebe 21028
Das eiserne Tor. Roman. Deutsch von Karin Reese und Michel Bodmer. detebe 21063
Fast wie ein Engel. Roman. Deutsch von Luise Däbritz. detebe 21190
Die lauschenden Wände. Roman. Deutsch von Karin Polz. detebe 21421
Nymphen gehören ins Meer! Roman Deutsch von Otto Bayer. detebe 21516

● Patrick Quentin

Bächleins Rauschen tönt so bang. Kriminalgeschichten. Deutsch von Günter Eichel detebe 20195
Familienschande. Roman. Deutsch von Helmut Degner. detebe 20917

● Jack Ritchie

Der Mitternachtswürger. Geschichten. Aus dem Amerikanischen von Alfred Probst detebe 21293
Für alle ungezogenen Leute. Detektiv-Geschichten. Deutsch von Dorothee Asendorf detebe 21384

● Georges Simenon

Brief an meinen Richter. Roman. Aus dem Französischen von Hansjürgen Wille und Barbara Klau. detebe 20371
Der Schnee war schmutzig. Roman. Deutsch von Willi A. Koch. detebe 20372
Die grünen Fensterläden. Roman. Deutsch von Alfred Günther. detebe 20373
Im Falle eines Unfalls. Roman. Deutsch von Hansjürgen Wille und Barbara Klau detebe 20374
Sonntag. Roman. Deutsch von Hansjürgen Wille und Barbara Klau. detebe 20375
Bellas Tod. Roman. Deutsch von Elisabeth Serelmann-Küchler. detebe 20376
Der Mann mit dem kleinen Hund. Roman. Deutsch von Stefanie Weiss. detebe 20377
Drei Zimmer in Manhattan. Roman. Deutsch von Linde Birk. detebe 20378
Die Großmutter. Roman. Deutsch von Linde Birk. detebe 20379

Der kleine Mann von Archangelsk. Roman. Deutsch von Alfred Kuoni. detebe 20584
Der große Bob. Roman. Deutsch von Linde Birk. detebe 20585
Die Wahrheit über Bébé Donge. Roman Deutsch von Renate Nickel. detebe 20586
Tropenkoller. Roman. Deutsch von Annerose Melter. detebe 20673
Ankunft Allerheiligen. Roman. Deutsch von Eugen Helmlé. detebe 20674
Der Präsident. Roman. Deutsch von Renate Nickel. detebe 20675
Der kleine Heilige. Roman. Deutsch von Trude Fein. detebe 20676
Der Outlaw. Roman. Deutsch von Liselotte Julius. detebe 20677
Der Verdächtige. Roman. Deutsch von Eugen Helmlé. detebe 20679
Die Verlobung des Monsieur Hire. Roman Deutsch von Linde Birk. detebe 20681
Der Mörder. Roman. Deutsch von Lothar Baier. detebe 20682
Die Zeugen. Roman. Deutsch von Anneliese Botond. dètebe 20683
Die Komplizen. Roman. Deutsch von Stefanie Weiss. detebe 20684
Die Unbekannten im eigenen Haus. Roman. Deutsch von Gerda Scheffel. detebe 20685
Der Ausbrecher. Roman. Deutsch von Erika Tophoven. detebe 20686
Wellenschlag. Roman. Deutsch von Eugen Helmlé. detebe 20687
Der Mann aus London. Roman. Deutsch von Stefanie Weiss. detebe 20813
Die Überlebenden der Télémaque. Roman. Deutsch von Hainer Kober. detebe 20814
Der Mann, der den Zügen nachsah. Roman. Deutsch von Walter Schürenberg detebe 20815
Zum Weißen Roß. Roman. Deutsch von Trude Fein. detebe 20986
Der Tod des Auguste Mature. Roman Deutsch von Anneliese Boton. detebe 20987
Die Fantome des Hutmachers. Roman Deutsch von Eugen Helmlé. detebe 21001
Die Witwe Couderc. Roman. Deutsch von Hanns Grössel. detebe 21002
Schlußlichter. Roman. Deutsch von Stefanie Weiss. detebe 21010
Die schwarze Kugel. Roman. Deutsch von Renate Nickel. detebe 21011
Die Brüder Rico. Roman. Deutsch von Angela von Hagen. detebe 21020
Antoine und Julie. Roman. Deutsch von Eugen Helmlé. detebe 21047
Betty. Roman. Deutsch von Raymond Regh detebe 21057
Der Neger. Roman. Deutsch von Linde Birk detebe 21118
Die Tür. Roman. Deutsch von Linde Birk detebe 21114
Das blaue Zimmer. Roman. Deutsch von Angela von Hagen. detebe 21121
Der Bürgermeister von Furnes. Roman Deutsch von Hans Grössel. detebe 21209
Es gibt noch Haselnußsträucher. Roman Deutsch von Angela von Hagen detebe 21192
Die Glocken von Bicêtre. Roman. Neu übersetzt von Angela von Hagen. detebe 20678
Das Testament Donadieu. Roman. Deutsch von Eugen Helmlé. detebe 21256
Der Untermieter. Roman. Deutsch von Ralph Eue. detebe 21255
Emil und sein Schiff. Erzählungen. Deutsch von Angela von Hagen und Linde Birk detebe 21318
Exotische Novellen. Deutsch von Annerose Melter. detebe 21285
Die schwanzlosen Schweinchen. Erzählungen Deutsch von Linde Birk. detebe 21284
Die Leute gegenüber. Roman. Deutsch von Hans-Joachim Hartstein. detebe 21273
Weder ein noch aus. Roman. Deutsch von Elfriede Riegler. detebe 21304
Auf großer Fahrt. Roman. Deutsch von Angela von Hagen. detebe 21327
Der Bericht des Polizisten. Roman. Deutsch von Markus Jakob. detebe 21328
Die Zeit mit Anaïs. Roman. Deutsch von Ursula Vogel detebe 21329
Die Katze. Roman. Deutsch von Angela von Hagen. detebe 21378
Der Passagier der Polarlys. Roman. Deutsch von Stephanie Weiss. detebe 21377
Die Schwarze von Panama. Roman. Deutsch von Ursula Vogel. detebe 21424
Das Gasthaus im Elsaß. Roman. Deutsch von Angela von Hagen. detebe 21425
Das Haus am Kanal. Roman. Deutsch von Ursula Vogel. detebe 21426
Der Zug. Roman. Deutsch von Trude Fein detebe 21480
Striptease. Roman. Deutsch von Angela von Hagen. detebe 21481
45° im Schatten. Roman. Deutsch von Angela von Hagen. detebe 21482
Die Eisentreppe. Roman. Deutsch von Angela von Hagen. detebe 21557
Das Fenster der Rouets. Roman. Deutsch von Stephanie Weiss. detebe 21558
Die bösen Schwestern von Concarneau Roman. Deutsch von Ingrid Altrichter detebe 21559
Weihnachten mit Maigret. Zwei Romane und eine Erzählung. Leinen
Maigrets erste Untersuchung. Roman. Deutsch von Roswitha Plancherel. detebe 20501

Maigret und Pietr der Lette. Roman. Deutsch von Wolfram Schäfer. detebe 20502
Maigret und die alte Dame. Roman. Deutsch von Renate Nickel. detebe 20503
Maigret und der Mann auf der Bank Roman. Deutsch von Annerose Melter detebe 20504
Maigret und der Minister. Roman. Deutsch von Annerose Melter. detebe 20505
Mein Freund Maigret. Roman. Deutsch von Annerose Melter. detebe 20506
Maigrets Memoiren. Roman. Deutsch von Roswitha Plancherel. detebe 20507
Maigret und die junge Tote. Roman. Deutsch von Raymond Regh. detebe 20508
Maigret amüsiert sich. Roman. Deutsch von Renate Nickel. detebe 20509
Hier irrt Maigret. Roman. Deutsch von Renate Nickel. detebe 20690
Maigret und der gelbe Hund. Roman Deutsch von Raymond Regh. detebe 20691
Maigret vor dem Schwurgericht. Roman Deutsch von Wolfram Schäfer. detebe 20692
Maigret als möblierter Herr. Roman Deutsch von Wolfram Schäfer. detebe 20693
Madame Maigrets Freundin. Roman Deutsch von Roswitha Plancherel detebe 20713
Maigret kämpft um den Kopf eines Mannes Roman. Deutsch von Roswitha Plancherel detebe 20714
Maigret und die kopflose Leiche. Roman Deutsch von Wolfram Schäfer. detebe 20715
Maigret und die widerspenstigen Zeugen Roman. Deutsch von Wolfram Schäfer detebe 20716
Maigret am Treffen der Neufundlandfahrer Roman. Deutsch von Annerose Melter detebe 20717
Maigret bei den Flamen. Roman. Deutsch von Claus Sprick. detebe 20718
Maigret und die Bohnenstange. Roman Deutsch von Guy Montag. detebe 20808
Maigret und das Verbrechen in Holland Roman. Deutsch von Renate Nickel detebe 20809
Maigret und sein Toter. Roman. Deutsch von Elfriede Riegler. detebe 20810
Maigret beim Coroner. Roman. Deutsch von Wolfram Schäfer. detebe 20811
Maigret, Lognon und die Gangster. Roman Deutsch von Wolfram Schäfer. detebe 20812
Maigret und der Gehängte von Saint-Pholien Roman. Deutsch von Sibylle Powell detebe 20816
Maigret und der verstorbene Monsieur Gallet Roman. Deutsch von Roswitha Plancherel detebe 20817
Maigret regt sich auf. Roman. Deutsch von Wolfram Schäfer. detebe 20820
Maigret und das Schattenspiel. Roman Deutsch von Claus Sprick. detebe 20734
Maigret und die Keller des Majestic. Roman. Deutsch von Linde Birk. detebe 20735
Maigret contra Picpus. Roman. Deutsch von Hainer Kober. detebe 20736
Maigret läßt sich Zeit. Roman. Deutsch von Sibylle Powell. detebe 20755
Maigrets Geständnis. Roman. Deutsch von Roswitha Plancherel. detebe 20756
Maigret zögert. Roman. Deutsch von Annerose Melter. detebe 20757
Maigret und der Treidler der »Providence« Roman. Deutsch von Claus Sprick detebe 21029
Maigrets Nacht an der Kreuzung. Roman Deutsch von Annerose Melter. detebe 21050
Maigret hat Angst. Roman. Deutsch von Elfriede Riegler. detebe 21062
Maigret erlebt eine Niederlage. Roman Deutsch von Elfriede Riegler. detebe 21120
Maigret gerät in Wut. Roman. Deutsch von Wolfram Schäfer. detebe 21113
Maigret verteidigt sich. Roman. Deutsch von Wolfram Schäfer. detebe 21117
Maigret und der geheimnisvolle Kapitän Roman. Deutsch von Annerose Melter detebe 21180
Maigret und die alten Leute. Roman Deutsch von Annerose Melter. detebe 21200
Maigret und das Dienstmädchen. Roman Deutsch von Hainer Kober. detebe 21220
Maigret und der Fall Nahour. Roman Deutsch von Sibylle Powell. detebe 21250
Maigret im Haus des Richters. Roman Deutsch von Liselotte Julius. detebe 21238
Maigret und der Samstagsklient. Roman Deutsch von Angelika Hildebrandt-Essig detebe 21295
Maigret in New York. Roman. Deutsch von Bernhard Jolles. detebe 21308
Maigret und die Affäre Saint-Fiacre. Roman Deutsch von Werner De Haas. detebe 21373
Sechs neue Fälle für Maigret. Erzählungen Deutsch von Elfriede Riegler. detebe 21375
Maigret stellt eine Falle. Roman. Deutsch von Angela von Hagen. detebe 21374
Maigret in der Liberty Bar. Roman. Deutsch von Angela von Hagen. detebe 21376
Maigret und der Spion. Roman. Deutsch von Hainer Kober. detebe 21427
Maigret und die kleine Landkneipe. Roman Deutsch von Bernhard Jolles und Heide Bideau. detebe 21428
Maigret und der Verrückte von Bergerac Roman. Deutsch von Hainer Kober detebe 21429

Maigret, die Tänzerin und die Gräfin. Roman
Deutsch von Hainer Kober. detebe 21484
Maigret macht Ferien. Roman. Deutsch von Markus Jakob. detebe 21485
Maigret und der hartnäckigste Gast der Welt Erzählungen. Deutsch von Linde Birk und Ingrid Altrichter. detebe 21486
Maigret verliert eine Verehrerin. Roman
Deutsch von Ingrid Altrichter. detebe 21521
Maigret in Nöten. Roman. Deutsch von Markus Jakob. detebe 21522
Maigret und sein Rivale. Roman. Deutsch von Ingrid Altrichter. detebe 21523
Maigret und die schrecklichen Kinder. Roman
Deutsch von Paul Celan. detebe 21574
Maigret und sein Jugendfreund. Roman
Deutsch von Ingrid Altrichter. detebe 21575
Maigret und sein Revolver. Roman. Deutsch von Markus Jakob. detebe 21576

● Henry Slesar

Fiese Geschichten für fixe Leser. Aus dem Amerikanischen von Thomas Schlück
Diogenes Evergreens. Auch als detebe 21125
Das graue distinguierte Leichentuch. Roman. Deutsch von Paul Baudisch und Thomas Bodmer. Ausgezeichnet mit dem Edgar-Allan-Poe-Preis. detebe 20139
Vorhang auf, wir spielen Mord! Roman
Deutsch von Thomas Schlück. detebe 20216
Erlesene Verbrechen und makellose Morde Geschichten. Deutsch von Günter Eichel und Peter Naujack. Vorwort von Alfred Hitchcock. Zeichnungen von Tomi Ungerer
detebe 20225
Ein Bündel Geschichten für lüsterne Leser Deutsch von Günter Eichel. Einleitung von Alfred Hitchcock. Zeichnungen von Tomi Ungerer. detebe 20275
Hinter der Tür. Roman. Deutsch von Thomas Schlück. detebe 20540
Aktion Löwenbrücke. Roman. Deutsch von Günter Eichel. detebe 20656
Ruby Martinson. Geschichten vom größten erfolglosen Verbrecher der Welt. Deutsch von Helmut Degner. detebe 20657
Schlimme Geschichten für schlaue Leser Deutsch von Thomas Schlück. detebe 21036
Coole Geschichten für clevere Leser. Deutsch von Thomas Schlück. detebe 21046
Böse Geschichten für brave Leser. Deutsch von Christa Hotz und Thomas Schlück
detebe 21248
Die siebte Maske. Roman. Deutsch von Gerhard und Alexandra Baumrucker. detebe 21518
Frisch gewagt ist halb gemordet. Geschichten Deutsch von Barbara und Jobst-Christian Rojahn. detebe 21577

● Julian Symons

Auf den Zahn gefühlt. Detektivgeschichten. Aus dem Englischen von Thomas Schlück
detebe 20601
Ein Pekinese aus Gips. Kriminalgeschichten. Deutsch von Günter Eichel. Zeichnungen von Josef Weihard. detebe 20740